Das Buch

»Ich danke Ihnen für die Ermutigung, die diese riesige, großartige Veranstaltung bedeutet«, rief Heinrich Böll am 10. 10. 1981 im Bonner Hofgarten aus. In der Tat muß es ein starker Eindruck für ihn gewesen sein, die Friedensbewegung, die er mit all seinen Büchern dreißig Jahre lang in Deutschland zu wecken versucht hat, hunderttausendfach vor sich zu sehen. »Lesen macht rebellisch«, schreibt er schon drei Jahre zuvor und fügt 1979 bei der Eröffnung der Zentralbibliothek in Köln die besorgte Frage hinzu, ob nicht womöglich auch schon das Lesen von irgendwem überwacht werde. Die Gedanken-, Schreib- und Redefreiheit verteidigt Böll gegen westdeutsche Pressekonzerne und Verfassungsschützer genauso wie gegen die Zensurbehörden des Ostblocks. Im Januar 1981 sucht sein russischer Freund Lew Kopelew bei ihm Zuflucht, so wie früher schon Solschenizyn und Biermann.

Der Autor

Heinrich Böll, am 21. Dezember 1917 in Köln geboren, war nach dem Abitur Lehrling im Buchhandel. Im Krieg sechs Jahre Soldat. Danach Studium der Germanistik. Seit 1949 veröffentlichte er Erzählungen, Romane, Hör- und Fernsehspiele, Theaterstücke und war auch als Übersetzer aus dem Englischen tätig. 1972 erhielt Böll den Nobelpreis für Literatur. Er starb am 16. Juli 1985 in Hürtgenwald.

Heinrich Böll:
Schriften und Reden

Zur Verteidigung der Waschküchen. 1952–1959 (10601)
Briefe aus dem Rheinland. 1960–1963 (10602)
Heimat und keine. 1964–1968 (10603)
Ende der Bescheidenheit. 1969–1972 (10604)
Man muß immer weitergehen. 1973–1975 (10605)
Es kann einem bange werden. 1976–1977 (10606)
Die »Einfachheit« der »kleinen« Leute. 1978–1981 (10607)

Heinrich Böll:

Die »Einfachheit« der »kleinen« Leute

Schriften und Reden
1978–1981

Deutscher
Taschenbuch
Verlag

Schriften und Reden
1978–1981

entnommen aus:
Heinrich Böll
Vermintes Gelände
Essayistische Schriften
1977–1981
Verlag Kiepenheuer & Witsch, Köln 1982
ISBN 3-462-01515-X

(mit einigen Ergänzungen)

Dezember 1985
Deutscher Taschenbuch Verlag GmbH & Co. KG,
München
Lizenzausgabe mit freundlicher Genehmigung des
Verlages Kiepenheuer & Witsch, Köln
Umschlaggestaltung: Celestino Piatti
Gesamtherstellung: C. H. Beck'sche Buchdruckerei,
Nördlingen
Printed in Germany · ISBN 3-423-10607-7

Inhalt

Editorische Vorbemerkung

Der vorliegende siebte Band der auf insgesamt neun Bände konzipierten Taschenbuchausgabe *Schriften und Reden. 1952–1985* enthält die in den Jahren 1978 bis 1981 entstandenen Arbeiten, die 1982 unter dem Titel *Vermintes Gelände. Essayistische Schriften 1977–1981* im Verlag Kiepenheuer & Witsch erschienen sind. Ergänzt wurde dieser Band durch vier Beiträge aus dem Jahr 1978 *(Öffentlich vorgetragene Bitte an Akusto-Aggressoren; Shalom; Die »Einfachheit« der »kleinen« Leute und ihre mögliche Größe; Von Staatsbürgern, Geheimdienstchefs und Schriftstellern)*, die bei Kiepenheuer & Witsch noch Eingang in den letzten Band der Werkausgabe gefunden hatten, und das zeitlich in diese Periode gehörende *Vorwort in eigener und anderer Sache* (aus *Ein- und Zusprüche. Schriften, Reden und Prosa 1981–1983*, Kiepenheuer & Witsch Verlag, Köln 1984).
Analog zu den ersten sechs Bänden, die auf der Werkausgabe *Essayistische Schriften und Reden 1–3* (1978 im Verlag Kiepenheuer & Witsch erschienen) beruhen, wird auch in diesem Band die Reihenfolge der Texte vom Prinzip der Erstveröffentlichung bestimmt.
Einige offensichtliche Druckfehler in der Satzvorlage wurden stillschweigend beseitigt und aufgrund der eigens für die Taschenbuchausgabe erstellten Register einige Unstimmigkeiten in den Schreibweisen von Eigennamen ausgeräumt.

Öffentlich vorgetragene Bitte an Akusto-Aggressoren

Wenn die Dame oder der Herr vom Fernamt Düsseldorf (offizielle Bezeichnung: Fernvermittlungsstelle Ausland) die Moskauer Nummer wählt, läutet dort ein Telephon. Das Läuten klingt normal, der Hörer wird nicht abgenommen, er wird nie abgenommen, und es fragt sich, ob er je abgenommen wird. Man kann ständig anrufen, immer wieder, das Läuten klingt normal, und es muß einer den Eindruck gewinnen, der »Anschlußteilnehmer« wäre ständig unterwegs oder telephonfeindlich. Es ertönt auch nie das Besetztzeichen. Normales Läuten ertönt, und man stellt sich die leere Wohnung vor, das läutende Telephon auf dem Schreibtisch. Die Vorstellung täuscht: Die Anschlußteilnehmer sind zwar gelegentlich unterwegs, aber nicht ständig, sind nicht telephonfeindlich, sondern empfinden das Telephon wie wir alle als beides: nützlich und lästig zugleich; es klingelt ja auch nicht ihr, sondern ein Telephon, von dem ich gern wüßte, wo es stehen mag: Es handelt sich um eine merkwürdige Variante des Lauschangriffs, ein Tonband kann ja da nur das Läuten des Telephons aufnehmen, eine technische Vorrichtung kann dabei helfen, herauszufinden, wer da von wo aus anruft: das Fernamt Düsseldorf oder irgend jemand aus Krasnodar oder Wladiwostok, vielleicht auch Wien oder New York. Wer immer da anzurufen versucht, gewinnt den Eindruck, das Telephon läutet normal, aber dieser Mensch, dieser Lew Kopelew, ist ständig unterwegs oder geht nie dran; er muß, wenn er da ist und nicht dran geht, ziemlich starke Nerven haben. Die hat er nicht: er ist unruhig, krank, möchte manchmal nicht nur seine Freunde anrufen oder von ihnen angerufen werden, müßte wohl manchmal auch den Arzt anrufen. Er kann nicht. Er hat Telephon, hat eine normale Nummer, man kann die Nummer wählen, es läutet normal, aber es läutet nicht bei ihm. Hier wird eine Normalität vorgetäuscht, vorgespielt, hinter der sich eine grausame, vielleicht die grausamste Form des »Lauschangriffs« verbirgt: Es läutet ein Telephon, wenn man seine, Kopelews, Nummer wählt, aber es läutet nicht *sein* Telephon.

Ich weiß nicht, wie neu diese Art des Nervenkriegs gegen einen Dissidenten oder »Dissidenten« ist; finde sie grausamer als den »normalen Lauschangriff«, auf den man sich ja, wenn man von ihm weiß oder ihn vermutet, einstellen kann, indem man sich etwa am Telephon vorsichtig ausdrückt; was Kopelew übrigens nie tat: Er ist einer der unvorsichtigsten Telephonierer, die ich je kennengelernt habe, berühmt, fast berüchtigt als solcher, und gerade das macht das läutende, aber tote Telephon, macht diesen um- oder abgeleiteten Lauschangriff so merkwürdig; denn: ließe man ihm sein Telephon, könnte er reden, man könnte ihn wirklich belauschen, könnte seine freimütigen Äußerungen phonoskopisch aktenkundig machen. Der Staatssicherheitsdienst beraubt sich seiner Möglichkeit, indem er sich asketisch aufs nackte Tuten beschränkt; was entgeht ihm da alles an spontanem Geschimpfe, Gemurmel, an saftigen Flüchen. Sind die Lauschangreifer (könnte man sie Akusto-Aggressoren nennen?) so enthaltsam geworden? Ich habe eine Bitte an sie, die Akusto-Aggressoren: Lassen Sie ihn wieder telephonieren! Es entgeht Ihnen etwas – und uns, mir etwa! Aber vor allem Ihnen! Wieviel langweiliges, belangloses Zeug müssen Sie da täglich schlucken, wieviel Partei-, Spitzel-, Funktionärschinesisch. Lassen Sie ihn doch wieder fluchen und schimpfen. Er verbirgt nichts, weil er nichts zu verbergen hat; mit so viel vorsichtigen Telephonierern haben Sie zu tun, gönnen Sie sich diesen unvorsichtigen!

Shalom

Ein Essay

Dreimal, in den Jahren 1969, 1972 und 1974, bin ich in Israel gewesen, insgesamt 30 Tage, 720 Stunden, ich will die Minuten nicht auch noch vorrechnen, wenn das auch vielleicht notwendig wäre, denn ich habe mich nur stunden-, manchmal minutenlang, kaum einmal tageweise unbetroffen gefühlt. Ich beneide die Deutschen, die unbetroffen sein können. Ich konnte es nur selten sein, das muß vorausgesetzt sein, wenn ich hier ein paar Eindrükke wiederzugeben versuche. Es ist nicht die Frage meiner Schuld (manchmal beneide ich die eindeutig Schuldigen) oder Unschuld, es ist nicht die Frage der Kollektiv- oder Einzelschuld, es ist das Bewußtsein, nicht nur Zeitgenosse der »Endlösung«, sondern deutscher Zeitgenosse gewesen zu sein, Zeitgenosse dieser mit unfaßbarer Gründlichkeit vorbereiteten Ausrottung, wie ich sie bisher am eindringlichsten in H. G. Adlers großer Studie *Der verwaltete Mensch* dargestellt fand.

Israelische Freunde haben mich als Einzelperson freizusprechen versucht. Emanuel Ben Gorion, der mich bei meinem ersten Besuch mit einer sehr liebenswürdigen Ansprache willkommen hieß, Ernst Simon, Werner Krafft, andere im Gespräch – ich hätte den Freispruch gern angenommen, er drang nicht durch, nicht in mich ein; es ist nicht das Problem von Anklage, Untersuchung, Freispruch, für »schuldig« oder »nicht schuldig« befunden zu werden, es ist eben nicht nur ein moralisches Problem, nicht einmal nur ein menschliches, es ist nicht einmal das Problem der Zeugenschaft, sondern der Zeitgenossenschaft, und vielleicht sind viele Deutsche, zu sehr darauf bedacht, sich freizusprechen oder freigesprochen zu werden, sich bis heute nicht klar darüber, welcher Zeit Genossen sie waren, Zeitgenossenschaft ist nicht Schuld, und so gibt es keine Absolution, es gibt kein Bekenntnis.

Aufgefordert, anläßlich eines internationalen Kongresses in Yad Va Shem, der Gedenkstätte für die ermordeten europäischen Juden, eine Rede zu halten, konnte ich kein Wort herausbringen. Ich war zu sehr betroffen, und mir schien, Sprache sei sinnlos geworden.

Nicht nur, was in Yad Va Shem dokumentiert ist, bringt deutsche Geschichte nach Israel, auch die Probleme des Staates Israel hängen mit dieser Geschichte zusammen. Israel, so schien mir, ist ein Land, in das man freiwillig gehen soll, in dem man arbeiten, siedeln, mitarbeiten muß. Zu viele europäische Juden mußten, um ihr nacktes Leben zu retten, nach Israel gehen, sie sind Vertriebene, und ich denke, ich fürchte, ihnen ist das Arabische, das Palästinensische fremd, sie sind Fremde geblieben, und manche Probleme Israels haben wahrscheinlich in dieser Fremdheit ihre Ursache. Die Ruhe und die Sicherheit, die Israel braucht, mit sich selbst, in sich selbst, um sich herum, kann es sich selbst nicht garantieren. Wer garantiert beides? Es gibt israelische Kritik an Israels Politik genug. Es gibt so wenig arabische Kritik an und in den arabischen Staaten an deren Politik gegenüber Israel. In Israel gibt es Signale für Verständigung und Versöhnung genug, in der Philosophie, der Religionswissenschaft, der Literatur. Würden diese Signale nur empfangen und entschlüsselt (manche sind unverschlüsselt), es könnten Edom und Jacob gemeinsam im neuen Jerusalem wohnen.

Es fällt mir schwer, über Israel zu schreiben. Seine Geschichte, seine Entstehung, seine Probleme sind bekannt, die Lösungen umstritten, in Israel und außerhalb. Ich fühle mich weder berechtigt noch mit den notwendigen Kenntnissen der Zusammenhänge ausgestattet, um Lösungen – gar mit erhobenem Zeigefinger – vorzuschlagen. Es bleibt vorausgesetzt: meine Betroffenheit, meine Befangenheit.

Was mich am meisten bewegt, was mich beeindruckt hat, in Jerusalem, im Sinai, auf dem Ölberg, im Norden Galiläas, fast überall: das Biblische, von dem ich nicht weiß, wie es als Vorstellung in mir entstanden ist. Die peinlich illustrierten, textlich reduzierten, fast kastrierten Schulbibeln können diese Vorstellung nicht erweckt haben; auch nicht der Religionsunterricht, der sich fast ausschließlich in Apologetik und Anankasmen verlor. Das Biblische auf beide Schriften bezogen – es muß aus dem Wort, den Wortbildern gekommen sein, die diese Vorstellung schufen, stark genug, um durch die reduzierten Texte hindurchzuwirken. Und es trennte sich bei mir, in mir, diese Vorstellung nicht in die Söhne Jacobs und die Söhne Edoms, nicht in Beduinen und Akkerbauern, ich fand das Biblische auf den Straßen rund um den Sinai herum, in den kleinen Beduinenmädchen, die an den Straßen hockten und stickten, ich fand es auf dem Ölberg. Am wenigsten fand ich es an den Heiligen Stätten der Christenheit. Dieser Kampf um Steine und Stellen, um Platz und Segen, dieses Vorzeigen konfessioneller Sehenswürdigkeiten und Besitzstände hat mir nichts bedeutet. Natürlich sah und respektierte ich die Ergriffenheit der Pilger, ich konnte diese Ergriffenheit nur nicht teilen: das alles war und ist mir zu demonstrativ, zu weit von dem entfernt, was das biblische Wort in mir bewirkt hat, ausgelöst hat. Es ist mir gleichgültig, ob der Menschgewordene da oder dort, vier oder fünf Schritte abseits gegangen ist, gestanden hat, wo genau er geboren und gestorben ist, und so waren die Warnungen eines Kollegen, der mich vor Enttäuschungen bewahren wollte, überflüssig. Das Detektivische an der Heilsgeschichte und an Gottesbeweisen hat mich nie berührt, und der Streit um Zentimeter und Meter ebensowenig.

Ich bin dafür nicht geschaffen und auch für Sehenswürdigkeiten nur auf zweiter oder dritter Ebene der Wahrnehmung. Natürlich weiß ich nicht nur, sondern spüre auch, daß der Platz um den Felsendom herum einmalig ist, daß er atmet: Raum und Räumlichkeit hat – wie der Rote Platz in Moskau und der Kreml aufgetürmte Geschichte –, doch einmal, da mitten im Feld zwischen zwei arabischen Dörfern, an der Stelle, wo Sychar gewesen sein soll (oder gewesen sein könnte), ein paar Mauerreste, die mich gleichgültig ließen, dann aber, als wir uns bückten, hatten wir plötzlich die Hände voller Tonscherben, als wären sie über den steinigen Acker gesät worden: Scherben, Scherben, wohin einer griff, mehr Scherben als Steine, und diese Ernte an noch nicht ganz vergangener Vergänglichkeit, das war wirklicher als die Mauerreste, an denen man herumrestauriert hatte.

Wie viele Menschen mußten hier gewohnt haben, hier, wo man weit und breit kein bewohntes oder bewohnbares Gebäude mehr sah; hier, wo der Brunnen gestanden haben soll (oder könnte), an dem einer einer Ehebrecherin die Zahl ihrer Liebhaber auf den Kopf zusagte – und das lebendige Wasser versprach. Waren die Scherben fünfzehnhundert, zweitausend, dreitausend Jahre alt, so alt wie Jericho oder gar älter? Ich machte keinerlei Anstrengung, das herauszufinden, hier nicht und später nicht, wir füllten ein paar Hände voll Scherben in eine leere Brottüte, um sie später zu Hause als Andenken ans Heilige Land zu verteilen: soeben noch als geformt erkennbare Erde, biblischer Staub, fast vergangene Unvergänglichkeit. Sychar? Keiner weiß es – und doch ist es wirklich.

Die biblische Hitze in Haifa: der »Glutofen«, die Hitze außerhalb des Autos um ein Vielfaches heißer als im Auto, der glühende Atem des Wüstenwindes, wieder war's das Wort, das sich verwirklichte, und das Wasser, die Wasser Israels werden zu mehr, als sie sind: Leben, Heilung, Segen, Wasser und Fußwaschung werden zu mehr, als sie sind, so wie Brot zu mehr wurde, als es ist (war). Israel ist mehr als der Staat Israel, nein, nicht größer, mehr! Die hierhin wollten und hierhin zogen, früh und freiwillig, wollten mehr als einen modernen Staat, mit seinen Schwächen, Fehlern, Dummheiten; sie wollten Heimat, und manche mögen sich nun in einen Staat zurückgeworfen fühlen. Wo sind Staat und Heimat schon deckungsgleich? Für die Israelis kölnischer Herkunft, denen der Atem im Glutofen stehenblieb wie mir, kam ich »aus der Heimat«, sie wollten Witze hören, wollten hören, daß Köln immer noch schön (wenn nicht gar die schönste) ist. Sie müssen mich als einen Abtrünnigen, als einen wahren Verräter empfunden haben. Ahnten sie nicht, daß Köln durch das, was sie vertrieb, durch das, was die meisten Juden nicht überlebten, gar nicht mehr »das alte Köln« sein kann? Auch für mich nicht? Ich versuchte, ihnen zu erklären, daß Köln nicht mehr meine erste, daß es meine dritte und vierte Heimat ist; daß es dieses Köln, das ihre und meine erste Heimat war, nicht mehr gibt, und nicht nur, weil es zerstört wurde; daß ich das demonstrativ Kölnische, das Stadtoberhäupter, den Dialekt breit ausweidend, wie eine Fahne vor sich hertragen, nicht als Flagge zeigen kann? Daß es ein zweites, das Kriegs-Köln, ein drittes, das zerstörte, ein viertes, das wiederaufgebaute Köln, gibt. Nein, was immer ich sonst sein mag, ein guter Kölner bin ich nicht, werde ich nie sein, so wenig, wie ich ein guter Berliner geworden oder gewesen wäre. So blieb von Köln, was nicht mehr ist, wirklicher als das, was noch ist: die Schule (die nicht mehr ist), die Bäckerei M. (die nicht mehr ist) in der P-Straße (dort haben wir unsere Brötchen gekauft), die Eisdiele (die nicht mehr ist), während der Dom (der noch ist) und das Ostermannlied keine rechte gemeinsame Wärme aufkommen ließen. Ausgenommen von dem, was noch ist, der Rhein, der nicht nur immer noch da ist, vielleicht sogar bleibt – und wie sollte ich ihnen, für die Wasser auf eine unsentimentale, die die einzig wirkliche Weise ist, was es ist: kostbar, heilig – wie ihnen erklären, was man aus dem Wasser des Rheins gemacht hat, dieser Brühe, in der man, als sie noch Wasser war, sogar schwimmen konnte. (Ja, da unten an der Bismarcksäule und auch an der Bastei – diese schwimmenden Bäder, da bin ich so oft gewesen.) Nein, nicht einmal im Scherz verspreche ich, beim nächsten Mal eine Flasche Rheinwasser mitzubringen. Zweihundertfünfzig, zum Teil noch nicht identifizierte Giftstoffe. Oh, heilige Wasser Israels, heilende Waschung im Glutofen Haifas – wer sehnt sich da zurück an den Rhein, den grünen Rhein, der einem an Sommerabenden den Atem verschlägt? Es betrübt mich, ich konnte kein guter Kölner sein, nicht mit Gewalt, nicht mit Einsicht, nicht einmal aus Mitleid, und ein guter Propagandist für »Köln am Rhein, das schöne Städtchen« wäre ich ohnehin nie geworden. Sollten doch die Stadtoberhäupter und Provinzregenten nicht nur flaschenweise Kölnisch-, auch Rheinwasser mitbringen und die ehemaligen Kölner einmal dran riechen lassen! Auf daß sie erkennen, was am Rhein, am Rhein, am schönen Rhein gespielt wird.

In Israel weiß man, wie kostbar Wasser ist, die planende Vernunft, mit der in einem komplizierten System Wasser gesammelt, verteilt, zugeteilt wird, gilt diesem Element, von dem man weiß, daß es mehr ist, als es ist: lebendiges Wasser, Leben, Freude, Heilung, Reinigung – und entsprechende Strafen für Wassersünder. Die Sünde wider das Wasser ist bei uns noch zu entdecken. Immer wieder, wenn die Scherben aus Sychar (?) in der Brottüte rappeln, denke ich an die Frau, die dort zum Brunnen kam, an das Ewige der Höflichkeit dessen, der ihr das lebendige Wasser versprach, und es führt da eine Wort-, eine Sinn-, eine Höflichkeitsspur bis zu der Frau, die man auf dem Ölberg zu ihm führte, auf die da keiner den ersten Stein werfen wollte, und das nicht Tradierte, das Unbelegte, die Worte, die er da auf die Erde schrieb, wären vielleicht aufschlußreicher als manches, was tradiert ist: dieses Spielerische, das l'art pour l'art des auf die Erde Schreibens, die Höflichkeit des Nicht-Verurteilens, nicht einmal Urteilens – natürlich hätte ich das gern auf dem Ölberg entdeckt. Was dort blieb: die Stille, die unglaubliche Stille eines Friedhofs, der wahrscheinlich Millionen Gräber beheimatet: Steine, die schon wieder Landschaft geworden sind, diese ungeheure Stätte der Erwartung des neuen Jerusalem (das auch die Christen nicht geschaffen haben) – dieser Friedhof, meßbar und abmeßbar in seinen Ausmaßen, irdisch katastertechnisch durchaus erfaßbar, ist ebenfalls mehr als er selbst, höher und tiefer als in Stockwerken ausdrückbar wäre, die fast unzähligen Steine haben hier »einen Berg versetzt«, wirken wie ein versetzter Berg, den die Hoffnung, die Erwartung des neuen Jerusalem versetzt hat: mehr, weit mehr Juden als der Staat Israel Einwohner hat, sollen hier beerdigt sein,

auf diesem Berg, auf dem jemand geduldig und höflich, vielleicht auch ein wenig peinlich berührt, die wilden Anklagen gegen eine Ehebrecherin anhörte, die er mit leisen Worten höflich entließ. Was wurde hier auf die Erde geschrieben? Vergangen und unwiederbringlich wie das, was Kinder (und Erwachsene) in den Sand schreiben, das die hereinströmende Flut wieder glättend auslöscht. Ich würde es so gern wissen, und warum hat da keiner über die Schulter gesehen und es überliefert: einen Kinderreim, ein Zufallswort, vielleicht sogar etwas Albernes. Vielleicht: Ihr seid ja alle doof? Vielleicht: Geschlechtlichkeit ist mehr als Geschlechtlichkeit. Wie Wasser mehr als Wasser, Brot mehr als Brot, Wein mehr als Wein ist, und der Mensch in seiner Geschlechtlichkeit ein bißchen mehr als das Tier. Ich wüßte es gern, und es interessiert mich mehr als alle Archäologen, alle Detektive entdecken können. Es wäre mir wichtiger als Grabeskirche, Stätte der Eifersucht und des Gezänks der Konfessionen, die sie unter sich geteilt haben wie die römischen Söldner den Leibrock. Doch ich will auch der Grabeskirche nicht unrecht tun: auf ihrem Dach ist Leben, da wohnen die koptischen Mönche (oder sind es Priester?) in kleinen Häuschen, fast Buden, zwischen Pflanzenkübeln, mit ihren Frauen (oder sind es Nonnen?) – weit ab von Gezänk –, welch ein Friede auf dem Dach der Grabeskirche!
Ich bitte um Verzeihung, es ist mir einfach nicht gegeben, an den Heiligen Stätten der Christenheit Ergriffenheit zu empfinden. Ergriffen war ich, als ich den Berg sah (war es wirklich dieser oder ein anderer?), von dem herab eine Predigt gehalten wurde, diese verkörperte Poesie der Hoffnung, noch nicht verwirklichte Utopie – auf allen Kontinenten verraten, hier (war's wirklich dieser Berg?) – Worte in der Landschaft. Und der See (den wir See Genezareth nennen), bin ich hier schon einmal gewesen oder nur durch die Worte hierher versetzt worden, wieso glaube ich, den See zu erkennen? So sehr, daß mir nicht einmal die Autos (meins und die anderen) ungereimt vorkommen. Und ebenfalls hier (ja irgendwo hier) das Vaterunser zum erstenmal gesprochen – warum bewegt und berührt mich dagegen die Geburtskirche in Bethlehem so wenig wie die Grabeskirche, warum so wenig die Sehenswürdigkeiten, die jedes Land gern vorzeigt, historische Stätten und moderne Leistung, weniger jedenfalls als die Scherben von Sychar, mehrtausendjährige geformte Erde in der Hand, kurz bevor sie wieder vollends zur Erde geworden ist.
Vorausgesetzt ist der Respekt, der große Respekt vor soviel Fleiß

und Leidenschaft, die ganze Bibliotheken füllen; die es genau, geschichtlich und geographisch genau wissen wollen, die ermessene, die abgemessene Wahrheit: dieser Hieroglyphenstein im Museum von Haifa, die Gläser im Glas-Museum bei Tel Aviv, die Geschichte und Entstehungsgeschichte des Glases, gleich gegenüber die des Geldes, und im Glas-Museum das Schönste, das der Kölner Untergrund zu bieten hat: Gläser, römische. Dieser internationale Brauch des Vorzeigens von Geschichte ist mir nie sehr nahegegangen, diese Demonstration dem (jeweils) ungläubigen Thomas gegenüber (schon die kölnische, bescheidene und doch aufgebauschte Einübung in versteinerte Geschichte hat mich nur als Material interessiert). Das Liebste (auch in Köln) war mir immer das Zerbrechlichste: Glas und Gläser als Scherbe und als Ganzes, dieser Traum von der erhärteten Durchsichtigkeit, noch nicht ganz verstanden, zu selbstverständlich genommen – zu schnöde behandelt – wie das Wasser.

In den wenigen Stunden der Unbetroffenheit und Unbefangenheit dachte ich, während ich durchs Land fuhr oder gefahren wurde: Vielleicht wäre ich kein schlechter Jude gewesen (oder geworden), gewiß aber wäre ich nicht geworden, was ein amtierender Staatsmann oder Politiker sich unter einem »guten Israeli« vorstellt, ganz sicher keiner von der demonstrativen Sorte – eine Eigenschaft – das haben Künstler und Schriftsteller international gemeinsam –, die es unter unseresgleichen kaum gibt. Ich habe einen Film über Dostojewskij geschrieben, den ich – immer noch – für eine große Hommage an den russischen Geist und die russische Literatur halte: in der Sowjetunion hat er offiziell tiefe Gekränktheit bewirkt; ich habe einen Film über Irland gemacht, der – wie mir schien und immer noch scheint – ziemlich nah an Schmeichelei grenzte. In Irland gab es wüste Beschimpfungen, und als ich mal wieder dort war, sagte mir eine Nachbarin: »Haben Sie nicht Angst, daß Sie gesteinigt werden?« In einem Film über Israel (den ich nie machen werde, ich werde nie mehr einen Film über irgendein Land machen) müßte ich auch die (gelegentlich: fürchterlichen) häßlichen Tankstellen filmen, die man manchmal am Wüstenrand findet; nicht – wie mir schien – zufällig und notwendigerweise häßlich, sondern fast demonstrativ, aus einer Pionier-Mentalität heraus, von alten Ölbüchsen und Kanistern umsäumt, die obligatorische Imbißstube unter leeren Flaschen, Büchsen, Papptellern fast begraben, ganz im Gegensatz zu den wohlgeordneten Kibbuzim. Und in den Kibbuzim, als Gast, bei Gesprächen, in Diskussionen, tief in Betroffenheit und Befangenheit, die Schwierigkeit, mich vom Stigma des guten Deutschen zu befreien. Die Last des guten Deutschen möchte ich nicht tragen: das wäre zu schwer für mich, zu leicht für alle Nichtdeutschen, die vielleicht die Schuld loswerden möchten, Genosse der Zeit und Überlebender zu sein: da nützt – um das loszuwerden – auch keine Fahrt durch die Wüste, um den Sinai herum, an Eilat vorbei, den herrlichen Golf von Akaba entlang, nicht die Fahrt mit dem Glasbodenboot, von dem aus man die Meerestiere bewundern kann; nein, nicht der wunderbare Abend in Sharm el Sheik, das Bad im Meer und zurück über Abu Rodeis, von dort in sechs Stunden »abgemacht«, wozu die Juden mit Moses vierzig Jahre oder vier oder nur vier Monate brauchten (Irrwege, Umwege, unerlaubtes Einschwenken in ein riesiges Truppenlager eingeschlossen), es gibt keine Flucht vor dem Stigma des guten Deutschen, das das Stigma vom bösen Deutschen voraussetzt. Unter Autoren ist das anders, fällt das nicht schwer, sich vorzustellen, was aus einem geworden wäre, was mit einem geschehen wäre, wäre der eine jüdisch, der andere nichtjüdisch gewesen, den Städter in den Bauern (und umgekehrt) zu versetzen, und ich denke dabei an einen, der weinte, weil er nicht in der Hitlerjugend mitmarschieren konnte, erinnere mich an den Jungen, der ich war, der wahrscheinlich krank geworden wäre, hätte er mit der Hitlerjugend marschieren müssen. Dieses literarische Spiel ist mit etwas Phantasie leicht gespielt, es entspannt ein wenig (nicht lange!), es ist ein Spiel, nostalgisch verbrämt, hilft nicht, nützt nicht, weil einer ja weiß: es war nicht so, es ist nicht so gewesen – und, vor allem: es ist anders gekommen. Man kann das spielen, um den einen oder anderen besser zu verstehen, den einen in des anderen Lage zu versetzen: es bleibt ein schlechter Geschmack, weil verstehen einfach ein dummes Wort ist und ich nicht vertrieben bin, nicht aus meiner Heimat. Nicht aus einem Land Israel in einen Staat Israel, der sich allein nicht schützen kann; der da in den Sinai hinein – und um ihn herum – so viele Straßen baut, die nicht den Auftrag »Bauet dem Herren eine Straße durch die Wüste« erfüllen.

Die Zweifel mancher israelischer Autoren, Denker, Mahner sind stärker als meine, der ich mich eben nur versetze, nicht wirklich damit befaßt bin, und es wäre ein Wunder, würde wirklich eine Wende bedeuten, wenn arabische Kollegen so viel Zweifel an

Politik und Propaganda ihrer Staaten äußern würden wie israelische Autoren an ihrem.

Autoren sind nun einmal so, nicht pessimistisch, nicht aufs Negative (Abfallhaufen, Slums) aus, sie prüfen das vorhandene Material, entdecken das Gute anderswo als im Plan der Besichtigungen vorgesehen, und so haben Besichtigungen, das Vorzeigen und Vorführen von Sehenswürdigkeiten manchmal (in allen Ländern gleichermaßen) etwas Peinliches: Musterdörfer, Hotels, Fabriken, Plantagen – und dann noch der Beduinenmarkt von Beer Sheba, wo mich die blinden Bettler erschreckten, die so angstvolle wie beängstigende Rundfahrt durch Ghaza, dann an die Stätte Samson und Delilahs, und zum Schluß dann das Bad im Meer bei Askalon, im November, über das ich notierte: einfach herrlich. Ja, und das war's auch, einfach herrlich! Unbefangen, unbetroffen, als wäre einer im Süden Portugals oder in Tunesien – und nach einem ebenfalls ereignisreichen Tag das unvergessene (und unvergeßliche) Mittagessen in einem schattigen Restaurant am Hafen von Cäsarea (mit Hava Bitan), wo Archäologiestudenten (mit Erfolg) nach Amphoren tauchten.

Unvergessen auch die Besteigung von Masada, mit den beiden Unersetzlichen: Moshe Tavor und Avigdor, der für uns das notwendige Trinkwasser schleppte; dort oben, im Glutofen, mit dem Blick aufs Tote Meer, die Einsicht: daß Legenden wirklich sein können, Wirklichkeiten zu Legenden werden, wieder in Wirklichkeit verwandelt werden, allen Oberflächen-Reportervorstellungen – sie schlössen einander aus – zum Trotz. Es gibt Sehenswertes, auch Sehenswürdigkeiten genug: ich neige nicht dazu, Touristen oder Pilger zu verachten, weder jüdische noch christliche oder mohammedanische. Es ist ein Privileg, außerhalb der Pilger- und Tourismus-Industrie ein wenig Zeit zu haben: etwa zum ausführlichen Geplauder, mit Rosen- und Zwiebelzüchtern über ihre Arbeit und ihre Probleme zu sprechen (bis zu welchem Zeitpunkt das EWG-Europa etwa noch Zwiebeln abnimmt ... kommen sie zu spät, lohnt es nicht mehr, sie zurückzutransportieren, und sie werden ins Meer gekippt), und unvergessen ist auch das: die marokkanische Familie, die da stolz auf ihr Häuschen, auf ihre Plastik-Rosenzuchtzelte, glücklich darüber, unverfolgt, nicht verachtet im Lande der Väter zu sein, langstielige Rosen für Märkte von London, Paris, München züchtet. Als Rosenzüchter wäre ich wahrscheinlich ein »guter Israeli« geworden, als Autor ziemlich sicher nicht. Es ist ja nicht der »zersetzende

Intellektuelle« in einem, der einen in Paris, Moskau, New York, Bonn (oder eben auch Köln) kritisch macht; wer Romane oder Erzählungen schreibt, ist ja nur partiell (und damit nur potentiell) ein »Intellektueller«; es ist die Phantasie, die einen beschwert, der Gedanke an das Leben vor und nach diesem Leben, an Vergangenheit und Zukunft hinter dem Augenblick und über ihn hinaus, die Unmöglichkeit zu vergessen, der Fluch, sich immer zu erinnern – das ist es, und die Last, nie Feierabend mit seiner Phantasie zu haben – aber hier, im kleinen Häuschen der Rosenzüchter aus Marokko, war das alles für viele Minuten weg: es war nur freudvolle Schmerzlichkeit im Gedanken an die Flüchtlinge und die Flüchtigen, die da immer wieder anfangen, aufbauen, Träume verwirklichen, unbewegt und unbeschwert von der revolvierenden Skepsis, und so denke ich oft, denke immer wieder an die kleine, energische junge Frau, die uns in makellosem Französisch die Probleme der Rosenzucht und des Rosenexports erklärte (Verpackung, sehr rasch zum Flughafen, hohe Abfallquote), die uns stolz ihr gutes Zimmer zeigte, das sie wahrscheinlich nur an sehr, sehr hohen Feiertagen benutzen: mit Couch und Anrichte, mit Sesselgarnitur (Schutzhüllen darüber) und einer prachtvollen gläsernen Kutsche auf der Anrichte – und ich war längst schon kein »Intellektueller« mehr (der ich, wenn überhaupt, nur partiell bin), der das alles »pflichtgemäß« kitschig und schauerlich hätte finden müssen, »kleinbürgerlich«, und ich begriff, was ich daheim nie begriffen hatte: welch ein Stolz, welch ein Luxus, ein unbenutztes Zimmer zu haben, einen Raum außerhalb der Alltäglichkeit, ein gutes Zimmer, das ich als »gutes Zimmer« immer verachtet hatte, und ich erlaube mir nach sieben Jahren noch die Sentimentalität, mir, wenn ich Rosen kaufe, manchmal vorzustellen, sie stammten aus den Plastikzelten dieser marokkanischen Familie. Und ich denke an die langen, die endlosen Gespräche mit Jenny und Ezra, bei denen wir auch gemeinsam das Warum und Wieso nicht ergründeten. Shalom.

Die »Einfachheit« der »kleinen« Leute und ihre mögliche Größe

Über Moema Viezzer, »Wenn man mir erlaubt zu sprechen ... – Zeugnis der Domitila, einer Frau aus den Minen Boliviens«

Wenn ich, über das *Zeugnis der Domitila* schreibend, »Einfachheit« und »klein« in Gänsefüßchen setze, so entspricht das meiner Erkenntnis, daß es »einfache« Menschen nicht gibt: Ich bin jedenfalls noch keinem »einfachen« Menschen begegnet; und das Adjektiv »klein« wird ja wie das Adjektiv »einfach« mit leichtfertiger Herablassung als Klassenmerkmal benutzt; es assoziiert Armut, Unbildung, Ohnmacht oder Machtlosigkeit; die »kleinen«, »einfachen« Menschen sind gewöhnlich die Unterworfenen oder die stummen Untertanen.

Ein verhängnisvoller Irrtum: gerade »einfache« Menschen, deren es übrigens auch einige im höheren Management gibt, sind gewöhnlich sensibler und verletzlicher als die, die gebildet und geübt genug sind, sich flink zu artikulieren und aus ihrer Zunge ihre Klinge machen können. Hin und wieder billigt man Autoren und Künstlern eine höhere Sensibilität zu als »gewöhnlichen« Menschen. Ich wehre mich dagegen: Die Sensibilität einer Verkäuferin oder eines Bankbeamten sollten den gleichen Wert haben wie die eines Autors, der immerhin das Glück hat, seiner Sensibilität Ausdruck zu verleihen.

Das *Zeugnis der Domitila* ist nicht geschrieben, es ist gesprochen, und es ist gut, daß der Gesprächsduktus erhalten geblieben ist, sogar colloquiale Floskeln nicht gestrichen wurden. So ist die *Stimme* erhalten geblieben, und diese Stimme ist klar, intelligent, sensibel, bis ins delikate Detail. Es ist verblüffend, als wie kompliziert sich das Leben dieser »einfachen« Frau eines bolivianischen Minenarbeiters herausstellt; zunächst auf der härtesten, der ökonomischen Basis, wo es um das nackte Leben geht: um Milch, Mais, Brot, Wohnung. Die unerträglichen Zu- und Umstände werden in ihrem politischen Zusammenhang erkannt, daraus ergibt sich die Analyse des Politischen, es geschieht – Gott sei's geklagt: das Wort ist noch zu gebrauchen – Bewußtseinsbildung. Die hat Aktivität, dann Aktion zur Folge: Es werden Hausfrauen-Komitees gegründet. Diskussionen und Gespräche finden statt, die Gewerkschaften treten ein und auf. Man lese sorgfältig, was Domitila an Folter und Mißhandlung durch Polizei und Militär erfährt; was sich bei der späteren Besetzung ihrer Siedlung durchs Militär abspielt; wie die einzige Stimme der Arbeiter, ihre Radiostationen, zerstört werden; später, nach unfaßbaren Foltern im Gefängnis, wird sie Bestechungsversuche erfahren – und ablehnen. Man erinnert sich vielleicht daran, daß der Kardinal und Erzbischof von La Paz im Jahre 1977 hungerstreikenden Frauen in seiner Kathedrale Asyl gewährte; daß er das Anliegen der Frauen unterstützte, daß die Regierung Banzer nachgab: die Anführerin dieser Frauengruppen war Domitila.

Es ist schon mehr als verblüffend, wie diese »einfache« Frau Zusammenhänge erkennt, Vorgänge analysiert, ihre Erkenntnisse in Aktionen umsetzt, handfest und wenn notwendig handgreiflich: hart, hartnäckig, oft auf Kosten ihrer Familie und nicht immer im Einverständnis mit ihrem Mann, den die Minenarbeit mürbe gemacht hat. Kein Wunder, daß man ihr ein sanfteres Leben in der Hauptstadt anbietet, was sie ablehnt, um den mörderischen Kreislauf von Privilegierung, Korruption und Bestechung zu durchbrechen.

Die sozialen und sozialpolitischen Erkenntnisse der Domitila gehen weit über das hinaus, was sie direkt in ihrer Minenarbeiter-Siedlung erlebt und erfährt. Ihr Diskussionsbeitrag zum Thema Emanzipation zeugt von hoher, von höherer Einsicht. Vor dem »Internationalen Frauenkongreß« in Mexiko 1976 erklärt sie die dort behandelten Themen lesbische Liebe, Hausfrauen-Frustration im Haushaltmaschinenpark, Kochtopf-Trauma als für sie und ihre Genossinnen uninteressant: Sie würde (das ist eine Interpretation, Domitila drückt es anders aus) ganz gerne am Kochtopf stehen, hätte sie nur einen und außerdem noch etwas drin. Sie sieht, wie die Männer – Minenarbeiter – zerstört, fast vernichtet werden durch die Arbeitsbedingungen; wie ihnen die Radiostationen, ihr einziges Publikations- und Kommunikationsinstrument, zerstört werden; sie appelliert an die Soldaten als Söhne des Volkes und Arbeitersöhne; sie erkennt an, daß die kirchlichen Sender, als bloß antikommunistische Propagandastationen und somit *nolens volens* Hilfsinstrumente des Kapitalismus und der Diktatur gegründet, Ton und Adresse geändert haben. Möge sich diese Entwicklung nur fortsetzen und möge einer, irgendeiner diesen Menschen doch klarmachen, worauf sie denn hoffen sollen, wenn nicht auf den, dann auf einen Sozialismus, nachdem Verstaatlichung innerhalb einer Diktatur ihr Elend eher vergrößert hat. Worauf denn, wenn sie überhaupt noch Kraft zur Hoffnung haben, sollen sie hoffen nach fast fünfhundertjähriger Erfahrung mit einer merkwürdigen Version des »Christentums«, das ihnen den Himmel versprach und die Erde nahm? Wobei ihnen der Himmel immer von denen versprochen wurde, die von der Erde und ihren Schätzen genug besaßen.

Wer möchte sich wundern, daß die Ausgebeuteten anfangen, dem metaphysischen Falschgeld zu mißtrauen? Besonderer Aufmerksamkeit wert ist das Kapitel über die verheerenden Wirkungen des (hauptsächlich) nordamerikanischen Fernsehens, das in Kindern und Erwachsenen Konsumträume weckt, die nie befriedigt werden können.

Das *Zeugnis der Domitila* ergänzt und bestätigt, was hochintellektuelle Analysen der lateinamerikanischen Situation (etwa: Eduardo Galeano: *Die offenen Adern Lateinamerikas*), was hochliterarische Schilderungen (García Márquez, Alejo Carpentier, Vargas Llosa und viele andere) auf ihre Weise mitteilen: Die Ausbeutung (keine Gänsefüßchen!) wird fortgesetzt, auch nach Verstaatlichungen und nicht nur durch neokolonialistische Mächte – sie wird fortgesetzt auch im Einverständnis mit einheimischen Kreisen und Kräften, die hin und wieder progressiv beginnen und reaktionär enden, oder wenn sie naiv genug sind, sozialen Fortschritt weiterhin für notwendig zu halten, gestürzt werden.

Die Stimme dieser »einfachen«, dieser »kleinen« Frau beweist Größe – mehr Größe als die auf peinliche Weise »großen« Diktatoren, die, wenn sie sich nur antisozialistisch gebärden, Waffen und Geld und Geld und Waffen und militärische Spezialausbildung für ihre Schergen in den Camps der Panama-Zone genug bekommen.

Prager Frühling – deutscher Herbst

Rede zur »L 76«-Veranstaltung am 21. 8. 1978

Meine Damen und Herren, liebe Freunde, verehrte Gäste, ich begrüße Sie und danke Ihnen für Ihr Kommen im Namen der Veranstalter, der Einladenden, des Verlags, der Redaktion und der Herausgeberschaft von *L 76*. Ich möchte noch einmal darauf hinweisen, daß das »L« in *L 76* aus Prag stammt, daß der Untertitel unserer Zeitschrift »Demokratie und Sozialismus« auch aus Prag stammt. Ich möchte hier nicht eine Analyse der Vorgänge vor, nach, während des 21. August geben. Es hat sehr viele Veranstaltungen, viele Diskussionen gegeben. Mir ist aufgefallen, daß sich die Kritik, die Selbstkritik, auch die Selbstanalyse auf drei Worte konzentriert hat, auf die Worte »Hoffnung«, »Illusion« und »Utopie«. Ich glaube, wir sollten uns nicht die drei ganz auseinanderdividieren lassen. Ich nehme an, daß in jedem jedes enthalten ist. Und wenn man das Stück Hoffnung, das in jeder Illusion ist und auch in jeder Utopie ist, und auch den Großteil Hoffnung, der in der Hoffnung ist, diffamiert, schafft man eine hoffnungslose bzw. verzweifelte Gesellschaft oder Jugend. Ich könnte mir vorstellen, daß man einen jungen Bolivianer oder Guatemalteken, einen jungen Bewohner des Iran oder der Philippinen der Utopie oder der Illusion zeihen könnte, wenn er wirklich an so etwas wie demokratischen Sozialismus glaubt, und man könnte, wenn man die Hoffnung in seiner Illusion zerstört, seine gesamte Hoffnung mitzerstören.

Vielleicht kann man das einmal bedenken, wieviel Hoffnung auch in Illusion und in Utopie sein kann. Und wenn da möglicherweise ein junger Bolivianer oder Filipino nicht gerade so kühn ist, an demokratischen Sozialismus zu glauben oder auf ihn zu hoffen, sondern möglicherweise auf demokratischen Kapitalismus – eine etwas bescheidenere Hoffnung –, dann sollten wir vielleicht zufrieden sein. Vielleicht ist es das überhaupt, was wir meinen. Man hat sich ja so angewöhnt, demokratischen Sozialismus für einen Widerspruch in sich zu erklären, aber vielleicht wird man mal von der Gegenseite uns beweisen, ob Demokratie und Kapitalismus unbedingt zueinander gehören. Erinnern möchte ich anläßlich dieses Tages an die Tatsache, daß bis heute die Unterzeichner des sogenannten Hilferufs, der die sowjetische Invasion verursachte, nicht herauszubekommen waren; zweitens an die Tatsache, daß bis heute nicht ein Prozeß in der Tschechoslowakei stattgefunden hat, in dem *einem* tschechischen Staatsbürger, von 14 Millionen immerhin, hätte nachgewiesen werden können, daß er tatsächlich an einer faschistischen oder imperialistischen Verschwörung teilgenommen hätte. Man hat ja seinerzeit da so ein paar komische Beweise vorgeführt – ölgetränkte Lappen oder solche Kinkerlitzchen –, die nun wirklich selbst der eigenen Justiz zu gering waren. Ich möchte diese beiden Tatsachen betonen. Ich möchte auch daran erinnern, daß der Brief Alexander Solschenizyns – der Offene Brief an den Sowjetischen Schriftstellerverband – eine erhebliche Rolle gespielt hat bei den Hoffnungen, die in der Tschechoslowakei im Frühjahr 1968 entstanden sind; auch an die Tatsache, daß Alexander Ginsburg seine erste Haftstrafe in der Sowjetunion abgesessen hat, weil er gegen die Besetzung der Tschechoslowakei auf dem Roten Platz protestiert hat. Denken wir also ein bißchen nach über demokratischen Sozialismus und auch demokratischen Kapitalismus; vergessen wir nicht, daß Normalisierung ungefähr das bedeutet, was Pavel Kohout in seinem Offenen Brief an den Ministerpräsidenten der Tschechoslowakei – kürzlich in der *Zeit* zu lesen – dargelegt hat, daß es Autoren schon verboten ist, an völlig unpolitischen Tanzvergnügen teilzunehmen; oder sollte es so sein, daß jedes Tanzvergnügen, an dem ein Schriftsteller teilnimmt in der Tschechoslowakei, ein Politikum ist?

Bei dieser Gelegenheit möchte ich alle unsere Freunde in der Tschechoslowakei grüßen, möchte ihnen danken für die Tatsache, die für Europa und die Welt sehr wichtig ist, daß sie in wenn auch geringen Auflagen die Fortsetzung der tschechoslowakischen Literatur und Kultur garantieren, indem sie gegen die etablierten Verlage und Publikationsinstrumente ihre Manuskripte verbreiten. Und vielleicht macht uns diese Tatsache, daß manche dieser Bücher, Manuskripte, in einer Auflage von 50 bis 300 erscheinen, doch ein bißchen nachdenklich über unsere Publikationstechnik.

Ich grüße also die Freunde in der Tschechoslowakei. Es wird jetzt zunächst Günter Grass zu Ihnen sprechen und dann Zdenek Mlynar, und ich möchte zum Schluß darauf aufmerksam machen, daß vorne – an der Kasse oder an der Theke – eine Solidaritätsliste für Rudolf Bahro ausliegt. – Vielen Dank.

Lesen macht rebellisch

Immer wieder, immer noch werden Erfolge von Büchern und Autoren in Auflagenhöhen gemessen; über das, was Buch oder Autor beim Leser an- oder ausrichten, wissen wir wenig, fast nichts. Wer da von einem Buch mitgenommen wird – und wohin – weiß so recht keiner. Vielleicht sollte mal jemand den Einfluß von Lektüre an Personen genauer festzustellen versuchen, die »Geschichte« gemacht haben, und die Auswirkungen dieser Lektüre auf diejenigen zu ermessen versuchen, die diese Geschichte erlitten haben. Was las zum Beispiel Wilhelm II.? Was las er offiziell, was las er heimlich? Welche Wirkung hat seine Lektüre auf seine Politik gehabt? Welche Auswirkung seine Politik auf seine Untertanen gehabt hat, wissen wir einigermaßen. Eine Wirkungsgeschichte des Lesens auf »die da oben«, ergänzt durch eine Geschichte der Wirkung dieser Lektüre auf »die da unten«. Umgekehrt: was haben »die da unten« gelesen, und welche politischen Auswirkungen hat ihre Lektüre auf »die da oben« gehabt?

Es ist letzten Endes für die Herrschenden nie gut ausgegangen, wenn sie ihre Untertanen nicht nur »Mores« lehrten, sondern ihnen auch das Lesen beibringen ließen. Politische Geheimklubs im Rheinland, Jakobinerklubs, standen im Zusammenhang mit »Lesegesellschaften«, abgekürzt die »Lese« genannt – und mit der Gründung öffentlicher Bibliotheken.

Lesende Untertanen oder Staatsbürger sind nicht immer die, die man am leichtesten »Mores« lehren kann. Lesen verdirbt die Sitten, und nicht einmal das freie Lesen der Bibel war erlaubt, nur mit kirchenamtlich genehmigten Kommentaren, möglichst noch unter kirchenamtlicher Aufsicht. Das Buch der Bücher galt als gefährlich und ist es geblieben. Wo das Lesen über den technischen Vorgang und übers bloße Pauken hinaus anfängt, wird es gefährlich. Lesen macht nachdenklich, es kann frei und rebellisch machen, wenn einer die Klischees der Erbaulichkeit hinter sich gelassen hat. Das wissen die Zensoren in den Ländern mit strenger Zensur genau, das wußten noch unsere Großeltern und Eltern (meine jedenfalls, für die das Romanlesen ziemlich nahe an die Sünde herankam). Die Politiker in den Ländern ohne Zensur ahnen die Gefahren, aber sie führen nun einmal das Wort Freiheit ständig im Mund – und es gibt da eben welche, die von dieser

Freiheit Gebrauch machen. Schreiber, Leser, lesende Schreiber und schreibende Leser, und es gibt diesen bisher kaum erforschten Punkt, an dem eine oder einer über den technischen Vorgang des Lesens und übers Pauken hinaus wirklich zu lesen beginnt.
Wenn ich hier, indem ich ein Leseangebot vorlege, eine Art Zensur ausübe, indem ich notwendigerweise auswähle, so empfinde ich dabei keinerlei Peinlichkeit. Die gesamte Welt-, die gesamte Gegenwartsliteratur liegt in Taschenbuchausgaben vor: jedermann greifbar, fast für jedermann erschwinglich, und es stehen Bibliotheken – immer noch nicht genug – zur Verfügung. Außerdem: ich lasse mir auch Bücher empfehlen, durch Freunde, Kollegen, Verwandte, sogar durch Rezensionen, und nicht einmal die Pflichtlektüre in der Schule hat mich von irgendeinem Autor abgebracht, von dem ich nicht ohnehin abgekommen wäre, wenn ich ihn später, ohne dazu verpflichtet zu sein, noch einmal las. Bücher und Autoren haben ja auch »ihre Zeit«, eine vergängliche Zeit, im Leben eines Lesers, und manches, was man einst »verschlang«, will nicht mehr so recht herunter. Weder von Kleist noch Gotthelf, Sophokles oder Hebel bin ich durch die oft mühselige, gelegentlich langweilige Behandlung in der Schule abgekommen: man sollte ja keinem Autor die (potentielle) Langweiligkeit eines Lehrers ankreiden und einem Lehrer nicht die (potentielle) Langweiligkeit eines Autors. Ich frage mich bis heute, warum mir die Bibel trotz der nicht nur sterilen, sondern geradezu sterilisierten Ausgaben mit ihren haarsträubenden Illustrationen nicht verleidet worden ist, nicht einmal verleidet durch vorgekaute Interpretationen. Es muß am Wort, an der Wörtlichkeit, an der Poesie liegen, die durch alle Hindernisse hindurchdringt und eine Wirklichkeit, ja: Wirklichkeit vermittelt, die sich allen Zähmungsversuchen entzieht.
Was diejenigen, die so genau zwischen Unterhaltungsliteratur und der »wahren« unterscheiden, dazu ermächtigt, ist mir nie klar geworden. Setzte man anstelle von »unterhaltend« nicht langweilig, kommt man vielleicht dem Begriff Unterhaltung in seiner Subjektivität etwas näher. Ich unterhalte mich gern, lasse mich gern unterhalten, und nicht einmal beim strengen Griechischunterricht habe ich mich – von Stunden, Tagen, gelegentlich Wochen, wo man der Schule einfach überdrüssig ist, abgesehen – gelangweilt, obwohl mich die Rücken meiner Schulkameraden, die massive Langeweile ausstrahlten, zu lähmen drohten, und ich denke oft an meinen Latein- und Griechischlehrer, dem ich so

viel verdanke, und frage mich, wie schlimm es für ihn gewesen sein muß, jahrzehntelang auf diese in Langeweile und Überdruß gebeugten Nacken zu sehen, deren Besitzer das »Statussymbol« humanistische Schulbildung so mühsam erwarben. Warum bloß mußten sie denn Griechisch lernen, wenn es sie so sehr langweilte, daß man die Langeweile schneiden konnte? Warum? Damit sie später als Ärzte wußten, daß Ophthalmologie Augenkunde bedeutet, und beim Bier gelegentlich die Anfangsverse der Odyssee (oder war's die Ilias?) hersagen konnten. Hätte da nicht ein Fremdwörterlexikon genügt? Der Sinn dieser mühevollen Version humanistischer Bildung ist mir nie aufgegangen.

Manches wichtige theologische Werk, das ich wahrscheinlich hätte lesen sollen, habe ich nicht zu Ende gelesen, weil es mich nicht, sich nicht mit mir unterhielt, und ich griff dann möglicherweise zu einem Kriminalroman, der in Reichweite lag. Außerdem bin ich neugierig auf Milieudetails, deren ein halbwegs gelungener Kriminalroman einige zu bieten hat. Ich habe auch nichts gegen Bücher, aus denen ich etwas lerne, die mich belehren wie etwa das Buch *Roots (Wurzeln)* von Alex Haley, das kaum einen sprachlichen oder poetischen Lichtblick enthält, streckenweise auch – wenn man sich nicht gerade leidenschaftlich für Hahnenkämpfe interessiert (was ich nicht tue!) – durchhängt; es ist mehr wie ein Lehrbuch angelegt, eine legitime Form der Literatur. Aber ein paar Dimensionen spannender empfinde ich das Buch *Der Oberst hat niemand, der ihm schreibt* von Gabriel García Márquez, in dem sehr wenig »passiert«; ich konnte es nicht aus der Hand legen, bis ich die letzte Zeile gelesen hatte, und dann hätte ich, obwohl ich wußte oder zu verstehen glaubte, daß das Buch da aufhört, wo es aufhört, noch einige hundert Seiten lesen mögen über diesen Oberst, seinen Hahn (auch da ein Kampfhahn!), seine Frau, den Brief, der nicht kommt, Beerdigungen, diese atemberaubende Öde, diese grandiose Tristesse, zeitlos in die Zeit gehängt. Man sieht: ich ziehe Gabriel García Márquez Alex Haley vor, lese aber beide, beide mit Spannung, und ich weiß nicht einmal, ob es der lesende Autor oder nur der Leser ist, der den *Oberst* den *Wurzeln* vorzieht.

Zahlreiche, wahrscheinlich unzählige Mißverständnisse beruhen auf der Unklärbarkeit oder Ungeklärtheit der Begriffe Spannung und Unterhaltung, beruhen auf der Leseunfähigkeit derer, die Lesen nur technisch gelernt haben, sich als Politiker aus erster Hand im Brustton der Überzeugung verantwortlich über Geschriebenes äußern, wo sie sich in dem unverantwortlichen Zustand befinden, lediglich aus dritter oder vierter Hand informiert zu sein. Sie wollen immer nur Mores lehren, Lesesitten haben sie keine und glauben, der Radikalität des Geschriebenen mit Erlassen beikommen zu können, einer Radikalität, die sie nur an der Oberfläche entdecken (oder von anderen entdecken lassen), wenn der Wind gerade einmal die Wellen kräuselt, wo alles Geschriebene seine eigene, tiefe Dünung, eine ewige Bewegung hat, die dem unsichtbar bleibt, der nicht zum Leser geworden ist.

Ich will hier nicht für jeden einzelnen Beitrag eine Erklärung abgeben, ich denke, Autoren und Beiträge sprechen für sich, und ich hoffe sogar, daß sich eine Art »fortschreibender« Zusammenhang ergibt, der, wenn er erklärt würde, seine mögliche Spannung verlöre. Eine Erklärung bin ich schuldig den Autoren und Autorinnen, die ich nicht aufgenommen habe, und zwar nicht denen, die ich kenne, gelesen habe, sondern denen, deren Manuskripte und Bücher ich nicht gelesen habe. Lesen heißt auswählen, und jede Auswahl ist ungerecht, mehr als ungerecht, grausam ist es, wenn ich in bestimmten Abständen Regale, Fächer, meinen Schreibtisch aufräume, Bücher und Manuskripte ungelesen wegräume, da meine Lesekapazität nun einmal beschränkt ist. Was versäume ich, was entgeht mir an Gedrucktem und Ungedrucktem? Nicht nur die mir Unbekannten fehlen, es fehlen ganze Kontinente und viele Länder: Australien und Guatemala, Afrika, Schweden, Asien, die Sowjetunion und Costarica. Neulich bekam ich den Roman, die Taschenbuchausgabe eines afrikanischen Autors in die Hand und fand auf einem der Vorsatzblätter mehr als fünf Dutzend afrikanische Autorinnen und Autoren angezeigt, von denen ich nichts wußte, und das nur in einem Buch eines Verlages. Auch den Klassikern bin ich eine Erklärung schuldig: einige, die mir anfangs unerläßlich erschienen – etwa Kafka und Brecht, Kleist, Hebel, Goethe –, habe ich wieder herausgenommen, weil ich annehmen kann, daß sie in vielen Lesebüchern und Anthologien zu finden sind. Mit Südamerika habe ich versucht, was man mit jedem anderen Kontinent versuchen könnte: Darstellung der Kolonisation, Analyse der Folgen bis in die Gegenwart hinein und einige Beispiele der gegenwärtigen Literatur. Es fehlt ganz, was man deutschsprachige Nachkriegsliteratur nennen könnte, mir wäre, was diesen Komplex betrifft, die Auswahl zu schwer gefallen. Das gleiche gilt für die Lyrik, einer ganzen literarischen Welt mit vielen Kontinenten. Als Versuch einer Anleitung zum Lesen habe ich aufgenommen, was Chesterton unkonventionell, unakademisch über Dickens geschrieben hat, Auszüge aus einem umfangreichen Buch; am Beispiel Dickens werden, so scheint mir, Begriffe geklärt, Vorurteile zurechtgerückt, wird einiges über Spannung, Unterhaltung, Popularität, Pessimismus und Optimismus gesagt.

Um die Begriffe »Erfolg« und »Radikalität« der rein kommerziellen Betrachtung zu entziehen, habe ich Teile aus dem Buch *Widerstand heute* von Werner von Trott zu Solz ausgewählt. Das Buch hat mich, noch bevor es 1958 erschien, durch einen Vorabdruck in den *Frankfurter Heften* auf eine damals noch verborgene, schon spürbare, aber nicht erkannte »Dünung« einer tiefen inneren Bewegung aufmerksam gemacht, und es kommt mir heute, zwanzig Jahre nach seinem Erscheinen, wenn ich die geistige und politische Entwicklung der Bundesrepublik bedenke, prophetisch vor. Ein verkanntes Buch, nur von wenigen wahrgenommen, deutsch ohne nationalistische Dimension und gerade deshalb sehr deutsch. Familie, Gesellschaft, Kirche, die etablierte Schizophrenie unserer Lebensweise, die Angst der Deutschen vor ihrer Geschichte, um ihre Geschichte, die Widerstandslosigkeit, mit der sie sich nach Osten und Westen treiben lassen; die Freundschaftslosigkeit, in der wir leben, die Spannung des Buches sitzt tief, seine Radikalität noch tiefer, tiefer als des Lesens unkundige Politiker ahnen, wenn sie Radikalität nur an der Oberfläche erkennen.

Wenn diese Sammlung nicht langweilt, wenn sie die, die Lesen gelernt und Lesen erfahren haben, zu Lesern macht, vor den Gefahren der Form- und Inhaltslegasthenie bewahrt, die in den herkömmlichen Mustern der Interpretation verborgen ist, dann mag sie eine Andeutung dessen vermitteln, das ich Dünung genannt habe: eine tiefe, innere Bewegung, die man erst spürt, wenn man sich ihr aussetzt. Danken wir denen, die Schulen einrichten und Lesen obligatorisch gemacht haben. Sie wußten nicht immer, was sie anrichten.

Einblick in den Fahrten- oder Flugschreiber

Geleitwort zu Bareiss/Ohloff, »Ingeborg Bachmann – Eine Bibliographie«

Es wird viel über die innere, die ästhetisch-moralische Wirkung eines dichterischen Werkes geschrieben. Interpretation, Analyse, Einordnung finden statt. Zweitliteratur, die wieder Dritt- und Viertliteratur veranlaßt, türmt sich auf; nicht immer in Büchern, oft in Manuskripten und Dissertationen, Vorträgen oder Symposien, Diskussionen und Kontroversen.
Angesichts dieser erstaunlichen Registratur von Werk und Wirkung der Ingeborg Bachmann, konfrontiert mit diesem Kataster ihrer Tätigkeit und deren Folgen, möchte ich auf einen Aspekt aufmerksam machen, den man, wie mir scheint, bisher zu wenig, fast gar nicht beachtet: wen *beschäftigt* so eine Autorin wie Ingeborg Bachmann, beschäftigt im doppelten Sinn: innerlich und äußerlich; was wird da in Funkhäusern, Verlagen, Filmstudios, Seminaren, an Lehrstühlen und Volkshochschulen, in Druckereien und Schreibbüros, Redaktionen und Papierfabriken alles beschäftigt? Geht man zurück bis zum Holzfäller, der für die notwendige Zellulose sorgt, bis zur Kostümberaterin an Film und Theater, Fotografen, Kameraleute, Buchhändler, Schauspieler, Regisseure – der Phantasie, der *exakten* Vorstellungskraft sind keine Grenzen gesetzt –, so kommt man auf ein Heer von Beschäftigten; die Autorin, der Autor – nicht als Arbeitgeber, aber als eine oder einer, der Arbeit gibt –, jemand, der mit geringem Aufwand an Material seine zwanzig, dreißig oder auch fünfundachtzig Seiten Manuskript beschreibt, betippt ... was der alles an-, was der alles ausrichten kann, mit einem Gedicht, mit einer Kurzgeschichte, einem Libretto.
Diese umfassende, erstaunlich umfangreiche Registratur, die hier vorgelegt wird, sollte nicht nur für Germanisten, Literaturkundige und Literaturkritiker, auch für Volkswirte interessant sein. Die Frage, wen beschäftigt so eine Autorin, sollte nicht auf die innere, die ästhetisch-moralische Wirkung beschränkt bleiben. Die Frage, was hat *ein* Lied von Schubert, was hat *ein* Roman von Dostojewskij, *innerlich eingebracht*, ist nicht zu beantworten; was sie äußerlich eingebracht haben, den Autoren an Honorar, den anderen, die sie auf irgendeine Weise reproduziert haben – das sollte

feststellbar sein. Ich stelle mir diese Aufgabe reizvoll vor, diese Daten zu erarbeiten, sie zu »verfüttern«, den Fahrten- oder Flugschreiber eines Lebenswerkes einmal auf diese Weise auszuwerten: Dichtung und Musik gehen nicht dabei verloren.
Mir kam dieser Gedanke wieder, als ich diese Bibliographie mit über 2000 registrierten Spuren durchsah, die die erste Publikation der 20jährigen Ingeborg Bachmann erfaßt und ihre letzte, wobei noch nicht erfaßt sind: ihre Korrespondenz und ihr Nachlaß.

Ingeborg Bachmann, auf eine unbeschreibliche Weise zäh und zart zugleich, hart und weich zugleich, unruhig bis zur *scheinbaren* Fahrigkeit, hat ihren Flug-, ihren Fahrtenschreiber hinterlassen, der hier entziffert vorgelegt wird.

Von Staatsbürgern, Geheimdienstchefs und Schriftstellern

Im amerikanischen Nachrichtenmagazin *Newsweek* vom 14. November 1977 war zu lesen, daß der frühere CIA-Direktor Helms vor Gericht zugeben mußte, das Komitee für ausländische Beziehungen des US-Senats im Februar und März 1973 belogen zu haben.

Er leugnete damals, daß der CIA die Gegner Allendes unterstütze. Später kam heraus, daß der CIA zu dieser Zeit den Gegnern Allendes acht Millionen Dollar zur Verfügung gestellt hat, hauptsächlich den streikenden Transportunternehmern, die chaotische Zustände herbeiführten.

Das Chaos, das Pinochet in Chile an die Macht, Allende um sein Leben brachte, wurde also vom CIA mitfinanziert. Helms, so *Newsweek*, habe damals zwischen zwei gleichermaßen unbefriedigenden Alternativen zu wählen gehabt: Sein Amtseid als Direktor des CIA zwang ihn, die Manipulationen zu verschweigen; denn er hätte sowohl die Operation gegen Allende gefährdet als auch CIA-Agenten in Lebensgefahr gebracht. Indem er aber den Senat belog, machte er sich des Meineids schuldig. Helms vor Gericht: »Ich wollte nicht lügen. Ich wollte den Senat nicht irreführen. Ich habe einfach nur versucht, in der schwierigen Situation einen Ausweg zu finden.« Helms wurde angeklagt, verurteilt und doch praktisch freigesprochen: Er bekam eine Geldstrafe von 2000 Dollar. Meineid wird auch in den USA mit höchstens fünf Jahren Gefängnis bestraft. Es kam, was nach Präsident Carters hochmoralischen Wahlreden (»Ich sehe nicht ein, daß die großen Betrüger frei ausgehen sollen und die kleinen ins Gefängnis«) unvermeidlich war, zu einer »plea bargain«, was man ungefähr mit »abgekarteter Verhandlung« übersetzen kann. An anderer Stelle wird von »deal«, also vom »Handel« gesprochen. Man wollte Helms nach 33 Jahren Staatsdienst nicht ins Gefängnis stecken.

Ich hätte das auch ungerecht gefunden. Ich kann mir keinen Geheimdienstchef vorstellen, der *alle* Gesetze einhalten könnte: die, die seinem Dienst innewohnen und außerdem noch alle anderen geschriebenen und ungeschriebenen Gesetze aller Kategorien. Konflikte, wie Helms sie schildert, gehören doch wohl zum Beruf eines Geheimdienstchefs.

Es wäre nur gut, wenn alle Staatsbürger in allen politischen Systemen dies wüßten. Es würde viele Peinlichkeiten, manche Heuchelei, manch Gewundenes und Unglaubwürdiges leichter erklären.

Es mag da jemand gelegentlich die Rechnung aufmachen, wie viele Menschenleben Helms durch seine Lüge gerettet hat und wie viele Menschenleben seine Aktion gegen Allende gekostet hat. Und die ganz Klugen werden dann mit der dritten Rechnung kommen: wie viele Menschenleben die Regierung Allende *hätte* kosten *können* oder gekostet *hätte,* wenn Helms und andere nicht eingegriffen hätten.

Man darf also davon ausgehen, daß Geheimdienstchefs – nicht immer – aber gelegentlich lügen, auch wenn es um ernste und berechtigte Vorwürfe geht. Und kein Zeitgenosse ist verpflichtet, das, was Innenminister oder ihre Geheimdienste *heute* sagen, für die immerwährende Wahrheit zu halten. Ein paar Jahre später schon mag sich herausstellen, daß sie um höherer Interessen wegen glatt gelogen haben.

Dieser Eingriff des amerikanischen Geheimdienstes in den Ablauf der chilenischen Geschichte – und andere, private, Interessen waren an diesem Eingriff mit weit größeren Summen beteiligt – hat »politische Realitäten« geschaffen.

Fünf Tage nach den Enthüllungen des amerikanischen Geheimdienstchefs hielt Franz Josef Strauß seine Rede, die viel Kritik und auch einige Zustimmung erfuhr. Es fiel mir auf, daß bei den Kommentaren zur Strauß-Rede niemand auf die von Helms zugegebenen Manipulationen zu sprechen kam – die doch, wenn man sich im Zusammenhang mit Chile Gedanken über Freiheit und Demokratie macht, eine gewisse Rolle spielen müßten.

Ich erwarte von keinem deutschen Politiker – wenn er überhaupt in Chile öffentlich spricht, noch dazu in Gegenwart Pinochets und vor überwiegend allendefeindlichen deutschstämmigen Chilenen –, daß er öffentlich die Dollars des CIA und der ITT erwähnt, die zur Herrschaft Pinochets ja ein wenig beigetragen haben. Aber man hätte ja in den Kommentaren – ob man nun die Rede von Strauß für lobens- oder tadelnswert hielt – auf das Geständnis des amerikanischen Geheimdienstchefs hinweisen können, das erst fünf Tage zurücklag. Offenbar hatte doch Helms im Interesse der USA gehandelt.

Da die Etats der Geheimdienste so geheim sind wie sie selbst, weiß ich nicht, ob acht Millionen Dollar viel oder wenig Geld für einen so wohltätigen Zweck sind. Ich nehme an, acht Millionen Dollar sind innerhalb der üblichen Dimensionen wenig. Es ist der Offenheit der US-Presse, der amerikanischen Justiz und der Energie der Untersuchungsausschüsse zu verdanken, daß diese *eine* Manipulation gerichtsnotorisch wurde. Helms' Dilemma zwischen zwei Eiden läßt uns ahnen, welchen Konflikten die Chefs von Geheimdiensten – falls sie Konflikte überhaupt noch wahrnehmen – ausgesetzt sind. Jedenfalls sind jene acht Millionen Dollar wohl nur die Spitze eines ganzen Gebirges von Geld, mit dem Entwicklungen in eine gewünschte Richtung »gelenkt« werden. Von militärischer Hilfe ist dabei noch nicht einmal andeutungsweise die Rede.

Vier Jahre nach der Falschaussage vor dem US-Senatsausschuß bringt das Bekenntnis des Geheimdienstchefs Helms den Chilenen nichts mehr ein. Inzwischen gibt es schon neue Enthüllungen, wie die von Philipp Agee zur Einmischung des CIA in die Innenpolitik Ecuadors.

Ich erwähne das alles, um wenigstens andeutungsweise eine Vorstellung davon zu schaffen, gegen welche finanziellen, administrativen, militärischen Mächte (eigene und fremde) fast alle lateinamerikanischen Autoren anschreiben müssen, wenn sie – in vielfältiger Modulation – ihre Stimme erheben. Klage, Anklage, Analyse, Gedicht, Reportage, Roman – jede Disziplin mit der ihr eigenen Intensität – so enthüllen sie das Schicksal eines Kontinents, der mit Naturschätzen so reich gesegnet ist wie kein anderer, und der doch immer ärmer wird. Und während sich der Reichtum seiner Literatur täglich neu offenbart, stellt sich gleichzeitig auf diesem Kontinent täglich – etwa in Nicaragua – die brutale Nacktheit der Gewaltregimes offen und vor den Augen der Weltöffentlichkeit dar.

Verglichen mit den Mitteln, die Armeen, Geheimdiensten und multinationalen Konzernen zur Verfügung stehen, mag man die verschiedenen Instrumente der Literatur – von Ariel Dorfmans wissenschaftlich-analytischen Essays bis zu seinen Gedichten beispielsweise – für ungefährlich, fast harmlos halten.

Die Reaktionen auf diese Literatur beweisen das Gegenteil: die Verfolgung des Priesters und Dichters Ernesto Cardenal, die vielfache Vertreibung und Bedrohung des Journalisten und Schriftstellers Eduardo Galeano, das Exil des Dichters Mario Benedetti und des Philosophen Ariel Dorfman und vieler lateinamerikanischer Autoren und Journalisten – sie alle beweisen, wie auch der

Bericht der Menschenrechtskommission über die Unterdrückung von Presse und Literatur in Lateinamerika zeigt, das Gegenteil. Sogar die stupide Propaganda, mit der jede Art von Reform für »kommunistisch« erklärt wird, beginnt in Lateinamerika ihre Wirkung zu verlieren, seitdem innerhalb der katholischen Hierarchie die Einsicht wächst, daß Profit, Besitz und Unterdrückung nicht unbedingt christliche Werte sind. Wobei mir jene »rauschenden Freudenfeste« einfallen, die von der *Frankfurter Allgemeinen Zeitung* nach dem Putsch in Chile im September 1973 aus Madrid berichtet wurden. Wohl kaum die wahre christliche Art, das Elend von Millionen zu begehen.

Die Frivolität solcher Freudenfeste, die kochtopftrommelnden Damen, von denen wir nach dem Putsch in Chile hörten und denen man ansah, daß sie wohl nur selten am Kochtopf gestanden haben, die Gelder der Konzerne, die Ausbildungslager für Juntaoffiziere in der Panamazone – was vermögen dagegen die vielfältigen, wenn auch glühenden Ausdrucksmittel der Literatur? Was vermögen noch so viele Namen von Schriftstellern, Dichtern, Journalisten, Philosophen im Exil gegen diese Übermacht?

Es ist ein Kampf von Tauben gegen Flugzeuge, mit Fahrrädern gegen Düsenbomber. Es ist ein Kampf, der in aller Weltöffentlichkeit geführt wird und immer mehr Aufmerksamkeit gewinnt: der »Ho-Chi-Minh-Pfad« der Literatur.

Darf es etwas weniger sein?

Auswiegen ist eine ehrenwerte Tätigkeit; dem, der da ein halbes Pfund Wurst haben möchte, wirklich seine zweihundertfünfzig Gramm auszuwiegen: ehrenwert. Meistens heißt es ja dann: »Darf es etwas mehr sein?« Man bekommt ungefähr zweihundertfünfundsechzig Gramm, nimmt und bezahlt sie. Ich habe noch nie gehört: »Darf es etwas weniger sein?« Außerdem – das ist vorausgesetzt – müssen beim Auswiegen die Gewichte stimmen, die Waage muß waagerecht stehen (daher das Wort!); allerlei, gar nicht so einfach zu erfüllende Voraussetzungen, denn *absolut* waagerecht wird wohl keine Waage aufzustellen sein, und ich weiß nicht, wie oft die Eichämter die Gewichte prüfen. Im übrigen sind ja die meisten Waren verpackt, schon ausgewogen, sogar das Obst neuerdings, so daß das »Darf es etwas mehr sein?« fast schon nostalgischen Charakter bekommt. Es war Omas Einkaufserlebnis. Sie bekam immer »etwas mehr« und bezahlte immer »etwas mehr«.
Ich weiß nicht, welche komplizierten Waagen – waagerecht stehend und mit geeichten Gewichten versehen – die Leute irgendwo stehen haben, die ein »ausgewogenes« Funk- und Fernsehprogramm fordern, und ob diese Leute sich klar darüber sind, daß es ja auch spezifische Gewichte gibt. Als Kinder sind wir (bin ich jedenfalls!) ziemlich lange auf die Scherzfrage hereingefallen, was denn schwerer sei, ein Pfund Blei oder ein Pfund Federn: ich tippte ziemlich lange auf Blei, und heute noch würde ich wahrscheinlich, hätte ich in der einen Hand ein Pfund Blei und in der anderen ein Pfund Federn, das Blei schwerer finden; ich könnte mir denken, daß die linke Hand etwas anders auswiegt als die rechte, daß Blei in der linken Hand schwerer wiegt als Federn in der rechten; schließlich ist der menschliche Organismus weder ausgewogen noch gar symmetrisch. Außerdem hat ja der Mensch – dieses weithin noch unerforschte Wesen – Sympathien, die ihn zum wahren Auswiegen ungeeignet machen; nein, ich will hier nicht herauszufinden versuchen, was den Menschen zum Menschen macht; ich denke mir, daß ein *total ausgewogener* Mensch aufhört, einer zu sein. Ein total ausgewogenes Fernseh- und Funkprogramm müßte so ungefähr die Hölle sein, symmetrisch, sauber, aufgeräumt – und leer wie ein Kasernenhof am Sonntagnachmittag. Darf es etwas weniger sein?

Wie will man eine Welt, die voller Konflikte, Spannungen, Probleme ist, »ausgewogen« darstellen? Ich möchte es wirklich wissen. Wer eicht da die Gewichte, wer kontrolliert die waagerechte Position der Waage? Justitia weiß es besser: Sie läßt sich blind darstellen, sie weiß nicht genau, ob das Recht etwas mehr oder etwas weniger ausgewogen wird oder ist.
Betritt einer das stets verminte Gelände der »eigentlichen« Kultur, wird's mit dem Auswiegen unheimlich: für einen Brecht (der ja dann wohl doch ein Linker gewesen sein könnte) einen Claudel? Für einen Heiner Müller einen Gabriel Marcel? Für ein »atheistisches Stück« ein »christliches«? Woher mit den Stükken? – ich meine: mit den christlichen. Da sollten »christliche Autoren« (was immer das sein mag) aber rasch die Feder eintunken oder ein neues Farbband einlegen. Für einen »kritischen« Film einen »unkritischen«?
Und wer berücksichtigt die spezifischen Gewichte? Beim Metzger ist das ziemlich einfach. Ein Pfund Dauerwurst ist teurer als ein Pfund Blutwurst. Das läßt sich auswiegen. Wer wiegt die Kultur aus? Einen Shakespeare – ein ziemlich unausgewogener Autor – gegen wen?
Merkwürdigerweise wird die Unausgewogenheit ausgerechnet dem Sender angekreidet, der der größte ist, der im größten Bundesland liegt, in dem bekanntlich die Bundestagswahlen entschieden werden. Und ich habe mich gewundert, daß die »rechten« Autoren (die es ja auch gibt) nicht protestierten, als Herr Schwarz-Schilling meinte, »links« und »kritisch« würden gleichgesetzt.
Ist Herr Mühlfenzl etwa unkritisch – oder gar links? Und andere? Ich wage gar nicht, sie alle aufzuzählen, alle ziemlich kritisch und gar nicht links. Unausgewogen, die Linken wie die Rechten. Gott sei Dank – und wer möchte den einen oder anderen die »Gegner« oder gar »Feinde« nehmen?
Im übrigen ist ja die Presseszene unausgewogen genug: Da ruft ja keiner nach »Ausgewogenheit«, nicht einmal die SPD, die es nötig hätte. Will die CDU das wirklich: ein »ausgewogenes« Fernseh- und Funkprogramm? Möglicherweise *meint* sie »harmonisch«, das wäre ein ehrenwerter Traum in einer so unharmonischen Welt, in der immer noch das Lamm den Löwen fürchten muß. Auswiegen ist eine ehrenwerte Tätigkeit – für den Kaufmann, für den Metzger, und es soll getrost »etwas mehr« sein. Weniger ist es nie.

Schöne Aussichten für Zwanzigjährige

Über Silvio Blatter, »Zunehmendes Heimweh«

Am Ende hatte ich den Eindruck, fast eine Trilogie gelesen zu haben, also etwa 1000–1200 Seiten, wo *Zunehmendes Heimweh* doch nachweisbar nur 476 Seiten ausmacht. Silvio Blatter hat schon in seinen früheren Arbeiten *(Genormte Tage, verschüttete Zeit)* eine eigene Art entwickelt, Situationen und Konflikte überpräzis in Ausdruck zu bringen, »überhöht« in einer Genauigkeit, hinter der Phantasie wirkt. So kann der Leser keine Zeile auslassen, wird verführt (oder gezwungen), Satz für Satz, Wort für Wort, Abschnitt für Abschnitt zu »entfalten«, und er wird in eine Ruhe hineingeholt, die voller Konflikte ist, in der Zündschnüre schwelen.

So entsteht Spannung im begrenzten Raum zwischen Bremgarten, Wohlen, Muri und einigen Nachbargemeinden, alle im »Freiamt« gelegen, Kanton Aargau.

Da gibt es Margrit Fischer, eine Arbeiterin, die ein Kind erwartet, ihren Mann Herbert, der am Anfang des Romans »nach oben« will, am Ende aber lieber dort bleiben möchte, wo er ist: Bankangestellter, der sich (ein wenig zu rasch, wie ich finde – innerhalb einer Woche!) den Prokuristen aus dem Kopf schlägt; die alternde Arbeiterin Anna Villiger, ihre Kollegin, die junge Anita (die drei Frauen arbeiten in einer Mohrenkopffabrik).

Es gibt den Lehrer Hans Villiger, er arbeitet an einem Aufsatz über den Katholikenaufstand des Jahres 1841 im Freiamt; dieser Bericht wird in den Roman eingelegt und gibt der Landschaft und ihren Bewohnern historischen Hintergrund. Es gibt die Jugendlichen Pep und Lur. Für Lur (dem zwar seine hohe Sensibilität, nicht aber ganz deren Ausdruck zu glauben ist) ist »Vernunft ein Tumor in Bürgerköpfen«; für Pep ist der selbstzufriedene Vater geradezu ein Abschreckbild für eine mögliche Zukunftsvorstellung seiner selbst.

Für Pep ist die Zukunft, ob er nun Schreiner oder Lehrer wird oder Tankwart bleibt, ohne jede Verlockung, wäre da Anita nicht, die auch Lur einmal glühend und rührend verehrt und begehrt hat. Lur ist entschiedener: asozial, unehelicher Herkunft, sozusagen zur Kriminalität vorbestimmt, nimmt er sie an, zwingt Pep in sie hinein; der aber will aussteigen, und da gibt es nach der Moral der »Blackbirds« nur eine Lösung: das Motorradduell.

Man fährt mit 120 Sachen nach exakt abgesteckter Duellstrecke aufeinander los, und wer ausweicht, ist unterlegen. Da sie alle einander kennen, alle wissen, daß Pep den Lur aus dem Gefängnis befreit hat, gibt es Spannung, Mitwissen, Mitschuld genug. Hans Villiger ertappt sich bei dem Gedanken, daß er Lur das Gelingen der Flucht wünscht. Mehr noch: »Ich habe ihn nicht angezeigt, daß das strafbar ist, ist mir gleichgültig.«
Dieser Hans Villiger hat zwar den Tumor Vernunft im Kopf, traut ihm aber nicht in seiner als Ordnungsmacht etablierten Gestalt. Lur findet in Luzern Lisa, mit der er und sie mit ihm wohl eine Zukunft riskieren würde, er muß aber – mangels Tumor Vernunft im Kopf – dieses Motorradduell mit Pep noch ausfechten. Es geht gut aus: Pep, von vornherein dazu entschlossen, weicht aus. Und Lur wäre nach Zürich durchgebraust, hätte sich, wie mit Lisa verabredet, der Polizei gestellt, trotz aller Zweifel am Strafvollzug einen neuen Anfang zu machen versucht, hätte da nicht Anita in ihrer Angst die Polizei verständigt und Hans Villiger.
Hätte, wäre. Es gibt eben nicht nur den Tumor Vernunft, auch den Tumor Angst, nicht nur in Bürgerköpfen. Das Duell endet nach Straßensperren, Schießerei, Verhaftungen, zunächst im Spital, wo Lur eingeliefert wird, Margrit gerade ihr Kind bekommen hat, Anna Villiger liegt, tot im Zugabteil aufgefunden, noch nicht identifiziert (und so wird der Roman etwas zu sehr Roman). Und zweimal, als Vorwarnung auf der vorletzten, als letztes auf der letzten Seite ein Wort, das manchen (literarischen) Zeitgenossen erschrecken wird: »Zuversicht«. Ja, Zuversicht. Bei zunehmendem Heimweh.
Pep und Lur sind nicht etwa die Helden dieses Romans, ihr Konflikt ist nicht das einzige Element der Spannung; die beiden sind nur das »moderne«, auch das internationale Element, sie könnten in Texas oder bei Bochum leben, mit ihren Yamahas, deren Lärm und Geschwindigkeit Abschirmungen gegen die Welt der Erwachsenen sind, so wie es in Lautstärke und Permanenz die unvermeidliche Musik ist.
Es sind nicht die beiden, die Schweiz und Freiamt vom Odium der Idylle befreien. Dieser Roman hat keinen »Helden«. Es ist der Roman der alternden Arbeiterin Anna Villiger, der Roman Margrits und Anitas. Hans Villigers, der Roman des »Langen«, Anna Villigers Vater, der da am Tag der Geburt seiner Tochter im Jahr 1914 eingezogen wird, von Frau und Kind und notwendiger Ar-

beit weg zum Wachdienst an der Grenze, gegen einen Krieg, der für ihn »nur ein anders Wort für Sinnlosigkeit« ist.
Der »Lange« ist ebenso stark und gegenwärtig, wie Pep und Lur es sind, fast noch mehr als sie. »Die Kameradschaft dieser Armee widersprach seinem Wesen. Er pfiff auf die Volkstümlichkeit der Offiziere; die Zotenhaftigkeit ihrer Witze war Anbiederung.« Und: »Er liebte sein Land als eine Heimat und mißtraute dieser Heimat als Staat.« Außerdem: »In der Dunkelheit mußte der Lange auch nicht befürchten, es lese einer aus seinem Gesicht, was er nicht abgelesen haben wollte.«
Was ist es, was da auf dem Gesicht eines redlichen Schweizer Bauern niemand ablesen soll? Denkt er etwa an die Kriegsgewinne (der Reingewinn der Nahrungsmittelindustrie steigt von 20 auf 33, der Gewinn der Metallindustrie gar von 12 auf 33 Millionen)? Kommt dieser wortkarge Bauer, der zunehmend Heimweh nach Hof, Weib und Kind empfindet, der mit dem Hunger der Arbeiterfamilien im Krieg vertraut wird, kommt er etwa auf die Idee, daß man am Krieg Geld verdienen kann, während alberne Vorgesetzte ihm »die Eier schleifen« und Manöver ihm wie »Lausbubenstreiche« vorkommen? Das Rebellische, das Nachdenkliche auch, zieht sich durch den Roman auf allen Ebenen: In Margrit gegen die Karriere ihres Mannes; gegen die kriminelle Sexualerziehung eines finsteren Katholizismus in Pep und Lur; im Lehrer Hans Villiger, der, ein durchaus aufgeklärter Mensch, empfindlich gegen demonstratives Schweizertum ist, der in Amsterdam dennoch immer stärker »zunehmendes Heimweh« empfindet nach diesem provinziellen Ambiente.
Zunehmendes Heimweh empfindet auch Lur, nach einer Kindheit, die er nie gehabt hat; wissen möchte er doch, wohin er gehört – doch wohl nicht nur ins Gefängnis oder in die Arbeitskolonie (er besichtigt eine); Heimweh nach der Mutter, nach dem Vater, den er endlich aufstöbert, ein Scherenschleifer, der das hübsche katholische Mädchen, Lurs Mutter, in Schande gebracht hat, von der Existenz seines Sohnes nichts weiß.
Pep schließlich möchte nicht »zuversichtlich in die Himmel der Konsumkerker« eingehen und ist doch schon drin im eigenen, der aus Yamaha und Lärm um jeden Preis zu bestehen scheint, in einem Kerker, den die Werbung für die Jugendlichen errichtet hat.
Es kommt ein weiteres Element hinzu: dieser offenbar spezifische Katholizismus des »Freiamts«, der dem ganzen Roman wie eine

Grundierung unterliegt. »Katholizismus als Katalysator ... als Reaktion, Sackgasse, Schraubstock für Seelen, als Stillstand und Denkkerker.« Das läßt sich gewiß auch auf andere Konfessionen und ihre Abweichungen anwenden. Mögen auch die Nichtkatholiken ihre Kerker erkennen und öffnen.

Margrit beharrt auf Seßhaftigkeit; sie erwartet ihr erstes Kind, kühl und doch zärtlich, weder »ideologisch« noch bloß »spontan«, eine kluge junge Frau, 25 Jahre alt, sie nimmt »die äußere Landschaft nur als innere wahr und erkannte da draußen eine innere Welt«.

Geht's vielleicht doch nicht darum, bloß »innerlich« zu sein und das andere nicht? Da entsteht Heimweh auch beim Leser. Möglich, daß es Heimweh nach etwas ist, das man – auf »Weltläufigkeit« aus – als Provinz, als Enge zu lange verachtet hat, Heimweh nach der Einsicht, daß die Welt überall *ganz* im Sinne von »vollständig«, nicht im Sinne von »heil« ist. Ob sich in der sogenannten Weltläufigkeit etwa der Jet-Sets nicht eine neue, wahrhaft bornierte Provinzialität verbirgt, fliegende Botanisiertrommeln der Langeweile: namedropping als Ersatz fürs Schmetterlinge fangen? Und sind die wüst daherdonnernden Yamahas (oder wie immer sie heißen) nicht so etwas wie der Jet des kleinen Mannes, der da »aufreißt« und abhaut?

So »entfalte« ich mir diesen Roman, weiß natürlich, daß *Zunehmendes Heimweh* in der Schweiz »spielt«, in der, wie manche behaupten, das Heimweh erfunden worden ist. Schweizer Söldnern jedenfalls war das Singen bestimmter Lieder verboten, weil es Massendesertionen auslöste.

Annäherung auch an das unerschöpfliche Thema: Ursachen des Terrorismus (wie ich sie schon in Otto F. Walters *Verwilderung* fand, einem Roman, der nicht weit vom »Freiamt« entfernt »spielt« und den Terror nicht der Ausgeflippten, sondern den der Selbstzufriedenen darstellt und keineswegs mit Zuversicht endet; und wie kommt ein wohlerzogener, hochgebildeter, sensibler, sogar mit Humor gesegneter, von Ideologie unbeleckter junger Mann wie der »Held« des *Mars* von Fritz Zorn auf den Gedanken, die »Schweizerische Kreditanstalt« in Zürich in die Luft sprengen zu wollen?).

In *Zunehmendes Heimweh* gibt es Hinweise auf ein anderes Milieu, andere Ursachen: die Nichtigkeit der von der Umwelt angebotenen Werte, dieses ständig wiederholte, aus- und abgeleierte Betonen der eigenen Leiden und Leistungen. Man sollte Männern über Vierzig gesetzlich verbieten, aus ihrem Leben zu erzählen. Dieses ständige, wenn auch »bescheidene« Wachstum von Konto und Karriere! Jährlich nur vier Prozent machen in 25 Jahren hundert: schöne Aussichten für Zwanzigjährige!

Das provoziert einen Nihilismus, der sich gar nicht mehr politisch motivieren muß: das Nichts gegen die Nichtigkeit der angebotenen »Werte«. Zuversicht. Ohne Wachstum. Schließlich ist auch Krebs eine Erscheinungsform von Wachstum.

Silvio Blatter hat in diesem Roman seine Art zu schreiben zum erstenmal weit ausgebreitet. Wie er auf präzisen Details aufbaut, diese ineinander baut, bringen winzige Schwächen den Aufbau nicht ins Wanken.

Wie er auf nur einer Seite alle Sorgen des wieder einmal ausrükkenden »Langen« ausdrückt, wie er ohne die geringste Andeutung von Voyeurismus die schwangere Margrit unter der Dusche beschreibt, die Fußbäder der Anna Villiger, die Beine einer alternden Arbeiterin, deren Mahlzeiten; wie er die Landschaft bevölkert durch Bauern, Soldaten im Manöver, Motorradfahrer, wie er im Regionalen internationale Probleme und Konflikte behandelt, die Ganzheitsmethode auf Bremgarten, Muri, Wohlen und Nachbarschaft anwendet – ja, das ist ein Heimatroman, wie alle Romane, in denen Menschen zu Hause sind.

Ein Autor, der weit herkommt

Ein Autor, der nicht langweilt; der Theologie, Religion, Philosophie, Geschichte nicht etwa »verarbeitet«, der sie in sich hat, dessen Substanz sie sind; der außerdem alles, was sich unter dem verhängnisvoll kurzen Kürzel »Sex« an Spannungen, Konflikten, Problemen verbergen kann, nicht aus der jüngsten, der Reduktionsküche des Porno-Kommerzes bezieht, sondern aus einer älteren, die wir Altes Testament nennen und die in der jüdischen Tradition ihre Fortschreibungen hat; ein Autor, der jüdisch ist (ich bin versucht, zu sagen, jüdisch wie kein zweiter und mit einer solchen Äußerung den Zorn manches gestrengen Juden auf mich zu laden!); der Humor hat (was nicht selbstverständlich ist, es gibt humorlose Juden, Gott sei Dank, so wie es dumme und wenig »intellektuelle« gibt), den Humor auch noch nicht verloren hat; wenn ein solcher Autor dann gelegentlich auch noch als »einfach« erscheint oder so dargestellt wird, dann kann es kaum einen vertrackteren geben, keinen, der einige, und scheinbar geläufige Begriffe – wie etwa Humor und Einfachheit – so massiv in Frage stellen kann; und wenn dann auch noch das »Metaphysische«, gelegentlich fälschlicherweise als nur »irrational« bezeichnet, ins Spiel kommt und keineswegs auf eine Weise, die sich für irgendeine Form der Sonntagspredigt eignet – nein, vertrackter geht es nicht. Ein Autor, der unterhält – und außerdem noch alle diese Eigenschaften hat!

Mit der uns gewohnten Darbietung von Samstagabend-Fernsehhumor und Unterhaltung hat Isaac Bashevis Singer nichts zu tun, obwohl oder gerade weil er unter anderem den Lebensweg eines klassischen »Entertainers« wie den des »Zauberers von Lublin«, Jascha Masur, vorführt; was ist ein »Entertainer« ohne Metaphysik? (Was Metaphysik ohne Entertainment ist, dieses trockene Zeug bekommen wir ja täglich vorgeführt!) Jascha Masur ist heillos, vielfältig verstrickt – gesellschaftlich, finanziell, amourös, religiös – er verabredet sich manchmal mit zwei, drei Frauen gleichzeitig, verspricht allen alles, was in jedem Fall bedeutet: zu viel – und landet zuletzt bei einer weiteren; schließlich, vom Selbstmord einer Geliebten erschreckt, läßt er sich vor der Tür seiner getreuen und liebenswürdigen Ehefrau Esther einmauern; in seinem Gemäuer ist er so viel Versuchungen ausgesetzt wie Antonius in der Wüste, gerät in den Ruf eines Heiligen und Wundertäters, kämpft vergebens gegen diesen Ruf an, vergleichbar Jakob, dem Knecht, und seiner zur Sara gewandelten Wanda, einer »Goiete«, einer Nichtjüdin, die – irrtümlicherweise, wie sie am besten wissen – zum Ziel jüdischer Pilger werden, die ihren Segen erbitten und – erhalten.

In solchen Gestalten äußert sich nicht nur die Dialektik des Sündigen, der möglicherweise ein Heiliger ist, und des Heiligen, der mindestens die Erinnerung an seine Sündigkeit noch in sich trägt (und sie genießt, indem er sie bekennt, wie es gelegentlich bei einem gewissen Augustinus anklingt). Es äußert sich in solchen Gestalten ein metaphysischer Humor, der so manchem hilfreich sein könnte, der auf moderne Heilige, die sich selbst dazu erklären oder ohne Widerspruch dazu erklären lassen, hereinfällt. Schließlich sind Image und Ikone sehr nahe Verwandte, und was da so alles an »Images aufgebaut« wird, ist schon lebensgefährlich. Nichts ist weiter von Humor entfernt als diese platten, schwachsinnigen Formen ausgestrahlter »Fröhlichkeit«, die uns gewöhnlich als solche geboten werden.

Isaac Bashevis Singer führt den Leser manchmal auf eine Spur, die rasche Identifikation nahezulegen scheint, diese aber sofort wieder zweifelhaft und fragwürdig macht; die Spur führt immer weiter als der eingeschlagene scheinbar »einfache Weg«, führt in Dikkicht, Leiden, Verstrickung – nicht immer wieder heraus. Ja, Jascha Masur oder Jakob, der Knecht, möchte man wohl sein, es zeigt sich aber: sie sind gar nicht die, die sie sind, sind ständig auf der Suche – nach sich selbst – und Gott; voller Zweifel, inneren und äußeren Rückschlägen ausgesetzt; es gibt ihn nicht, den »geraden Weg« humorloser Idealisten, der möglicherweise im Dschungel von Guyana endet; es gibt ihn nicht, den »geraden Weg« humorloser Materialisten, für die sie selbst und letzten Endes alle Menschen zu bloßem Material werden, und der letzten Endes auch in irgendeinem Dschungel endet. Es mag Heilige geben, so wie es gewiß Sünder gibt, wer vom einen nichts weiß, kann das andere wohl nicht sein, und wer nicht weiß, wem man vorenthalten hat, was sich da zwischen Thamar und Juda abspielte, deren Abkömmlinge Perez und Serach immerhin am Anfang, unserer, der christlichen Heilsgeschichte stehen, weiß wahrscheinlich nicht, woraus Heil entstehen kann.

Isaac Bashevis Singer macht nachdenklich, ohne zu langweilen. Ich weiß nicht, ob je einer auf die Idee gekommen ist, sein Personal zu zählen oder gar eine Aufstellung davon zu machen – es kommt mir so zahlreich vor wie die »Sterne am Himmelszelt«, selbst seine kurzen Geschichten wimmeln von Menschen, von Leben, und nicht, nie zu vergessen: er schildert einen Kosmos, den es nicht mehr gibt: sie alle, Jascha, Berl, Jakob, Ruth, Mordechoi oder Esther – Auschwitz, Treblinka, Maidanek standen ihnen bevor –: ermordet zu werden war ihr Schicksal, das Schicksal ihrer Kinder und Enkel. Die wenigen überlebenden Zeugen, die da in Düsseldorf vor Gericht stehen, manchmal auf schändliche Weise gedemütigt und verhöhnt, sie sind die Enkel oder Urenkel von Jascha, Ruth, Mordechoi, Esther und Jakob, Überlebende eines Kosmos, der alles Menschliche enthielt: Händler, Handwerker, Zauberkünstler, Bauern, Diebe und Dirnen, Betrüger auch, die ja alle zum menschlichen Kosmos gehören.

Es ist schwer, fast unmöglich, auch nur eine von Singers Geschichten nachzuerzählen, nicht einmal eine so »einfache« Geschichte wie etwa *Der Sohn aus Amerika*, in der sich Märchen und Mythen aus vielen Kulturen zu einer Geschichte synchronisieren, die etwa unserem *Hans im Glück* annähernd verwandt wäre.

Die »nackten« Rationalisten werden über Singer den Kopf schütteln, und doch werden die »nackten« Irrationalisten keine reine Freude an ihm haben, alle seine Dämonen – es gibt deren zahlreiche – passen in kein Ikonen-Klischee. Die Christen, die in seinem Kosmos auftreten – es sind solche von der russisch-orthodoxen und der polnisch-katholischen Variante –, kommen nicht in einer Gestalt vor, die einer erbaulich finden könnte: Details ihrer Pogrom-»Techniken« übertreffen so manches modische Grusical – und die neuerliche schwärmerische Hinwendung zu den Formen des »osteuropäischen Christentums« könnte manchen Dämpfer erfahren. Die religiös-theologische Ausrüstung der bei Singer »auftretenden« Christen ist von niederschmetternder Primitivität, möglicherweise auch, weil ihre Geschlechtlichkeit immer näher am »Porno« war als an jener Quelle, aus der Singer nicht nur schöpft, die ihn auch mit Nahrung versieht: die Bibel. Befragt über die Sinnlichkeit (sensuality) seiner Romane und Erzählungen, die man ihm – auch aus jüdischen Kreisen – manchmal vorwirft, sagte er kürzlich unter anderem zu Phyllis Malamud von *Newsweek:* »Ich schäme mich ihrer nicht. Die Bibel und der Talmud sind voll von Sexstories. Wenn es einen Gott gibt, so stelle ich ihn mir als Liebhaber (lover) vor.«

Es ist sicher kein Zufall, daß die Überlebenden des Kosmos,

den Singer zum Gegenstand seines Schreibens hat, das osteuropäische Judentum, Möglichkeiten des Weiterlebens in einer Stadt gefunden haben, die selbst ein komplizierter und komplexer Kosmos ist: New York. Wohl nur in einer Stadt wie New York – mit all ihrer »Verworfenheit« und Größe –, in einer Stadt, in der auch die bereits Angepaßten immer wieder Anpassungsschwierigkeiten haben, auch Ausdrucksschwierigkeiten, ist noch Platz für Singers Personal, für seine Sprache: das Jiddische, und für die Geister, die er beschwört.

Gruß an Solschenizyn

Kein Land, kein Staat dieser Erde hat so schöne Dichter-Museen wie die Sowjetunion: die beiden Tolstoi-Museen in Jasnaja Poljana und Moskau, Tschechow-Häuser in Jalta und Moskau, das Puschkin-Museum in Leningrad, zwei Dostojewskij-Museen; sie alle sind gut aufgebaut, gut geführt, viel besucht.
Mobiliar, Zeitstimmung, Manuskripte, reliquienartige Details – ich erinnere mich an Dostojewskijs Zigarettenetui, Tolstois berühmten Samowar, an Schreibgeräte, Schreibtische und die für Westeuropäer überraschende Improvisation der Schlafgelegenheiten. Ich erinnere mich auch der unergründlichen, merkwürdig düsteren Stimmung im Gorki-Museum.
Der Besuch dieser und anderer Museen hat mir eine Selbstverständlichkeit wieder nahegebracht, die hinter dem Eisernen Vorhang verlorenzugehen droht: hier ist Europa, wird europäischer Geist und europäische Tradition erhalten, mit einer Innigkeit, fast Inbrunst gepflegt, die uns Westeuropäern manchmal zu weit zu gehen scheint; schnöde, verwöhnt, übersättigt auch, neigen wir dazu, das alles, wenn nicht zu mißachten, so doch gering zu schätzen: diese hingebungsvolle Akribie, hinter der oft genug andere Absichten spürbar sind als die offiziellen.
Irgendwann wird es natürlich ein Scholochow-Museum geben (falls es nicht schon vorhanden ist), ein Simonow-Museum, wenn die Zeit ihre Zeitlichkeit offenbart; ein Bulgakow-Museum. Feiern werden stattfinden, Gedenkreden gehalten und Vorträge, Filme gezeigt und Lichtbilder. Ein Pasternak-Museum gibt es noch nicht, doch sein Haus in Peredelkino und sein Grab sind schon Gedenk- und Pilgerstätten, wie die Stätten der Achmatowa. Majakowski, Jessenin, Mandelstam, Babel – Reichtum, Vielfalt, Gegensätze, Unterschiede – sie alle gehören zu Europa, das sich immer mehr als *West*-Europa versteht.
Ich bin sicher, daß auch Alexander Solschenizyns, der heute sechzig wird, in der Sowjetunion gedacht wird. Er ist der jüngste dieser großen Galerie von »Umstrittenen«, der einzige, der als Sowjetbürger geboren ist. Werden die Feiern zu seinem Geburtstag nur geheime, heimliche sein? Werden da vor seiner letzten Wohnung in der Gorkistraße, von der aus die Vertreibung betrieben wurde, Blumen liegen? Werden Polizisten die möglichen Gedenkstätten bewachen? Rostropowitschs Datscha, das Tschu-

kowski-Haus, die Wohnung in Rjasan, das Geburtshaus in Kislowodsk? Werden vor den Toren des Jefortowo-Gefängnisses aus einem vorüberfahrenden Auto Blumen abgeworfen werden?
Schwer vorzustellen, daß man in der Sowjetunion diesen Tag übersieht, unwahrscheinlich, daß man den Tag der Ausweisung (den 13. Februar 1974) je vergessen wird. In *Eiche und Kalb* verzeichnet Solschenizyn die Prognosen über das »Was werden sie tun«, die er Neujahr 1973 aufstellte, nachdem der *Archipel GULAG* heraus war und die letzte, härteste Konfrontation fällig wurde: Nun exakt in das Koordinatensystem seiner Einsichten und Erfahrungen eingeordnete Möglichkeiten, bei denen er »Ausweisung« nur als »möglich« notierte.
Sein Geburtstag wäre ein Anlaß, *Eiche und Kalb* zu lesen oder noch einmal zu lesen: es ist das Buch eines großen Autors, an dem man zu leicht übersieht, daß er Mathematiker ist, ein Mathematiker höherer Art; ein Planer auch, der höchst komplizierte Vorgänge *formuliert,* in diese Formeln auch Unberechenbares aufnimmt, Wahrscheinlichkeit, Unwahrscheinlichkeit; ein Planer, der gegen den »großen Plan« auftritt, bevor dieser erkennbar wird.
Es ist ein spannendes Buch, so umfangreich wie notwendig, es enthält den Roman der sowjetischen Zensur, ihrer Winkelzüge und Verwicklungen, enthält nicht nur Autobiographisches, sondern auch die Darstellung der hohen planerischen Intelligenz eines einzelnen, der, wenn auch isoliert, die Medien, die westlichen, in die Berechnungen seines Plans, in die Auflösung seiner Formel einbezieht; enthält auch das Kerbholz der Schäbigkeiten des sowjetischen Schriftstellerverbandes, das inzwischen reichlich weitere Kerben aufzeigt.
Kaum auszumachen, und wird wohl nie ganz auszumachen sein, was durch die Ausweisung angerichtet wurde. Und was von ihm durch sein Werk bewirkt wurde. Da mag's Ärgernisse geben, sogar Ärgerliches, nicht nur bei seinen Feinden, unvermeidliche Mißbräuche und Mißverständnisse, willkommene und unwillkommene Wirkungen und Auswirkungen – wer wird das je ausmessen? Das »Sie wissen nicht, was sie tun« gilt für viele, nicht nur für die, die ihn auswiesen.
Alexander Solschenizyn hat eine Wende, eine Weltwende bewirkt, die bis in alle Winkel und Ecken hinein sichtbar wird. Er hat nicht nur das System entlarvt, das ihn vertrieb, auch dort, wohin er vertrieben wurde, hat er einige entlarvt, die ihn allzu

eifrig für sich »reklamierten«. Ist ein Autor wie er überhaupt reklamierbar? Im Kerbholz der Zeit – nicht nur der Geistes- und Kulturgeschichte – wird er bleiben, in seinem Werk, das untrennbar ist von seiner Person.

Ich möchte auf eine seiner Eigenschaften hinweisen, die so selbstverständlich wie bisher fast unbemerkt geblieben ist: Er ist Europäer, Osteuropäer – Anlaß genug, bei der gegenwärtigen Europa-Geschäftigkeit über die Definition Europas und des Europäischen nachzudenken. Ob es an seinem achtzigsten Geburtstag am 11. Dezember 1998 oder an seinem hundertsten am 11. Dezember 2018 ein Museum für ihn geben wird, in Kislowodsk, Rjasan oder Moskau?

Ich erlaube mir, auf diesem Weg einen Glückwunsch nach Vermont zu schicken, an ihn, seine Frau Alja, die Kinder und die Schwiegermutter.

Eine Last auf meiner Seele

Nehme ich Gepäck als Last – und einer meiner Träume ist es, ein »Reisender ohne Gepäck« zu sein –, so liegen zwei Lasten auf meiner Brust und meiner Seele: die Bücher und Manuskripte, die ich nicht gelesen habe, nicht lesen konnte; die grausame Notwendigkeit, mit der ich in gewissen Abständen meine Regale und Tische räumen muß, macht mir das Ungelesene zur Last, macht mir bewußt, daß Lesen ein ungerechter Vorgang ist; er setzt eine Auswahl voraus, von der ich nicht genau weiß, wie sie zustande kommt, welche Motive, welche Zufälle – oder sind es keine? –, welche Vorurteile – oder sind es keine? – da mitspielen.
Die zweite Last: Bücher, die ich gelesen habe und denen ich nicht gewachsen bin. Ein Beispiel: eine Autorin, die ich ständig umkreise, nie erreiche, vielleicht, weil ich Angst davor habe, ihr zu nahe zu kommen. Ich beschaffe mir ihre Bücher immer wieder, verschenke sie, oder lege sie beiseite, und beschaffe sie mir wieder, habe sie bei mir, wenn ich auspacke, zu Hause, in Hotels, anderswo. Die Autorin liegt mir auf der Seele wie eine Prophetin; es ist der Literat in mir, der Scheu vor ihr hat; es ist der potentielle Christ in mir, der sie bewundert, der in mir verborgene Sozialist, der in ihr eine zweite Rosa Luxemburg ahnt; der ihr durch seinen Ausdruck mehr Ausdruck verleihen möchte. Ich möchte über sie schreiben, ihrer Stimme Stimme geben, aber ich weiß: ich schaffe es nicht, ich bin ihr nicht gewachsen, intellektuell nicht, moralisch nicht, religiös nicht. Was sie geschrieben hat, ist weit mehr als »Literatur«, wie sie gelebt hat, weit mehr als »Existenz«. Ich habe Angst vor ihrer Strenge, ihrer sphärischen Intelligenz und Sensibilität, Angst vor den Konsequenzen, die sie mir auferlegen würde, wenn ich ihr wirklich nahe käme. In diesem Sinne ist sie nicht »Literatur als Gepäck«, aber eine Last auf meiner Seele. Ihr Name: Simone Weil.

Was menschenmöglich ist ...

Vorwort zu Heinz Liepman, »Das Vaterland«

Fünfundvierzig Jahre nach seinem Erscheinen gelesen, erweist dieses Buch sich als erstaunlich frisch und seine faktische Direktheit als – ich würde sagen: wohltuend, wären die mitgeteilten Fakten nicht von einmaliger Grausigkeit – ernüchternd. Die Handlung ergibt sich aus dem einfachen Faktum: ein Schiff war einige Monate lang unterwegs, ohne Nachrichten von zu Hause, kommt knapp zwei Monate nach der »Machtübernahme«, die man besser Macht-Übertragung Hindenburgs an die Nazis nennen sollte, nach Hamburg zurück, und diese Rückkehr erweist sich als eine Rückkehr in ein fremdes Land.

Nun mag manchem Heimkehrer sein Vaterland, wie Heinz Liepman sein Buch nannte, selbst nach relativ kurzer Abwesenheit fremd vorkommen, das Mitteilenswerte in *Vaterland* ist die Tatsache, daß ein Land sich so rasch und so gründlich, daß es sich innerhalb von acht Wochen in ein so total fremdes Land verwandeln konnte. Nazis, Straßenbrutalität der Nazis, hatte es ja auch gegeben, als das Schiff ausfuhr, Machtkämpfe zwischen Parteien, Arbeitslosigkeit, Unruhen – aber nun ist etwas geschehen, mit Hindenburgs Hilfe, das sich nicht anders beschreiben läßt als mit den Worten: *Die Nazis sind an der Macht,* und was das bedeutete, hat Europa, hat die Welt, nachdem Heinz Liepmans Buch erschienen war, ausgiebig erfahren. Zunächst war der Terror ein innenpolitischer, nicht ganz so interessant für das Ausland, das wohl an allerlei deutsche Merkwürdigkeiten gewöhnt war.

Liepman schildert die Verbreitung des Schreckens in allen Lebensbereichen: in Schule, Straßenbahn, Nachbarschaft, Berufsleben, Zeitungswesen, und er schildert es auf eine besonders eindringliche und beschämende Weise im Schriftstellerverband, wo Feigheit und ein provinziell grundiertes Ressentiment sich wie eine Krankheit ausbreiten, die man heutzutage noch in gewissen Kreisen in gewissen Verbänden spüren kann. Dieser Geist provinziell grundierten Ressentiments grault immer noch ziemlich laut vor sich hin, und ihm wird gelegentlich sogar von amtierenden demokratischen Kultusministern Reverenz erwiesen.

Die »Stillen im Lande«, die meistens ziemlich laut schreien, sind ja wohl auch ein Wählerpotential, das man nicht vernachlässigen darf. Nun haben die Nazis zwar immer auf die »Stillen im Lande« spekuliert, diese zu kurz gekommenen Beweiner von verlorenen Kriegen, die Dolchstoß-Greiner, dieses stetig wirkende Gift der unfreien deutschen Seele, aber sie selbst, die aktiven Nazis, waren doch ungeniert laut und brutal: Schläger und Mörder, die kaum etwas zu fürchten hatten, als das Recht noch galt, die aber gar nichts zu fürchten hatten, als kein Recht mehr galt; als jener Zustand, jener permanente Terror sich etablierte, der sich eben nur beschreiben läßt mit: *Nazis an der Macht.*

Acht Wochen nur waren sie an der Macht, als die »Kulm« von ihrer Fahrt heimkehrte, und schon war Deutschland eine Fremde, eine fremde Wüste, in der die Willkür herrschte, nicht nur die Willkür der Herrschenden, die Willkür, die die Herrschenden an ihre »Kämpfer« weitergegeben hatten: an diesen Abschaum, der in jedem Viertel ein »Lokal« hatte, in allen Gruppen seine Spitzel, eine mit völlig unkontrollierter Brutalität, die kaum ideologisch verbrämt war, herrschende Horde, die sich SA nannte oder »Hilfspolizei«. Man könnte sie Mafia nennen, würde damit aber der Mafia Unrecht tun, die ja intelligent plant und ausführt; wenn sie es für nötig erachtet, mordet, aber »überflüssige« Brutalität, auch Morde nicht billigt. So gesehen waren die Nazihorden fast das Gegenteil von Mafia; sie errichteten ein Terrorregime, das ihnen nicht einmal die absolute Mehrheit bei den letzten mehr oder weniger legalen Wahlen brachte. Es muß immer wieder daran erinnert werden, daß die Nazis bei der letzten wirklich legalen Wahl im November 1932 erhebliche Verluste erlitten hatten, sie waren in Panik geraten: da wurde ihnen von Hindenburg die Macht übertragen, und sie »übten sie aus«.

In diese Stimmung hinein kommt das Schiff »Kulm« nach Hause, kehrt heim in dieses fremde Land, das von »Wehe den Juden« und »Wehe den Kommunisten« widerhallte, und man könnte sagen »Doppelt wehe einem jüdischen Kommunisten«, wenn es eine Steigerung gegeben hätte. Es gab keine, es genügte, eins von beiden zu sein, und es traf einen die volle Wucht der Rechtlosigkeit. Und es hieß auch »Wehe den Liberalen«, den Sozialdemokraten, den Humanen, den Christen, wehe all denen, die in bourgeoiser Blindheit geglaubt hatten, es käme da eine »Ordnungsmacht«. Ja, es gab eine gewisse »Ordnung«, die Unter-Ordnung, es gab den »Erfolg« der »Arbeitsbeschaffung«, die letzten Endes im Krieg ihren Höhepunkt fand, als es nicht nur keine Arbeitslosen mehr gab, man noch ausländische Sklaven fing und einführte.

Es gehört wohl zu den sehr schlechten Witzen der Weltgeschichte, daß ausgerechnet Hindenburg die Auslieferung Heinz Liepmans verlangte, als sein Buch 1933 in Holland erschien.
Heinz Liepmans Buch habe ich mit großer Erregung gelesen, 45 Jahre nach den Ereignissen, die es schildert. Ich erinnere mich noch sehr genau an die lähmende Angst, die die Nazis verbreiteten, erinnere mich jener Konsequenz ihrer brutalen Herrschaft, die ich in einem anderen Zusammenhang »die Zerstörung der Straße als Heimat« genannt habe.
Tatsächlich war man auf der Straße seines Lebens nicht sicher. Wenn man diese verfluchten Horden mit ihrer verfluchten Fahne nicht grüßen wollte (und ich wollte nicht), mußte man in einen Hauseingang fliehen, und man mußte in einer Großstadt jeden Augenblick mit dieser Provokation rechnen, zumal die Anzahl der Marschierer täglich zunahm. Liepmans Buch ist *eine notwendige Erinnerung an das, was menschenmöglich ist:* Verrat an und von Freunden über Nacht. »Distanzierung« von Freunden über Nacht, die Erklärung von ganzen Menschengruppen, Mitbewohnern, Staatsbürgern zu »Unberührbaren« und zu absolut Rechtlosen; das Buch zeigt die Blindheit der Konservativen, die sozusagen »ihren Augen nicht trauen« – und doch Augen hatten, die sehen konnten, was zu sehen war – und das ist erst 45 Jahre her! Es mag manchem jüngeren Leser wie ein Märchen vorkommen, ein grausames Märchen »Von dem, was menschenmöglich ist«, und doch mag dieser gleiche jüngere Leser sich selbst entdecken: in beiden, im Verfolgten und im Verfolger, im rasch sich Anpassenden und im Widerständigen, er mag versuchen, sich vorzustellen, was es bedeutet hat, unter dieser Schreckensherrschaft zu leben und sie zu überleben, er mag sich vorstellen, was »über Nacht« passieren konnte. Es mag ihm pathetisch vorkommen, was da zu lesen ist: »Deutschland! Der Großvater meines Großvaters ist in Deiner Luft geboren, in Deinem Duft hat er sich zum ersten Mal verliebt, und als er ans Sterben dachte, sprach er auch nichts als deutsch. Deutschland, ich wurde in Deine Landschaft geboren, in Deinen Wäldern und Deinen nächtlichen Straßen habe ich meinen Vater beweint, der für Deine Rüstungslieferanten gestorben ist; . . . O Deutschland hoch in Ehren! In Deinen heimlichen Winkeln habe ich geträumt. In Deinen Flüssen geschwommen. In habe in der Weser, der Elbe und im Rhein geschwommen. Dein Brot habe ich gegessen und Deine Fehler verleugnet.«

Das ist der bekenntnisreiche Seufzer eines Deutschen jüdischer Herkunft, und so mag dieses Buch die jüngeren Leser daran erinnern, wieviel Deutschland aus Deutschland vertrieben, wieviel Deutschland in Deutschland ermordet und verhöhnt worden ist. Die Heimatvertreibung fing an jenem Tag an, an dem Hindenburg Hitler die Macht übergab.

Notwendiger Blickwechsel

Vorwort zu »Von Moskau nach Berlin«

Der kalte Krieg, der zwischen den Alliierten des Zweiten Weltkriegs eisige Konfrontation und den »eisernen Vorhang« schuf, hat vieles hinter diesen Vorhang verschoben, das bis heute nicht in das Bewußtsein der Weltöffentlichkeit gedrungen ist: die ungeheuren Opfer und Leiden der Völker der Sowjetunion, die großen Vertreibungen, erzwungenen Völkerwanderungen innerhalb großer Territorien Osteuropas.

Wenn da Völker und Staaten gegeneinander Rechnungen aufmachen, Konten eröffnen, so können sie nie aufgehen: Tote lassen sich nicht auf ein Konto schreiben, Leiden nicht in ein Soll und Haben verwandeln, zumal es fast immer die Schuldlosen sind, die irgendwelche »Rechnungen« bezahlen müssen. Wo wäre da ein »Konto« für Polen, das sich die späteren Feinde Deutschland und die Sowjetunion zunächst für zwei Jahre teilten, das dann Deutschland einverleibt und von der Sowjetunion auf eine bis heute umstrittene Weise »befreit« wurde; dessen Territorium erheblich von Osten nach Westen verschoben wurde: da wurde viel verdrängt, im physikalischen, später im psychologischen Sinn.

Angebracht wäre immerhin: Die Chronologie der Ereignisse nicht aus den Augen zu verlieren, wenigstens den Kriegsbeginn 1939 und 1941 als Ursache für das Kriegsende zu erkennen: eine banale Ursächlichkeit, die immer wieder verschoben, verdrängt, vernebelt wird. Die Vertreibungen, Verschiebungen, mag man sie Umsiedlung nennen oder »Umsiedlung«, die damit verbundenen Schrecken und Leiden kamen ja nicht aus »heiterem« Himmel: zwanzig Millionen Tote allein in der Sowjetunion, einige tausend zerstörte Städte, siebzigtausend zerstörte Dörfer; die zerstörten Sachwerte werden auf zweihundertfünfzig Milliarden Mark geschätzt. Mit dieser Feststellung wird nicht das Leiden eines einzigen Vertriebenen relativiert oder gar bagatellisiert; aber es hilft den Opfern einer unseligen Geschichte wenig, wenn man ihre Leiden auf eine Weise politisiert, die die Chronologie nicht nur außer acht läßt, sondern deren Erwähnung fast schon zur Blasphemie macht.

Das Thema Vertreibung ist in den sozialistischen Ländern immer noch ein Tabu, doch es schwelt in den Erinnerungen nachdenklicher Bürger dieser Länder, auch der Sowjetbürger, die, mögen sie auch die »geschichtliche Notwendigkeit« anerkennen, die Details des Vollzugs dieser Geschichte nicht vergessen haben und sich aus den Klischees der Propaganda und Gegenpropaganda befreien möchten; es könnte der Tag kommen, wo die Leiden der Vertreibung dort am sensibelsten wahrgenommen werden, wo die Erinnerung an den »Großen vaterländischen Krieg« niemals mehr ausgelöscht werden wird und man dem äußeren Feind so gerecht zu werden versucht wie dem inneren. Es soll sich nur niemand täuschen: keine Sowjetfamilie, die nicht vom Krieg betroffen war, kaum eine, die nicht von der fürchterlichen Bekämpfung des »inneren Feindes« betroffen war.

Der kalte Krieg hat eine weitere Folge gehabt, die nicht nur das Verständnis für diese Leiden, sondern sogar ihre bloße Wahrnehmung verhindert hat. Bis zu einem gewissen wechselnden Grad hat das Wort »Kommunist« das Wort »Untermensch« ersetzt, und die Leiden von Kommunisten und Untermenschen sind nun einmal nicht so erheblich wie die Leiden von »Menschen« und »Nichtkommunisten«. Diese Einstellung mischt sich mit älteren, bequemen Klischees, die da heißen: »ein anderes Verhältnis zum Tod«, »leidgewohnt« – eine mystisch-metaphysische Dimension wurde in der Vorstellung von der »Unempfindlichkeit« des Untermenschen und Kommunisten hineingeschoben. Bequemer ging es nicht. Vielleicht erinnert sich der eine oder andere noch der Kampagne um die »dritte Front« in England und den USA, die dann später, für viele zu spät, mit der Invasion in der Normandie im Juni 1944 eröffnet wurde. Sie sollte zur Entlastung der Roten Armee gestartet werden: Charlie Chaplin war einer der Propagandisten dieser dritten Front, er mußte, wie man weiß, die USA verlassen. Es galt schon als Kommunist, wer die Leiden der Völker der Sowjetunion verkürzen wollte.

Es wird wohl keiner die hypothetische Berechnung anstellen, wie viele Sowjetbürger Kommunisten sind oder waren, eine solche Berechnung würde uns auch der Sache nicht näherbringen; mir genügt die Feststellung: Menschen sind sie alle! Menschen waren die zwanzig Millionen Opfer, Menschen ihre Angehörigen, Menschen waren es, deren Häuser, Dörfer, Städte zerstört wurden; anders ausgedrückt: sie sind von unserer Art. Ich nehme an, eine solche Feststellung gilt auch noch heute als Ketzerei.

Dieser Fotoband wird hoffentlich ein wenig dazu beitragen, diese Ketzerei zu stützen: wir sehen die, die von unserer Art sind:

leidend, kämpfend, sogar als Sieger – und Sieger haben immer etwas Peinliches; vergessen wir nicht die Chronologie und vor allem nicht den ungeheuren geographischen, von Vernichtung gekennzeichneten Raum, den diese Sieger durchmessen hatten, bevor sie ihre Flagge auf dem Reichstagsgebäude hissen konnten. Wahrscheinlich werden angesichts der Fotos, die hier zu sehen sind, wieder »Rechnungen« aufgemacht, Konten eröffnet, Lükken und Retuschen entdeckt: ich verweise auf die Chronologie, auf die Unerbittlichkeit eines grausamen Krieges, auch auf Statistiken, auf die Blindheit der Durchhaltephilosophie des »Bis fünf nach zwölf«, verweise auch darauf: dieser Fotoband zeigt einige Teilaspekte des Krieges aus *sowjetischer* Sicht, nicht aus der deutschen. Es mag der Tag kommen, an dem weder wir noch die Sowjets die Leiden der anderen mißachten oder geringschätzen. Das vorliegende Buch zeigt Stationen des Krieges auf, die in der Sowjetunion unvergessen sind und es auch hier sein sollten in ihrer niederschmetternden Logik: Moskau, Leningrad, Krim, Stalingrad, Berlin. Die Fahne der Sowjetunion, die in diesem Buch über dem Reichstagsgebäude gehißt wird, ist nicht aus heiterem Himmel heruntergeflattert: am Ende eines opfervollen, mühseligen Kampfes, der durch einen verwüsteten Raum von der Größe fast eines Kontinents führte, wurde sie dort gehißt.
Auf dem Mahnmal für die mehr als eine Million Opfer der neunhunderttägigen Belagerung Leningrads steht zu lesen: »Wisse ein jeder – niemand ist vergessen, und nichts ist vergessen.« Wenn Sieger und Besiegte in dieses »Niemand« auch all die einschlössen, die nicht auf ihrer Seite standen, könnten die gegenseitigen Verrechnungen endlich beendet werden.

Europas Seelen

Vorwort zu Walter Schubart,
»Europa und die Seele des Ostens«

Ein Buch, in dem die religiöse Kühnheit größer ist als die philosophische, ein Buch mit dem Titel *Europa und die Seele des Ostens,* und wenn dann auch noch mit »Seele des Ostens« nicht ein vages fernes Asien gemeint ist, das zum Heil und Unheil vieler Zeitgenossen gewissermaßen Mode ist, sondern – Gott steh uns bei! – die Seele Rußlands, ein solches Buch wird gewiß als Zumutung empfunden. Diese Zumutung muß sein. In ein seelenloses, fast schon entseeltes Westeuropa hinein das Wort Seele zu sprechen, wo doch Westeuropa – wie jedermann eindringlich eingebleut wird – nichts weiter braucht als Energie! Oder hat etwa die Seele Energien? Darüber wäre nachzudenken, auch über die Möglichkeit, ob es nur materielle, nicht auch andere Quellen der Energie gibt. Nicht nur seelische, vielleicht gar geistige, die möglicherweise sogar Wärme erzeugt? Natürlich kann man mit geistiger Energie keine Kraftwerke betreiben, vielleicht aber Kräfte mobilisieren; Virchow hat bekanntlich beim Sezieren nie eine Seele gefunden. Ob ihm nie eingefallen ist, daß er, wo er doch gewiß keine Vivisektion an Menschen vorgenommen hat, es mit toten Körpern zu tun hatte, die man früher auch entseelte Körper genannt hat? Die Seele war schon auf und davon, bevor das Seziermesser ansetzte. Es wäre über vieles nachzudenken, auch über die Möglichkeit, ob es nicht seelische und geistige Kräfte sind, die manchen Kranken und Geistesgestörten eher heilen als die ihnen verabreichte chemische Materie.

Nachzudenken wäre auch darüber, ob dieses Buch, vor mehr als vierzig Jahren, 1938 erschienen, 1951 noch einmal aufgelegt, jetzt revidiert, korrigiert werden könnte. Doch der einzige, der es revidieren, korrigieren könnte, der vielleicht ein Wiedererscheinen des Buches untersagen und ein neues, eine Variante schreiben könnte, Walter Schubart selbst, ist seit 1941, seitdem ihn Rotarmisten in seiner Rigaer Wohnung verhafteten, verschollen, wahrscheinlich tot, verschwunden im Strudel der mörderischen Säuberungen, von denen wir spätestens seit dem *Archipel GULAG* wissen. Vielleicht hatte Schubart schon 1941, als er verhaftet wurde, eine Variante oder eine Ergänzung im Kopf oder gar geschrieben; die drei Jahre Zeit und Zeitgeschichte, die seit dem Erscheinen seines Buches verstrichen waren, könnten ihn zu »Nachgedanken« oder einem Nachwort veranlaßt haben.

Ein Jahr nach Erscheinen von *Europa und die Seele des Ostens* war der Stalin-Hitler-Pakt geschlossen worden, hatten die Nazis – ausgerechnet sie! – das Baltikum der Roten Armee zur »Befreiung« überlassen; 1941 hatten sie den Vertrag gebrochen und »befreiten« nun ihrerseits wieder das Baltikum, wohin Schubart vor ihnen geflohen war. Zwei Tage vor dem Einrücken der deutschen Wehrmacht in Riga wurde er deportiert. Was hätten die Nazis mit ihm gemacht, der im Jahr 1938 geschrieben hatte, daß Europa »sich in einem Akt der Massenvernichtung von allem zu befreien (drängt), was zwischen der Gotik und heute liegt«. Und der, in Riga lebend, von Riga aus in eben diesem Buch geschrieben hatte: »Diejenigen, die zwischen Osten und Westen am wirksamsten hätten vermitteln können, die Deutsch-Balten, haben gerade die meisten schiefen Urteile über die Russen in die Welt gesetzt.« Und die Rotarmisten, die ihn verhafteten, hätten wohl höhnisch über die »Seele des Ostens« gelacht.

Über Schubarts mögliche Nachgedanken oder Ergänzungen zu *Europa und die Seele des Ostens* zu spekulieren, nachdem die Auswirkungen der mörderischen Platitüden des Nazismus über West- und Osteuropa hinwegzurollen begannen, wäre müßig. Sein Buch gehört zu den Büchern, die da sein, die greifbar sein müssen, nicht nur, weil sie bewegen, nachdenklich machen, Ärger und Unruhe in die müde und träge Selbstgefälligkeit der gemachten Macher tragen könnten, links, rechts und erst recht in die permanent übermüdete »gemachte« Mitte, die nie so recht weiß, von wem sie nun »gemacht« wird oder worden ist. Gibt es möglicherweise doch noch eine Seele des Ostens, vielleicht sogar eine Seele des Westens, die aufzuwecken wäre, wiederzufinden, dem Seziermesser entgangen in seelenlos gewordener Landschaft, seelenlosen Städten, einer fast schon entseelten Politik, die das Wort Seele nur noch im Zusammenhang »Seele des Geschäfts« erträglich findet und damit jenes ominöse Etwas meint, das man mit dem schönen Wort »Wachstum« belegt, einem Wort für einen organischen Vorgang, der einen höchst unorganischen Vorgang decken und verklären soll? Wird auf Gipfeltreffen über Seele gesprochen, vielleicht gar über Geist? Da hätte wohl Virchow allen Grund, im Grabe lachend zu rotieren und die Kreml-Equipe würde wohl die »Seele des Ostens« wie die »Seele des Westens«

nicht einmal des Hohns für wert halten. Solche Dinge sind »abgemacht«, abgetan, und doch mögen sich die Gipfelstürmer – hier wie dort – insgeheim gelegentlich nach etwas sehnen, das man »Seelenwärme« nennen könnte; sie wirken immer so, als ob sie fröstelten.

Schubarts Buch ist voller Erkenntnisse, Einsichten und Formulierungen, die auf verblüffende Weise zutreffen, von denen manche übers Ziel hinausgehen mögen, aber man muß übers Ziel hinausschießen, um sich ihm zu nähern, und ich muß nicht mit jeder einzelnen seiner Erkenntnisse und Formulierungen übereinstimmen, um eine Neuauflage dieses Buches für notwendig zu halten. Wenn da eine Revision stattfände, würde sie nicht Schubarts Einsichten betreffen, sie würde wahrscheinlich nur die Hoffnungen verzögern, die er an diese knüpft. Er war ein leidenschaftlicher Zeitgenosse, und diese seitdem verstrichenen vierzig Jahre Zeit hätten wohl nur »zeitweise« Einfluß auf ihn gehabt. Inzwischen hat eine »Verwestlichung« Rußlands und der Sowjetunion stattgefunden, ohne daß sich der Westen auch nur annähernd »veröstlicht« hätte. Die russische Seele, dieses belächelte verhöhnte Etwas, dessen Zwiespältigkeit Schubart durchaus bewußt war, ist verdeckt, überdeckt, fast verschwunden. Und immer noch sind die inneren Auseinandersetzungen in der Sowjetunion bestimmt von den Begriffen Westler und Antiwestler, wobei die Lager keineswegs identisch sind mit Dissidenten und Regierenden, Oppositionellen und Herrschenden. Diese Auseinandersetzung findet innerhalb der Regierenden und innerhalb der Dissidenten statt – und es könnte zu Annäherungen kommen, wobei die einen ihre »Seele« wiederentdecken, andere sie verlieren könnten. Eine Koalition zwischen westlichen und östlichen Antiwestlern würde nicht hilfreich sein, wenn der Westen nicht seine eigene Seele und seinen eigenen Geist wiederentdeckt, falls sie noch zu finden und wiederzubeleben sind, auch als Quellen der Kraft, der Energie – und der Wärme.

Ja, es darf darüber gelacht werden – bis zum Frösteln, bis zur weltumspannenden Gänsehaut, bis zu Tränen, die sich von Tränen des Hohns zu solchen des Schmerzes wandeln können. Energieprobleme sind nicht nur physikalischer Natur; es gibt da Quellen, die versiegt sind, möglicherweise nicht endgültig.

Wenn Schubart feststellte, daß es in Rußland nie dieses fest eingewurzelte Gefühl für Privatbesitz gegeben hat, nie diese kompakte Bürgerlichkeit, die den Besitz vergöttert (nachgewiesen von

Schubart an der Räumung des brennenden Moskau im Jahre 1812, der diese Räumung für ein entscheidendes Ereignis der russischen Geschichte hält – auf geniale Weise beschrieben, diese Räumung Moskaus, in Tolstois *Krieg und Frieden,* wo Natascha Rostow anläßlich der Frage, ob man Besitz oder Verwundete aufladen soll, empört ausruft: »Sind wir denn etwa Deutsche?«) – so wäre heute zu fragen, ob sich nicht paradoxerweise trotz aller oder vielleicht gar wegen der marxistischen Indoktrinierung gerade dieses Gefühl für Besitz im kommunistischen Rußland erst entwickelt hat, ob sich nicht sozusagen hinter dem Rücken des Marxismus in seiner ganzen Westlichkeit – diese unerwünschte Verwestlichung eingestellt hat, möglicherweise irreparabel und im Gegensatz zu der von Schubart noch vorausgesetzten Begabung zur Brüderlichkeit. Vierzig Jahre nach Erscheinen von *Europa und die Seele des Ostens* korrigiert sich da einiges von selbst, und doch sollte Schubarts Vision, sein Enthusiasmus, auch seine Schwärmerei (die eine religiöse Schwärmerei ist und keine sektiererische) keiner hämisch denunzieren dürfen, indem er das Gefühl für Besitz, dessen Erwerb und Erhaltung, dessen ständige Vermehrung für natürlich hält. Der Natur eines großen Teils der Russen entsprach dieses Gefühl nicht; es wäre zu fragen, ob diese verstrichenen vierzig Jahre nur eine zeitweise Veränderung bewirkt haben oder ob sie endgültig ist, diese Art der Verwestlichung, auf die sich das Abendland reduziert hat, indem es mit der Vergöttlichung des Besitzes die Angst um diesen etablierte, eine Angst, die auch Osteuropa infiziert hat, kleine und große Angst – und alles überraschenderweise hinter dem Rücken verschiedenster »Sozialismen«; Angst und Ängste von Verbrauchern, die verbraucht werden.

Geschrieben ist Schubarts Buch, in dem er die Massenvernichtung voraussagte, bevor diese sichtbar wurde; vor Auschwitz, bevor der GULAG offenbar wurde; vor dem Abwurf der ersten Atombombe. Noch befinden wir uns in einem Zeitalter, das sich anmaßt, alle Probleme lösen zu können, und ringsum Chaos, *Auflösung* anrichtet. »Der Begriff der Einheit und Ganzheit«, schreibt Schubart, »stammt aus anderen Zonen. Wer sich von ihnen immer weiter entfernt, zerbricht das geistige Rückgrat der Welt. Nun löst sie sich, ihres metaphysischen Haltes beraubt, in ihre Atome auf« und »je weniger Religion es gibt, um so mehr Staat wird nötig. Wo der Staat alles ist, muß die Religion erloschen sein. Der totale Staat ist die Sozialform der Gottlosigkeit.«

Schubart schreibt nicht, das muß deutlich gemacht werden, der *totalitäre* Staat, er schreibt: der *totale Staat*; und der kann durchaus in einer Demokratie verwirklicht werden, sogar auf demokratische Weise. Langsam, unmerklich, Stück für Stück kann die Freiheit der Sicherheit geopfert werden, wenn die Angst nur immer wieder geschürt wird, auch genährt. Eine organisierte Gottlosigkeit braucht man dann nicht, man kann den Kirchen ihr Tun und Treiben lassen: sie höhlen sich von selbst aus, leeren sich, ihre gewaltigen Apparate bleiben unangetastet erhalten und mahlen für die Mühlen des Staates. »Mangel an Religiosität, selbst noch in religiösen Systemen – das Kennzeichen des modernen Europa. Religiosität, selbst noch in materialistischen Systemen – das Kennzeichen des Räterussentums«, stellt Schubart fest. Mit Gesetzen läßt sich Religion weder verordnen noch verbieten. Da es über die zahlreichen religiösen Gruppen in der heutigen Sowjetunion keine Angaben gibt, nur zufällige gelegentliche Informationen, können wir nicht wissen, nur ahnen, ob das Religiöse in diesen Gruppen sich als antiwestlich empfindet, und es ist ja leider zwischen den inzwischen ausgewanderten und ausgebürgerten Dissidenten und Oppositionellen und dem »Westen« nicht zu einer wahren Annäherung gekommen; sie zu mißbrauchen, sie in die oberflächlichen und interessenbedingten Parteikämpfe hier hineinzuziehen, deren Hintergründe sie nicht durchschauen können, war kriminell von der westlichen »Rechten«, und es bleibt die Schuld der westlichen »Linken«, daß sie die religiöse Dimension bei vielen von ihnen von vornherein miß- oder verachtet hat. Schubart schreibt 1938: »Der Westen hat der Menschheit die durchdachtesten Formen der Technik, der Staatlichkeit und des Verkehrs geschenkt, aber er hat ihr die Seele geraubt. Es ist die Aufgabe Rußlands, sie dem Menschen zurückzugeben. Rußland besitzt gerade *die Kräfte*, die Europa verloren oder vernichtet hat. Rußland ist ein Stück von Asien und zugleich ist es ein Glied der christlichen Völkergemeinschaft. Es ist der christliche Teil Asiens. Darin liegt das Besondere und Einmalige seiner geschichtlichen Sendung.«

Diese Sätze, 1938 geschrieben, sind, vierzig Jahre später gelesen, immer noch des Nachdenkens wert, nicht einfach so abzutun und nicht nur auf die religiösen Gruppen in der Sowjetunion zu beziehen; wenn die Kräfte, von denen Schubart spricht, noch nicht verbraucht sind, liegen sie weit verstreut und sie bedürfen der Ergänzung, nicht durch jene Qualitäten des Westens, die Schu-

bart definiert, sie bedürfen der Ergänzung und Bestärkung einer möglicherweise wiederzufindenden Seele des Westens. Schubarts Worte klingen romantisch, fast schwärmerisch und haben doch einen tiefen Hintergrund, auf dem zu fragen wäre, wie die von Schubart gedachte Annäherung des Westens an den Osten, wie eine mögliche Vereinigung dieser beiden Seelen zustande kommen könnte: es herrschen da gegenseitige Arroganzen, die im Lauf der jüngeren Geschichte nicht geringer geworden sind, und schließlich hat auch Westeuropa eine mystische Tradition, die allerdings verschüttet ist, verkümmert ist. Annäherungen des Westens an die Sowjetunion hat es ja gegeben, seitdem Schubart sein Buch publizierte: die erste war der Stalin-Hitler-Pakt, der immerhin fast zwei Jahre lang hielt, der schon damals einen »Eurokommunismus« hätte zur Folge haben können. Auch Walter Schubart, der vor den Nazis nach Riga floh, wurde ein Opfer dieses Paktes – wie viele andere.
Die zweite »Annäherung« war der Angriffskrieg der Nazis, eine Annäherung vernichtenden Ausmaßes, deren Umfang bis heute, fast fünfunddreißig Jahre nach Ende dieses Krieges, noch niemand im Westen so recht *wahr*genommen hat: 20 Millionen Tote, einige Tausend zerstörte Städte, siebzigtausend zerstörte Dörfer, 250 Milliarden Mark Sachschaden – ein Riesenland fast vernichtet unter dem Kriegsgeschrei jener mörderischen Platitüden. Die dritte Annäherung: das Bündnis der Westmächte mit der Sowjetunion; nachträglich sieht es so aus, als wären die »Kommunisten« (wie wenige es davon in der Sowjetunion gibt, spricht sich ja allmählich herum) gerade gut genug gewesen, die »Nazis« (von denen es in Deutschland einige mehr gab als Kommunisten in der SU) zu schlagen; eine wohl zu glatte, zu kühle Rechnung – zwei verachtete Völker einander vernichten zu lassen –, eine typisch römische (also heidnische) Rechnung, die nicht aufgehen wollte und nicht aufgehen will. Es gibt Anzeichen dafür, daß der Sowjetunion die mit der typischen deutschen Tüchtigkeitsarroganz untermischte Unterwürfigkeit der DDR weitaus weniger interessant ist als dieses »andere Deutschland«. Hinter dieser offensichtlichen Wertschätzung (man sollte das allzu demonstrative Lob für die DDR und den allzu demonstrativen Tadel für die Bundesrepublik nicht überschätzen) könnte sich eine unausgesprochene, nicht eingestandene Sehnsucht nach eben jener Westlichkeit verbergen, nach einer Ordnung, die auch der Marxismus nicht gebracht hat. Und gibt es nicht hier, unausgesprochen, auch unaus-

gegoren, vage und noch vorhanden, inmitten der Seelenlosigkeit von sich steigernden Tüchtigkeiten, eine Sehnsucht nach jener »Seele des Ostens«, als »russische Seele« oft genug verhöhnt und verspottet und von Russen gefürchtet? Ich erinnere mich eines überraschenden Anfalls von Sehnsucht dieser Art: als ich im Jahre 1962 zum ersten Mal mit einer offiziellen Delegation von Autoren in die Sowjetunion fuhr, begegnete ich wenige Tage vor der Abreise im Atelier eines befreundeten Malers einem ungefähr gleichaltrigen Industriellen, der mich bat, ihn »mitzunehmen«, und er war bereit, mir als »Kofferträger« zu dienen; da Kofferträger delegierten Autoren nicht zustehen, konnte ich seine Bitte nicht erfüllen und riet ihm, der als Soldat und später Kriegsgefangener in der Sowjetunion gewesen war, seine Sehnsucht möglicherweise durch ein normales Reisebüro zu stillen. Keiner wird so heftig über diese »Sehnsucht« lachen, vor ihr warnen, wie die Russen selbst, die ihrer eigenen Seele nicht mehr so recht trauen. Doch könnte sich die Sehnsucht nach der eigenen, der verlorenen Seele hinter solchen Wünschen verbergen, in einer seelenlosen Welt, die täglich, stündlich wiederholt, daß »alles Wirtschaftliche Vorrang hat«, wo sich Seele auf »Seele des Geschäfts« reduzieren läßt.

Dieses und einiges mehr kommt mir in den Sinn, wenn ich dieses mehr als vierzig Jahre alte Buch lese und einen Eindruck davon zu vermitteln versuche. Ich will der starken Versuchung, ständig zu zitieren und zu interpretieren, nicht allzu ausschweifend erliegen; ich will auch nicht dem »Westen« ganz und gar absprechen, was als *ein* Ausdruck der Seele des Ostens jedem Besucher der Sowjetunion, der nicht von Klischee zu Klischee geführt wird und in solchen Klischees hängen bleibt, auffällt: eine Herzlichkeit, die eine Dimension der Brüderlichkeit ist. Auf eine der grundlegenden Erkenntnisse Schubarts möchte ich noch hinweisen: er »knackt« die Formel »Blut und Boden« auf, verweist sie in den Bereich der Gedankenlosigkeit; er trennt Blut (gleich Rasse) vom Boden, dem er als geographischen Ort, als Region die entscheidende Bedeutung zuweist. »Die Kräfte des Bodens sind ursprünglicher und stärker als *die Kräfte des Blutes.* Die Bodenkräfte verändern sich in Jahrmillionen. Legt man den Maßstab der kurzen Menschengeschichte an, so erscheinen sie konstant, während die Kräfte des Blutes, wie alles Lebendige, dem Gesetz des Alterns unterworfen sind.« Mit dieser aufgeknackten Formel wäre eine Möglichkeit gefunden, uns von diesem unseligen Blut-

und-Boden-Komplex zu befreien, der zu den wirksamsten Hinterlassenschaften der nazistischen Platitüden gehört, weil wir im Reflex auf diese Platitüde mit der Mißachtung des Blut- (gleich Rasse-)begriffes die Mißachtung des Bodens glaubten übernehmen zu müssen – und – immer noch nazistisch infiziert, Blut und Boden als untrennbar nehmen. Hier wäre auch eine Möglichkeit, die Umweltschutzbewegungen von manchem Ruch zu befreien, sie sollten sich getrost des Wortes Boden oder Erde bedienen: manche industrielle Entwicklung geht ja dahin, uns den Boden unter den Füßen wegzuziehen oder ihn zu vergiften; eine schnellere Veränderung von »Bodenkräften« herbeizuführen, als Schubart sie für möglich hielt, wir drohen »bodenlos« zu werden in seelenlosen Landschaften.
Und wäre es nur wegen des Kapitels »Die Verhaßtheit der Deutschen als Kulturfrage des Abendlandes«, einem immer noch, immer wieder und wieder einmal aktuellen Thema – dieses Buch mußte erscheinen, wieder da, wieder greifbar sein, und wäre es nur, um Neues, Polemisches, »Übertriebenes« über Kant zu hören und zu lesen: »Um so mehr vergottet er die Vernunft, den Sitz eines kontrollierenden Polizei- und Spionagesystems, durch das die unzuverlässigen Gefühle in Zaum gehalten werden. Die Vernunft als Polizeichef im Menschen, Gott als Polizeichef im All, das ist westliche Weisheit! Es hat nie einen größeren Verächter der Seele gegeben als Kant. Er läßt nur die Psychologie der Denktätigkeit gelten, als Erkenntnistheorie, und auch die hat den Charakter einer Polizeiwissenschaft, die über die Grenzen der Erkennbarkeit sorgsam wacht. Die Psychologie der Gefühle weist er als unwürdig ab.« Ein solcher Satz funkelt auch noch nach vierzig Jahren in eine von gemachten Machern gemachte öde Welt hinein, mag er auch übertrieben sein oder klingen. Wer nicht übertreibt, findet keinen Ausdruck.
Ich hätte da einiges einzuwenden gegen einige Formulierungen von Schubart, zum Beispiel die mir peinliche Verwendung des nackten Artikels *der*, wenn er über Nationen schreibt: *der* Engländer, Franzose, Russe etc.; manches erscheint mir irrig, auch abwegig, doch alle die kleinen Einwände erscheinen mir nebensächlich angesichts des grandios durchgehaltenen Grundgedankens der *Seelenrettung*, und mancher geniale Blitz (wie etwa der Vergleich zwischen Don Quijote und dem Idioten, mit dem eine Anknüpfung des Westens an den Osten geboten wird) läßt mögliche winzige Schatten vergessen. Der Grundgedanke hat eine ak-

tuelle Anknüpfung: die bisher mißglückte Annäherung etwa zwischen dem »Westen« und den »Dissidenten«, hier wie dort, keine gegenseitige Durchdringung, mystisches Dunkel, wo es doch mystische Klärungen und Anknüpfungen gäbe; nur Ärger und Verärgerungen, Verletztheiten, billige Polemiken, auf einem »Anti« beruhend, das keinen weiterbringt, nichts bewegt, eine westliche und eine östliche Rechthaberei, von vordergründigen Parteiinteressen getragen und unterstützt, keine wirkliche Begegnung, nur Positionskämpfe, die »Seele des Ostens« undurchdringlich, die Restseele des Westens in alten Arroganzen verhärtet. Schiffe in Seenot funken immer noch SOS, was ja bedeutet: Save our Souls – Rettet unsere Seelen – was ja nicht bedeutet: rettet unsere Seelen vor irgendeiner Verdammnis. Es geht nicht ums Seelenheil, sondern ums Leben.

Eine Selbstverständlichkeit unter vielen

Hommage à Kurt Hackenberg

Natürlich erinnere ich mich, ich hätte nur nicht geglaubt, daß das schon vierundzwanzig Jahre her ist: da kam einer aus Wuppertal, einer Stadt, die Gott sei Dank ihre Mucken hat, rasch zu erreichen und doch viel, viel weiter entfernt von Köln als in Kilometern ausdrückbar ist; wenn ich mich recht erinnere, ziemlich protestantisch, mit viel Sekten und – aber da schaue man sich doch noch einmal Else Lasker-Schülers *Wupper* an oder lese sie, lese auch noch einmal Paul Pörtners *Tobias Immergrün,* da ließe sich viel über Wuppertal herauslesen, was hier nicht angebracht ist. (Nein, *Mit dem Fahrstuhl in die Römerzeit* – das ist Rudolf Pörtner, dessen Spuren ich gern folge, ich fahr gern mit dem Fahrstuhl da runter, wo sich uralter mit neuem Mörtelgeruch mischt!)
Nun, da kam einer aus Wuppertal: ein eifriger, blasser Mensch, angeschlagen und angekränkelt durch einen jener *Kriege,* aus denen die deutsche Geschichte eine lange Zeit zu bestehen schien; mit stets erhobenem Kopf hatte er doch was von Jung Siegfried – und da wurde natürlich jriejelacht, mit dieser unnachahmlichen »urgemütlichen« Häme, die den steten Unterton hat: »den machen wir fertig«, und da Jriejelächter in Köln parteiunabhängig ist, sogar Zugezogene es bald besser beherrschen als mancher Einheimische, gab's kaum einen, der dem Hackenberg eine große Chance gab, zumal der enorme Intendantenverschleiß einen ähnlichen Dezernentenverschleiß nahezulegen schien.
Aber siehe da: der Bursche hielt sich, hielt allerlei aus, von der eigenen Partei und anderen, von Kulturpäpsten und -kardinälen bis hinab zum niederen Kulturklerus, hatte seinen Kummer mit und machte ihn jenem Kulturfußvolk, das aus Malern, Bildhauern, Autoren, Komponisten, Theaterleuten besteht, die nun einmal – nicht nur Gott, auch allen Kulturpäpsten und -kardinälen sei's geklagt – wirklich das hervorbringen, das man nach gebührendem Abstand dann »Kultur« nennt; auch, und dazu noch Kunstmärkte, -galerien und -sammler, dieser kaum definierbare Dschungel, den man in Köln mit dem harmlosen Wort Klüngel belegt, der anderswo wohl anders heißt – und das alles zwischen altrömischem Scherben-Porno und tieffrommer Malerei –, mein Gott, lieber Herr Hackenberg, ich hätte nicht geglaubt, daß das

vierundzwanzig Jahre geworden sind, hätten werden können – bis auf zwei Jahre haben Sie sich adenauerlang in Köln gehalten. Ich weiß nicht, was Sie ausgehalten haben, andere mit Ihnen, ich kann nicht aufzählen, was alles unter Ihrer Regentschaft, wenn nicht immer mit Ihren Händen, aber doch unter Ihren Fingern und Fittichen in Köln entstanden ist, was nicht entstanden ist; als in Köln geborener und doch manchmal auch hier lebender Autor habe ich Ihnen für manches zu danken, danken möchte ich aber vor allem für etwas, für das ich Ihnen als Bürger dieser Stadt zu danken habe: Für Ihre Hilfe bei der Entstehung, nach jahrzehntelangem Hängen und Würgen, Stabilisierung der *Germania Judaica,* der »Bibliothek zur Geschichte des deutschen Judentums«, die ohne Ihre Hilfe, die Hilfe von Herrn Burauen und aller für solche Etats Verantwortlichen wohl kaum hätte am Leben erhalten werden können: eins war uns – den Gründern, immer sicher durch Ihre Hilfe: ein Dach über dem Kopf und ein garantiertes Minimum, das uns den Mut machte, nicht aufzugeben, einen Mut, den wir, wie Sie wissen, von Halbjahr zu Halbjahr immer wieder mühsam beleben mußten; es war die *Selbstverständlichkeit*, mit der Sie Sinn und Notwendigkeit einer solchen Sammlung erkannten und schätzten, die uns Mut machte. Für Sic war es vielleicht eine Selbstverständlichkeit unter vielen, uns – den Gründern und Mitarbeitern – hat diese Hilfe sehr viel bedeutet. Ich danke Ihnen, auch im Namen der Mitarbeiter. Mein Gott, vierundzwanzig Jahre, fast adenauerlang hat das Jriejelächter unrecht behalten, das spricht für Köln, auch für Sie.

In Erinnerung an Bogatyrjew

Wenn an den Haustüren oder in den Wohnungen sowjetischer Bürgerrechtler undefinierte und undefinierbare Gestalten auftauchen, sozusagen der personifizierte »Volkszorn« – wie jetzt bei Andrej Sacharow geschehen –, ist Angst angebracht, Sorge, mindestens Bangigkeit. Bis heute weiß man nicht, was die Leute von Konstantin Bogatyrjew wollten, was sie mit ihm besprochen haben, welcher Art die brutale »Spontaneität« war, mit der sie ihn 1976 vor seiner Wohnung in Moskau niederschlugen. Wir wissen nur, daß Bogatyrjew an den Folgen dieses Überfalls gestorben ist. Auch an Solschenizyns Moskauer Wohnung tauchten gelegentlich »Betrunkene« auf, belästigten seine Familie, anderen wurden Flaschen und Steine durch die Fenster in die Wohnung geworfen; lauter »spontane« Aktionen – möglicherweise »kriminelle«.
Wenn man davon ausgeht, daß Sacharow streng überwacht wird, dann sollte diese *Über*wachung wenigstens auch *Be*wachung bedeuten: Schutz vor nicht definierten »empörten« Besuchern, deren Zorn rasch in Gewalttätigkeit umschlagen kann. Irgendein »Zufall«, den man »Rowdys«, Unbekannten, in die Schuhe schieben kann, wäre dann wirklich sehr »zufällig«. Bis heute sind die »Rowdys«, die Bogatyrjew ermordeten, unbekannt. In einer Riesenstadt wie Moskau kann es viele »Zufälle« geben. Wenn die sowjetischen Behörden Andrej Sacharow nichts anhängen, offenbar – trotz der vielen kurzen Verhaftungen – auch nichts anhaben können, sollten sie den »Zufall« – Betrunkene, Empörte, den »Volkszorn« – besser kontrollieren. Konstantin Bogatyrjew ist unvergessen.

Das Gelände ist noch lange nicht entmint

Über Hans Jürgen Schultz (Hg.), »Mein Judentum«

Es sieht so aus, als würde es in Zukunft ein »Vor *Holocaust*« und »Nach *Holocaust*« geben, wenn sich jemand – gleich auf welcher Ebene – mit »Endlösung« und Antisemitismus beschäftigen wird, vergleichbar dem »Vor« und »Nach der Währungsreform«, wenn es um ökonomische Daten der Bundesrepublik geht. Das verdanken wir Deutschen also einem umstrittenen amerikanischen Film, den man merkwürdigerweise als »kommerziell« abzuqualifizieren versuchte, merkwürdige Begründung, wo doch jedermann weiß, daß Filme viel Geld kosten, das sie möglichst wieder einspielen sollen, doppelt merkwürdig, wo es doch so etwas wie »Marktwirtschaft« gibt, Filmmarktwirtschaft auch, die geschichtliche Themen auf den Markt wirft, und *Holocaust* hatte ja ein geschichtliches Thema, eins, das die Welt noch lange beschäftigen wird und uns »Vor *Holocaust*« intensiver hätte beschäftigen können, möglicherweise auch als Film. Wir alle, die wir uns je mit dem Thema beschäftigt haben, haben wieder einmal Grund, unsere guten alten deutschen Vorstellungen von »populär«, von »spannend«, von »Unterhaltung« zu revidieren, uns zu fragen, ob die Beschäftigung mit Geschichte – auch mit dieser grausigen Partie unserer Geschichte – langweilig sein muß, ob Geschichte langweilig sein muß, ob man nicht Daten und Statistiken am Einzelschicksal darstellen, die geschichtstheoretischen Überlegungen dann nachliefern könnte. »Umstritten« wird diese Darstellung Einzelschicksal immer sein, doch es könnte der Fall eintreten, daß »Emotion« und »Aufklärung« nicht im Dauerstreit bleiben; Arroganz gegenüber Emotion ist nicht angebracht, schließlich ist nichts, aber auch gar nichts Verwerfliches daran, wenn da Zuschauer *bewegt* werden, wo doch Aufklärung nicht unbedingt *totale Unbewegtheit* bedeutet.

Die feierlichen Eröffnungen der Woche der Brüderlichkeit, immer in Gegenwart des Bundespräsidenten, waren nicht immer pompös, und doch nahe am Staatsakt; die gute Gesinnung der Veranstalter und Staatsoberhäupter kann nicht bezweifelt werden, und doch bekamen diese Veranstaltungen den Charakter einer öffentlichen Absolution, der nicht beabsichtigt war, sich aber einstellte, denn das Fußvolk in Familien, Schulen, Vereinen und Kirchen zog nicht nach. Ausnahmen sind vorausgesetzt, doch muß festgestellt werden, daß es diesen Ausnahmen schwer genug gemacht wurde, sie wurden mit dem grausigen Wort »Vergangenheitsbewältiger« verhöhnt, wo doch Beschäftigung mit Geschichte nichts anderes ist als der Versuch, sich der Vergangenheit anzunähern, sie möglicherweise zu »bewältigen«.

Eins ist nach Auschwitz, das hier für alle anderen Vernichtungsstätten steht, nicht mehr möglich, mir jedenfalls nicht: Unbefangenheit gegenüber Worten wie Jude, jüdisch, Judentum; nicht mehr unbefangen und noch lange nicht, weder unbefangen noch *unbewegt*. Die Lektüre der zwanzig autobiographischen Essays in *Mein Judentum* hat weder meine Befangenheit noch meine Bewegtheit verringert, und sie hat mir – Gott sei Dank – nicht die Fähigkeit verliehen, eine Jüdin oder einen Juden in Wort, Schrift, Ton oder Bild als solche zu erkennen. Es gibt kein anderes verbindliches Merkmal als das Bekenntnis, und dieses Bekenntnis legen alle zwanzig ab, einige heftig, andere weniger heftig, der jüngste, Jurek Becker, »in drei Teufels Namen«. Von den zwanzig Bekennern sind nur drei im religiösen Sinn gläubig, fünfzehn »ungläubig«, zwei Christen und Juden zugleich. Nicht ohne Grund setze ich »ungläubig« in Gänsefüßchen; viele Menschen – nicht nur Juden – sind ja religiös geprägt, auch wenn sie die Glaubensartikel ihrer ursprünglichen Religion nicht mehr für wahr halten. Günther Anders etwa und Manès Sperber – ansonsten wohl recht verschieden voneinander – haben die Ablehnung jeglicher Idolatrie, dieses »antiheidnische« Element gemeinsam. Am wenigsten »bekenntnishaft« erscheinen mir Hans Mayer, Alfred Grosser und Robert Jungk, und doch: sie zählen sich dazu, sie gehören dazu. Ernst Simon schreibt: »Man kann also (er spielt auf längere und gelungene Prozesse der Assimilation an) durchaus aufhören, Jude zu sein, wenn auch nicht überall und nicht jederzeit.« Wahrscheinlich ist eins der beiden Deutschland nicht der Ort und nach Auschwitz nicht die Zeit, »aufzuhören, Jude zu sein«. Wäre Hitler nicht installiert worden, hätte es Auschwitz nicht gegeben, dann hätten wohl viele unserer jüdischen Mitbürger, wenn ihnen die jüdische Religion nichts mehr bedeutete, ihre Herkunft vergessen. Ich weiß: *hätte, wäre*. Es hat Hitler gegeben und Auschwitz war. Hans Mayer glaubte »an die Lösbarkeit der Judenfrage in einer nicht mehr klassengespaltenen Gesellschaft«. Er erfuhr: »Im Umgang mit politischen Emigranten gab es keinen Unterschied zwischen Juden und Nichtjuden.« Es wäre sein

Recht, weiterhin an die Lösbarkeit des Problems in seinem Sinn zu glauben, auch wenn die angeblich klassenlose Sowjetunion das Problem immer mehr verschärft, gegen die Einsicht und den Wunsch vieler ihrer Bürger jüdischer Herkunft, die wohl für Jurek Beckers »Bekenntnis« Verständnis hätten. Eine erstaunliche Möglichkeit der Befreiung in Alfred Grossers Bekenntnis: die Prügel, die er, weil er Jude war, als Achtjähriger in Frankfurt bezog, Prügel, die ihn krankenhausreif machten, haben ihn nicht verbittert; für ihn ist sein Judentum etwas, das »in meiner Biographie steht«, er sieht das Rationale, das Logische für sich darin bedingt, aber ist das nicht eher etwas Westeuropäisches, wenn man an das »Irrationale«, das »Unlogische«, das Mystische denkt, das im osteuropäischen Judentum eine Tradition hat (siehe Isaac Bashevis Singer). Aber auf der anderen Seite ist für Grosser »die Verwurzelung meiner Freiheit nicht in einem Zugehörigkeitsgefühl zu einem jüdischen Volk; sie ist in einer menschlichen Öffnung über die Grenzen hinweg«.
Schwer hat es und macht es sich Jurek Becker, der bis zu seinem achten Lebensjahr in Polen in einem Ghetto lebte, die Erinnerung daran, wie er zugibt, verdrängt hat, diese Verdrängung mit der »grauen Ereignislosigkeit« erklärt, hinter der er als Kind die Bedrohung nicht gespürt hat (damit im Gegensatz zu Hilsenrath, der in diesem Band nicht vertreten ist). Nach Herkunft und Abstammung gefragt, pflegt Becker zu sagen: »Meine Eltern waren Juden.« Nichts sonst verbindet ihn mit dem Judentum. Sein Vater hat ihm einmal gesagt: »Wenn es keinen Antisemitismus gäbe, denkst du, ich hätte mich auch nur eine Sekunde als Jude gefühlt?« Nach klugen, einleuchtenden Überlegungen über sein Schicksal und seine Existenz fällt Beckers Bekenntnis so aus: »Ich weiß wohl, daß man nicht nur der ist, der zu sein einem vorschwebt, sondern daß man wohl oder übel auch der zu sein hat, für den die anderen einen halten. Das ist ja das Unglück. Und so gesehen bin ich in drei Teufels Namen der, der ich nach dem Urteil vieler gefälligst zu sein habe: Jude.« Becker findet harte Worte für die israelische Politik, fühlt sich aber so wenig zugehörig, daß er sich derer nicht schämt. So spricht der jüngste der hier Vertretenen, immerhin inzwischen knapp über vierzig. Wie würde so mancher Zwanzigjährige jüdischer Herkunft sich definieren? Wie würden weniger Artikulationsfähige sich definieren, etwa ein überlebender Bettler aus Stanislau oder eine der vielen »asozialen« Figuren aus Singers Geschichten und Romanen? Der

größte Teil der jüdischen Bevölkerung Osteuropas war ja keineswegs intellektueller Provenienz. Daß sie fehlen, ist eine der wohl unvermeidlichen Schwächen dieser Sammlung.
Die sorgfältigste Betrachtung über sein Judentum hat nach meiner Meinung Wolfgang Hildesheimer angestellt, ein »Ungläubiger« und doch ein Bekenner; er holt am weitesten aus, mit der Genealogie seiner Familie, schildert das großbürgerliche Milieu, das, was Bildung und Kultur angeht, integriert zu sein *schien* und wohl gerade deshalb in seiner hohen Sensibilität das nahende Unheil in seinem ganzen Ausmaß erkennt und früh ins damalige Palästina emigriert. »Damals war man, so unwahrscheinlich das heute klingen mag, auch als Jude Palästinenser. Das bedeutete aber freilich auch: Bürger eines englischen Mandatsgebiets, also gewissermaßen Kolonialvolk eines Imperiums. Und so wurde man von vielen der Kolonialherren auch behandelt, sie waren die Herren.« Ich möchte mehr, möchte laufend zitieren, nicht nur Hildesheimer, der präzis – stilistisch so ausgestattet, wie er eben ist – erklärt und bekennt: »Wenn ich mich frage, worin mein Judentum besteht, so finde ich keine wirklich befriedigende Antwort. Ich weiß nur, daß es besteht. Ich bin in ihm nicht verwurzelt, von ihm nicht beherrscht, aber ich fühle mich als Jude.« Es gibt wohl keine offenere Art, sich zu bekennen, als diese: nicht erklären wollen, was unerklärbar bleibt; nicht nur Jude sein, sich als Jude *fühlen*. In manchem möchte ich Hildesheimer widersprechen, nicht, weil's gesagt wird, sondern weil's auf die Juden bezogen gesagt wird, besonders seinem »Wir Juden sind anders«. Die einleuchtende Aufzählung der einzelnen Posten dieses »Andersseins« läßt sich, glaube ich, übertragen auf viele, die sich fremd fühlen, Fremde sind, zu Fremden gemacht werden, auf Flüchtlinge und Flüchtige, sogar Deutsche, und doch melde ich hier nur zögernd Einspruch an, nachdem, wie Michael Landmann es in diesem Buch ausdrückt, in Deutschland der »Vertreibungsantisemitismus« zum »Vernichtungsantisemitismus« geworden ist. Diese Feststellung macht auch jeden Hinweis darauf, daß es anderswo ja auch Antisemitismus gebe, peinlich. Ja, es gibt auch anderswo Antisemiten, nur ist nirgendwo der »Vernichtungsantisemitismus« so bürokratisch, so exakt durchgeführt worden wie hier, wo auch die allerletzte »jüdische« Nagelschere erfaßt wurde. Möglicherweise waren die Mannschaften in den Vernichtungslagern nicht einmal alle Antisemiten, sie waren nur gehorsam, und wenn zutrifft, was behauptet wird, daß achtzig Prozent der deut-

schen Bevölkerung die »Kristallnacht« abgelehnt haben – und das nach fünf Jahren massiver antisemitischer Propaganda! –, so bringt das keine freundliche Dimension ins Grauen, es macht die Sache eher schlimmer: staatlich verordnete Vernichtung einer Minderheit ist nur bei absolutem Gehorsam möglich.

Mir kommt das Wort »antisemitisch« wie eine ständig fortgeschleppte Fehlbezeichnung vor, wo es doch »antijüdisch« heißen müßte. Jasir Arafat und Nasser sind merkwürdigerweise nicht Opfer der »Antisemiten«, obwohl sie doch, wie mir scheint, zu den Semiten gezählt werden müßten, Nasser, der Semit, außerdem deutschen »Antisemiten« Unterschlupf gewährte. Wenn man ägyptische Massen sieht, sieht man massenhaft Semiten, auch anderswo, gelegentlich auch in Israel. Es geht den Antisemiten ums Jüdische, nicht ums Semitische. Die Sammlung *Mein Judentum* ist eine Quelle zum Studium der Unterschiedlichkeit, der Verschiedenheit jüdischer Denk- und Lebensweise. »Mit den äußeren Merkmalen«, schreibt Hildesheimer, »will ich mich nicht abgeben, denn dieses Gebiet ist allzu belastet, ja so tabu, daß kein Nichtjude sich hineinwagt, es sei denn in antisemitischer Absicht.« Ich will's dennoch riskieren. Ich finde, dieses auf grausige Weise vergiftete Gelände der »äußeren Merkmale« sollte betreten werden; ich bitte um Hilfe. Es gibt ja Semiten, und die einzige Menschengruppe, deren ein Teil semitisch war, die je in Nordeuropa seßhaft geworden ist, sind die Juden; vielleicht gab's ein paar Soldaten und Offiziere syrischer oder thebäischer Herkunft, die im Rheinland untergetaucht sind. Jüdisch und semitisch ist also keineswegs identisch, und unter den zwanzig Autorinnen und Autoren dieses Sammelbandes sind die Auffassungen sehr unterschiedlich, wenn es um die drei entscheidenden Begriffe: Volk, Religion, Staat geht. Für Michael Landmann etwa ist der Begriff Volk entscheidend, für andere – Becker, Hildesheimer, andere – ist er obsolet.

Der Begriff Rasse hat nur Jean Améry Kummer gemacht, aber ich denke, jüdisches Aussehen gibt es nicht, es gibt nur Juden, die semitische Züge haben, nicht die Mehrzahl. Lily Pincus schreibt: »Da weder mein Mann noch ich jüdisch aussahen, wurden wir sehr gebraucht, zum Beispiel um Verfolgte von einem Versteck ins andere zu bringen oder jüdische Ankömmlinge, die aus ihrem Heimatort fort mußten, vom Bahnhof abzuholen.« Der Schwiegervater meines ältesten Bruders sah nach Meinung seiner Umwelt – und bekam's auch zu spüren – »extrem jüdisch« aus, hieß auch noch Meiers, und war doch nachweislich der Nachfahre ärmlicher Eifelbauern, allerdings nahe der Mosel, und: aha, die Mosel – ein äußerst verdächtiges Flußtal, da waren die Römer schon früh, mit ihnen kamen Juden, da gab's tatsächlich geschlossen jüdische Dörfer, und da wurde dann für diese verblüffend wenig »nordisch« aussehenden Deutschen der Rassebegriff des »Westischen« geschaffen, der Keltisches, Mediterranes, wohl auch Jüdisches deckte. Wenn Menschen nachweisbar jüdischer Herkunft nicht jüdisch aussehen, Menschen nachweisbar nichtjüdischer Herkunft »extrem jüdisch«, sollen wir da nicht das verfluchte Gelände der »äußeren Merkmale« gemeinsam zu betreten versuchen? Nach *Holocaust* werden viele, wahrscheinlich sehr viele fragen: Wer sind, wer waren denn die Juden? Die *Bewegtheit* wird Nahrung verlangen, Auskunft, Dokumente, Material: Schulen und Eltern sollten gerüstet sein, es gibt genug Publikationen, Institute, Bibliotheken. Die Sammlung *Mein Judentum* wäre ein guter Anfang: hier werden Bekenntnisse abgelegt von den verschiedensten, von den unterschiedlichsten Personen, die der Vernichtung entronnen sind. Mit dem Begriff Judentum laufen zu viele Begriffe in- und übereinander: Volk, Staat, Religion – alle angekränkelt durch den fälschlich eingebrachten Begriff Rasse; sie machen das Bekenntnis zum einzig möglichen Merkmal, und das Bekenntnis zu einem der drei schließt nicht das Bekenntnis zu allen dreien ein. Gerade die religiösen Juden haben ja ein zwiespältiges Verhältnis zum Staat Israel, und solange die Begriffe »Jude« und »Israeli« nicht identisch sind, bleiben Spannungen, auch Differenzen genug.

Religiöse Juden sind nur drei der zwanzig Autoren: Ernst Simon, Yehuda Amichai und Schalom Ben-Chorin, sie sind es auf eine Weise, die die Begriffe »schlicht« und »intellektuell« nicht in Kontroverse zueinander bringt; ich zögere mit dem Wort »fromm«, wenn es auch angebracht wäre; ich bin wohl zu sehr schockiert worden durch bösartige Formen der Frömmigkeit innerhalb der Konfession, die mich geprägt hat (ich bilde mir immer noch ein, einen in der Wolle gefärbten Katholiken an »äußeren Merkmalen« zu erkennen, etwa an der Art, wie er die Finger ins Weihwasserbecken taucht und sich bekreuzigt, und doch dürfte es kein Diasporakatholik sein: bei dem würde ich auf einen Konvertiten tippen – und hätte mich – mal wieder! – prompt geirrt!).

Das Überraschende ist – und »Nach *Holocaust*« besonderer Beachtung wert –, daß diese drei religiös definierten Juden, die alle in Israel leben, etwas weiteres gemeinsam haben: die deutsche Sprache hat sie geprägt und nicht mehr losgelassen; nicht nur die deutsche Sprache, auch deutsche Bildung; wahrscheinlich ist das, was man ohne Gänsefüßchen deutsche Bildung nennen könnte, ohnehin in die Emigration – und nicht nur die jüdische – gegangen; was an Bildung hier blieb, mußte ja nach »innen schlagen«, hat sich in Traum und Erinnerung verheddert; Ausnahmen, wie immer, vorausgesetzt; jedenfalls konnte diese Bildung hier nur in Ausnahmefällen »tätig werden«. Diese marginale Notiz über »tätige Bildung« wäre ausführlicher Betrachtung wert, würde vielleicht manches Mißverständnis zwischen den Generationen klären. Deutsch geprägt und religiös jüdisch sein, das war und ist auch nach Auschwitz also möglich. »Unweit von Würzburg«, schreibt Yehuda Amichai, »in einer Talmulde zwischen zwei bewaldeten Hügeln war für mich das Tal Eilah, in dem der junge Hirte David den Riesen Goliath besiegte. Daß ich später bei Schulausflügen das richtige Tal im Lande Israel sah, störte mein tiefes Bild nicht. Mit typisch historischer Ironie geschah es sogar einmal, daß ich bei einem israelischen Armeemanöver meine Reservekompanie im Tale Eilah zur Nachtruhe biwakieren hieß, während in der Talmulde bei Würzburg der Zweikampf endlos zwischen David und Goliath weiterging.« An anderer Stelle: »Die deutsche Sprache, dieselbe Sprache, in der damals Hitler seine ersten Reden hielt, wurde für mich die Sprache des Judentums, während die heilige Sprache selbst eine profane Umweltssprache der Straße, der Spiel- und Sportplätze, der Arbeit und der Landwirtschaft war.« Ich erlaube mir, als einer, der auch deutsch schreibt, von einem solchen Bekenntnis und den eingefügten Geschichten, bewegt zu sein.

Auch für Schalom Ben-Chorin blieb das »Medium meiner schöpferischen Arbeit das Deutsche«. Der feinsinnige, hochgebildete Ernst Simon, einer der ältesten Autoren dieses Bandes, schreibt deutsch, obwohl er schon im Ersten Weltkrieg aufhörte, sich als Deutscher zu fühlen. »Der massive Antisemitismus in der Armee des Kaisers machte mir klar, daß ich kein Deutscher sei. Aber was war ich? Die gewaltige Unabhängigkeit Spinozas, der in einer Welt von Kirchen und Synagogen der einzige Dissident seiner Zeit wurde, war und ist nicht meine Sache. Ich suchte die eigene Gemeinschaft, traf im Heer zionistische Kameraden und entschloß mich bald für die Bewegung.« Ernst Simon, Außenseiter

auch in Israel, Jude, religiös, ein Geist zwischen den Fronten, hatte in seinem »wohlhabenden, gebildeten, musikfreudigen Elternhaus« vom Judentum nichts gehört, und doch war sein Vater gegen die Taufe: »Ein anständiger Mensch verläßt keine belagerte Festung wegen eines Vorteils.«
Findet in dieser Sammlung der a-priori-Antisemit (Antijude), der laut Hildesheimer kaum zu bekehren ist, jenen »wahren Israeliten«, den er nie »gemeint« hat? Werden die klassischen, auch klassisch gebildeten, die ganz subtilen Antisemiten, die in zynischen Zirkeln abstrakt das Judenproblem zu lösen versuchten, für die Hitler aber natürlich der »Barbar« war (dem sie doch den Weg mitbereiteten, wenn auch *dieser* Weg nicht der ihre war), durch Bekenntnisse und Erzählungen so vielfältiger, so unterschiedlicher Art bekehrt? Ich neige zu Hildesheimers Ansicht, denke aber, daß gerade »Nach *Holocaust*«, nach so vielen mehr oder weniger abgeprallten Versuchen, Auschwitz in die deutsche Geschichte einzubeziehen, eine über Judentum völlig desinformierte Jugend vor der Gefahr bewahrt werden kann, in jenen fürchterlichen »Antisemitismus ohne Juden« zu verfallen, der so oft beschworen worden ist. *Mein Judentum* wäre ein guter Anfang, über die Vielfalt dessen zu informieren, was alles Judentum ausmacht und einschließt, eben auch die Tatsache, die Wolfgang Hildesheimer bekümmert: daß es auch jüdische Kriminelle gibt, ja, sogar »miese« Juden. Es gibt sie, und da ich immer noch Kriminalität für eine Dimension des Menschen (wohlgemerkt: nicht der Menschlichkeit!) halte, möchte ich auch den Juden ein gewisses Recht darauf zusprechen; auch, wo es so unzählig viele »Miese« auf dieser Erde gibt, ihren Anteil an »Miesheit«. Ich zitiere Jeanne Hersch: »Diejenigen, die die Auffassung hegen, Judesein bedeute, biologisch einer Rasse zuzugehören, denken nicht wirklich oder überhaupt nicht. Denn die Folgen einer solchen rassistischen Auffassung wären, daß ein Jude nie aufhören kann, Jude zu sein.« Ich ergänze dieses Zitat durch eins von Isca Salzberger-Wittenberg: »Selbstverständlich zog es mich später nach Israel, den Emigranten zu helfen, die überlebt hatten. Da lernte ich erst, wie lächerlich es war, von nur einem jüdischen Typus zu reden. Bei jedem konnte man am Aussehen und an den Gesten gleich erkennen, wo er herkam: aus Amerika, Nordafrika, Jemen, Deutschland, Indien. Ich konnte es kaum glauben, daß das alles Juden waren. Aber es verband uns der brennende Wunsch, ein Land aufzubauen, das

eine Zuflucht für alle Verfolgten bieten könne, damit nie wieder das Furchtbare geschähe.«

Das Furchtbare ist geschehen, wir wissen es, wir wissen, daß es menschen-, daß es deutschenmöglich war.

Ich kann nicht auf jede Autorin, jeden Autor dieses Bandes ausführlich eingehen, jeder Essay ist eine Welt für sich, bedürfte einer eigenen Rezension. Einen Denker wie Alfons Rosenberg kann ich im Rahmen einer Sammelrezension so wenig würdigen wie andere. Wenn da jetzt »Nach *Holocaust*« Informationslücken entstehen, so kann ich dieses Buch nur empfehlen, als Lesebuch, als Auskunft über das, was jüdisch ist, jüdisch war, über die wohl einmalige Verbindung des Deutschen mit dem Jüdischen, über diese zerstörte Möglichkeit, über den Verlust, den sechs Millionen Biographien ausdrücken würden. Über die Vielfalt des Judentums, sein Alter, seine Tiefe, über das, was für lange Zeit, wahrscheinlich für immer, verspielt und vernichtet ist. Lily Pincus, die älteste Teilnehmerin an diesem Symposion: »Das Ergebnis meiner Ambivalenz ist, daß ich mich in Israel nur selten als Jude fühle und ständig auf der Hut bin, mich zu identifizieren«; sie ist sich aber auch bewußt, »daß ich mich in Deutschland weniger ›deutsch‹ fühle als irgendwo anders und auch dort auf der Hut bin, mich zu identifizieren«. Der verstorbene Max Fürst, der wohl am weitesten auf dem Weg fortgeschritten war, den Jurek Becker sucht, ein Weiser, der nach Verfolgung und KZ nach Israel ging und von Israel sagt: »Ein Staat ›wie alle anderen‹ will Israel heute sein. Aber gerade das ist er nicht. Die Welt war schon vergeben, als er gegründet wurde, und der Aufbau bedingte die Verdrängung der bisherigen Bewohner.« György Ligeti schildert eindrücklich die doppelte Diskriminierung als Jude und Ungar in Rumänien.

Vorausgesetzt ist, daß in dieser Sammlung natürlich einige Millionen Juden fehlen, ermordete, überlebende, deren Bekenntnisse so verschieden voneinander ausfallen würden wie die hier gesammelten. Für viele gilt wohl, was für viele Sowjetbürger jüdischer Herkunft gilt: sie hätten die jüdische Herkunft längst vergessen, würden sie nicht von der Umwelt immer wieder darauf gestoßen. Judesein ist eine Frage des Bekenntnisses, nicht die Frage einer Nominierung von außen.

Es war nicht der polemische Ansatz, nicht das polemische Vokabularium, es war das Wort Jude, das die Polemik gegen Marcel Reich-Ranicki disqualifizierte; was immer einer gegen oder für ihn vorbringen möchte, seine Herkunft darf nicht für oder gegen ihn verwendet werden. *Ein* Wort zuviel – und schon rutscht eine Polemik aus und ab, indem sie dem ständig lauernden »Antijuden« ein »Aha-Erlebnis« liefert. »Aha, ein Jude ist er also, das erklärt vieles«, und schon wird es »typisch«, liefert eine gefährliche »Nachträglichkeit«; es gibt ja Fälle, in denen einer feststellt, daß jemand, den er nie für einen Juden gehalten hat oder hätte, doch einer ist und dann mit einem »Aha« Vorurteile gerechtfertigt sieht, die er wahrscheinlich sogar einem Nichtjuden als »jüdisch« ankreiden würde. Ein Wort zuviel und viele zuwenig, sehr viele, die notwendig wären, zu leisten, was auch diese Rezension nicht leisten kann: zu erklären, warum dieses Wort ein Wort zuviel war. Da müßte einer weit ausholen, sich voll in diese Partie unserer Geschichte begeben, die – jedenfalls »Vor *Holocaust*« – fast totaler Amnesie unterlag. In diese Amnesie hinein wirkt ein Wort wie »jüdisch« – wie »typisch jüdisch« – und eben dies, das typisch Jüdische, gibt es nicht, weder physisch noch intellektuell. Der intellektuelle Ansatz des Juden Ernst Simon ist wohl himmelweit entfernt von dem Hans Mayers – und bekennen sich doch beide als Juden.

Wolfgang Hildesheimer schildert einen Schulkameraden, der blonde Juden ganz besonders verabscheute; wohl weil sie ihm nicht »typisch« genug waren; es gibt ja die besonders heimtückische Sorte Antijuden, die einen Juden, der sich als solcher bekennt, nicht gelten lassen, weil er ihnen nicht »typisch« genug erscheint.

Umgekehrt: hin und wieder werden ja »Intellektuelle« – anonym versteht sich – als »jüdisch« beschimpft, obwohl sie ihren »Ariernachweis« irgendwann erbracht haben. Ja, die deutsche Geschichte besteht nicht *nur*, aber *auch* aus Auschwitz; es war in ihr möglich, war deutschenmöglich; es wäre nicht gut, diese Partie *Holocaust* allein zu überlassen, das in die Amnesie hineinwirkte. Die Bewegtheit, die *Holocaust* hervorgerufen hat, muß mit Dokumenten, Publikationen, Analysen versehen werden, mit Stoff. Es werden die Verweise auf deutsche Kriegs- und Nachkriegsleiden und -leistungen nicht helfen, und da hilft auch kein Verrechnen gegen die Greuel und grauenerregenden Ziffern des »Archipel GULAG«. Amnesie gilt immer noch als Krankheit, und man kann Kranke nicht heilen, indem man auf die Krankheiten anderer verweist. Auschwitz ist und bleibt ein Teil unserer Geschichte.

Ein Erlebnis bitterer Art möchte ich mir zu schildern erlauben. An einem schönen Sommertag saßen wir mit Schweizer Freunden beim Kaffee, auf schattiger Terrasse, in Frieden, Harmonie und Freundschaft sprachen wir über dies und jenes, auch den und jenen, verfielen ins Rheinische, bezeichneten irgend jemand als »jut«, womit »gut« gemeint war, was aber von den Schweizer Freunden als »Jude« verstanden wurde; eisiges Mißtrauen kam auf, Stirnrunzeln, Bangigkeit – bis sich das Mißverständnis klären ließ. Nur ein »g« als »j« gesprochen, nicht mehr, nicht weniger. Das Gelände ist noch lange nicht bereinigt, noch lange nicht entmint.

Die gefährliche, fast explosive Abstraktheit des Wortes Jude in einer Gesellschaft, in der es fast keine Juden mehr gibt, bekommt Hintergrund durch eine Sammlung wie *Mein Judentum,* das als Lesebuch geeignet wäre, Karikaturen zu vertreiben, Idealvorstellungen zu korrigieren, auf jene Erkenntnis zu, die Schalom Ben-Chorin so formuliert: »Mein Judesein und mein Menschsein sind eine Monade.« Es ist das Verdienst von Hans Jürgen Schultz, diese Sendereihe und das Buch möglich gemacht zu haben. Bilder, Bebilderung, auch in Filmen, haben ihre Gefahren: sie legen fest, was nicht festzulegen ist. Es kann nicht genug Sendereihen wie *Mein Judentum* geben.

Tacitus, »Germania«

Der lateinische Text, dieses fast hauchdünne Teubner-Bändchen, umfaßt 26 Seiten; zieht man die umfangreichen Fußnoten ab, mögen 20–22 Seiten übrigbleiben: 22 Seiten für diesen schmalen Klassiker, der sich für mich als überraschend aktuell erwies. An den lateinischen Text habe ich mich dann doch nicht mehr herangewagt, ich habe den deutschen Text genommen, aus der Goldmann-Taschenbuchausgabe, der ganze 35 Seiten umfaßt, übersetzt und ediert von Dr. Harendza. Diese knappen Studien, fast aphoristisch, erweisen sich nach 1800 Jahren nicht nur als lesbar, auch als lesenswert: immerhin eine der ältesten, wenn nicht die älteste Auskunft über unsere »Vorfahren«. Waren sie's wirklich? Sind nicht viele von ihnen ab-, andere zugewandert, hat sich da nicht einiges »eingemischt« und – natürlich – sehr vieles verändert? Die einzigen, deren Stammesnamen noch heute erkennbar sind, sind die Chatten (Hessen) und die Sueben (Schwaben). Eins muß festgestellt werden: »Häßlich« hat Tacitus diese nachmaligen Deutschen nicht gefunden; wild: ja, hatten manche rauhe Sitte, doch auch Herzlichkeit, waren gastfreundlich (wenn auch nicht immer – was verständlich ist – gegen römische Besatzung), und sollen »alle das gleiche Aussehen« gehabt haben; das bezweifle ich: derlei Täuschungen unterliegt man leicht bei fremden Völkern. »Die blauen Augen mit dem trotzigen Blick, das rötlichblonde Haar und die hochgewachsenen Körper, die allerdings nur im Angriff besonders stark sind.« Sangesfreudig waren sie auch, aber »der Gesang ist ihnen mehr ein Gleichklang tapferer Herzen als ein Zusammenklingen von Menschenstimmen. Vor allem ist ihnen darum zu tun, rauhe Töne und ein stoßweises Dröhnen hervorzurufen.« Das klingt nicht so ganz unvertraut, im Beben so mancher Männerbrust könnte sich da noch »echt« Germanisches erhalten haben, doch das mag auch auf manchen Slawengesang zutreffen.

Ganz anders ist es mit der »Faulheit«; da müßte mancher Entwicklungshelfer und -experte bei Tacitus Trost finden – und sich mit Geduld wappnen: »Bei mühseliger Arbeit legen sie viel weniger Ausdauer an den Tag« (als im Krieg). Nun hat's ja nicht gerade 1800 Jahre gebraucht, um diese »Wilden« zu ausdauernder und regelmäßiger Arbeit zu erziehen, aber gewisse Fristen sollten doch eingeräumt und Geduld ministeriell verordnet werden, wenn wir heute andere »entwickeln«. So rasch sind »wir« also auch nicht ans Arbeiten gekommen, und bevor wir gar eine Weltanschauung daraus machten, mögen doch tausend und einige Jahre vergangen sein.

Die Klimaangaben bei Tacitus treffen zum Teil heute noch zu: »Für den Westen, nach Gallien hin, sind die Niederschläge charakteristisch, für den Südosten, nach Pannonien und Norikum hin, Stürme und die dadurch bedingte größere Trockenheit.« Die Wälder waren Tacitus unheimlich, die Sümpfe fand er abstoßend, die Nordsee erfüllte ihn mit Bangen, dieses »Meer, das sozusagen schon einer anderen Welt angehört«. Und natürlich: »Wer hätte sich denn entschließen sollen, unsere blühenden Provinzen in Kleinasien oder gar Italien selbst zu verlassen, um nach Germanien auszuwandern. Nach jenem Teil der Erde, der so völlig bar ist aller landschaftlichen Reize, so rauh im Klima, trostlos zum Leben und trostlos zum Anschauen für jeden, dem er nicht gerade Heimat ist.«

Nun, Heimat war's eben für die Cherusker und Bructerer, Sugambrer, Tencterer, Usipeter – und wie sie da alle geheißen haben, sie, aus denen später die »Deutschen« wurden; daß sie sich nicht widerstandslos einfach besetzen ließen, sollte die Römer, Soldaten und Beamte, nicht sonderlich überrascht haben, zumal ja – oh, Iran, Koran und Chomeini! – mit der Kultur und der Zivilisation der Eroberer auch »Verderbnis« nahte, jene »römische Verderbnis«, die auch Tacitus, den Moralisten, beunruhigte. Lob den germanischen Frauen, Lob der germanischen Ehe, der Sittenstrenge, »Denn in Germanien lacht niemand über Laster, verführen und sich verführen lassen heißt dort nicht ›dem Zeitgeist huldigen‹«. Da rollte und wogte in Rom die Porno-Welle, war Korruption gang und gäbe; mit offensichtlichem Bedauern stellt Tacitus fest: »Manche (Germanen) haben wir auch schon so weit gebracht, daß sie Geld nehmen.« Die Seherinnen Veleda und Aurinia werden respektvoll erwähnt, auch auf andere Frauen wird hingewiesen, die Gegenstand der Verehrung waren, »ohne daß man ihnen aber etwa in niedriger Unterwürfigkeit geschmeichelt oder gar Göttinnen aus ihnen gemacht hätte«. Da sehnt sich einer ganz offenbar nach unverfälschter vestalischer Tradition, einer, der Republikaner *und* Aristokrat war, Tacitus war aus »allerbestem Hause«, ein Cornelier.

Friedlich, Vorläufer der Kollaboration, angelockt und »angekränkelt« vom römischen Luxus, blieben sie links, trutzig rechts des

Rheins, diese »Wilden« mit eigener Religion, eigenem Kult, eigenen Sitten, mit demokratischen Ansätzen in ihrem Gemeinwesen, wie sie wahrscheinlich in der damaligen Welt kaum zu finden waren. »Die Könige haben keine unumschränkte oder willkürliche Gewalt, und auch die Heerführer leiten mehr durch ihr Beispiel als auf Grund ihrer Befehlsgewalt.« Thing, Rechtspflege, Wehrwesen – da ließe sich zitieren und belegen, daß diese nachmaligen »Deutschen« ihre Ordnungen hatten, wenn auch möglicherweise noch keine rechte »Ordnungspolitik«. Widersprüchliche Wesen, besonders diese germanischen Männer, bei denen »für faul und feige gilt, wer mit seinem Schweiß erwirbt, was er durch Blut gewinnen kann«. Ein unruhiges Volk: »Sie lieben den Müßiggang und können doch die Ruhe des Friedens nicht ertragen.« Gastfreundlich, wild, rauflustig, auch geschwätzig: »Dieses Volk, nicht verschlagen noch durchtrieben, gibt in ausgelassener Fröhlichkeit auch heute noch die sonst tief in der Brust gehüteten Geheimnisse preis.« Das nennt man wohl heutzutage »bierselig«.

Ein Trost für die verrufenen Rheinländer: »Selbst die Ubier, die den Vorzug genießen, eine römische Kolonie zu sein, schämen sich ihres germanischen Ursprungs nicht.« Mancher republikanisch gesonnene römische Aristokrat hätte das wohl *noch* herablassender ausgedrückt. Immerhin: es galt – und war wohl – ein Vorzug, römische Kolonie zu sein. Der wilde Zug der Kimbern und Teutonen lag schon mehr als zweihundert Jahre zurück, als Tacitus die *Germania* schrieb, der Schrecken, den sie verbreitet hatten, war unvergessen. Tacitus wußte: »die Germanen mit ihrem Freiheitsdrang« waren gefährlicher als alle anderen Nachbarn des Römischen Reiches, über die Tacitus ziemlich verächtlich spricht, und es war ja wohl auch kein Zufall, daß die stärksten Truppenkontingente Roms am Rhein lagen. Die Bangigkeit des Tacitus und anderer hat sich als berechtigt erwiesen: von Norden her, von diesen Wilden, diesen »Sittenstrengen« ist das Römische Reich »aufgerollt« worden.

Klein dem Umfang, groß der Form nach, die *Germania,* hier war jemand am Werk, der beides mit Entschiedenheit war: Moralist und Ästhet; gestochen die Sprache, Ausdruck, Mitteilung und »Botschaft« genau in- und übereinander. Aktuell auch diese 35 Druckseiten, die man nicht ohne Anmerkungen lesen sollte, die vieles erklären, manches Detail korrigieren. Was Machtpolitik ausmacht, wird in einem einzigen Satz so ausgedrückt: »Heute lassen sie (die Markomannen und Quaden) sich auch Könige fremden Stammes gefallen. Amt und Macht dieser Könige beruhen auf der Gunst Roms; bisweilen werden sie durch Waffen gestützt, öfter nur durch unser Geld, doch deshalb ist ihr Ansehen nicht geringer als bei der Waffenhilfe.«

Wo habt ihr bloß gelebt?

Das Bild des Dritten Reichs im Werk von Christa Wolf

Grelle Töne sind Christa Wolfs Sache nie gewesen; nicht als Autorin, nicht als Zeitgenossin hat sie je zur Lautstärke geneigt, und doch hat sie nie Zweifel an ihrer Haltung gelassen. Wenn ich das behaupte, muß ich eine Selbstverständlichkeit mitliefern, die allzu leicht vergessen wird. Autorschaft setzt permanente Überprüfung (nicht mehr und nicht weniger bedeutet das Wort: Kritik) der eigenen Position, des Zustandes der Welt, der Gesellschaft, des Staates, in dem einer lebt, voraus. *Der geteilte Himmel, Nachdenken über Christa T.*, Christa Wolfs *Aufsätze zur Literatur, Kindheitsmuster* erweisen sie als eine Autorin, die Ernst macht bei der Suche nach jenem verfluchten Raum, zu dem es kein Passepartout gibt, keinen Patentschlüssel, diesem Raum, in dem jenes Himmels- oder Höllengebilde zu finden wäre, das man Wirklichkeit zu nennen beliebt, auch Realität, und das als letztere – als Realität – den nie genau definierten, wohl gar nicht definierbaren Begriff Realismus zur Folge gehabt hat; dessen politisch bestimmte Variation »sozialistischer Realismus« blieb mißverständlich, ließ sich allzu leicht mißverstehen; mit ihm schienen die endlich »frei« gewordenen Künste wieder unter den Zwang verordneter Erbaulichkeit gestellt zu werden. Setzt man statt erbaulich aufbauend, so kommt man dem Problem vielleicht etwas näher, wird ihm gerechter, versteht vielleicht auch besser, warum die beiden deutschen Staaten so viel Schwierigkeiten, so viel Ärger auch beim Aufbau oder Wiederaufbau mit den sie begleitenden Autoren gehabt haben. Die Differenz zwischen den beiden deutschen Staaten ließe sich möglicherweise sogar aus dem Unterschied zwischen Aufbau und *Wieder*aufbau erklären. Warum fühlten sich die beiden Staaten in ihrem enormen, gewaltigen, bewundernswerten Aufbauwillen so wenig – oder nicht ausreichend – von der sie begleitenden Literatur bestätigt? Das mag viele Gründe haben, einige davon nicht spezifisch deutsch – weder die südamerikanischen Staaten noch die USA können sich von ihrer Literatur »bestätigt« fühlen!

Einen spezifisch deutschen Grund glaube ich zu erkennen; er drückt sich in den Worten aus, die Christa Wolf ihrem Roman *Kindheitsmuster* wie ein Motto voranstellt: »Das Vergangene ist nicht tot; es ist nicht einmal vergangen. Wir trennen es von uns ab und stellen uns fremd.« Die Literatur bringt eben im Gegenwärtigen das Vergangene immer mit, und da fühlen sich die munter Aufbauenden – hier wie da – belästigt, behindert. Sie wollen Amnestie und praktizieren Amnesie. Amnestie ist ein administrativ-juridischer Vorgang, der ungefähr bedeutet: Vergessen wir, was du getan hast, deine Strafe wird dir erlassen, fang neu an und werde nicht rückfällig. Amnesie ist eine Krankheit, die mit Gedächtnisschwund oberflächlich, mit Erinnerungsschwund besser bezeichnet ist. Ein Mensch, eine Gesellschaft ohne Erinnerung ist krank. Das grausam-brutale Wort von der »Vergangenheitsbewältigung«, von dem keiner so recht weiß, woher es stammt, wird überraschender- und verdächtigerweise immer in Gegensatz zu Geschichtsbewußtsein gebracht. Was ist Beschäftigung mit Geschichte denn anderes als ein Versuch, das Vergangene zu »bewältigen«, seine Ursachen und Folgen herauszufinden – und was für den Historiker seine Quellen sind, ist für den Autor die Erinnerung, die er mit den »objektiven« Fakten konfrontiert. Um diese permanente Belästigung durch Autoren zu verhindern, müßte man die Erinnerung verbieten, möglichst, damit es unter Deutschen auch klappt, gesetzlich. Man müßte also die Krankheit Amnesie gesetzlich verordnen.

Nelly Jordan, die Heldin in *Kindheitsmuster*, war vier Jahre alt, als man Hitler die Macht zuspielte, sie war sechzehn, als das Nazireich zusammenbrach, nicht von innen, sondern von außen zerstört. Und ich glaube eben das: daß die Nazimacht nicht von innen zerstört wurde, sondern von außen zerstört werden mußte – unter bis heute nicht wahrgenommenen Verlusten an Menschenleben und Heimat –, ist eine der Begründungen für die Tatsache, daß diese zwölf Jahre mehr oder weniger in der Erinnerung umgangen oder umspielt werden – und warum man hier die »freiheitlich-demokratische Grundordnung« und dort den verordneten Sozialismus gefälligst ohne schmerzhafte Erinnerungen anzunehmen hat. Wohl deshalb werden in beiden deutschen Staaten von den Bewohnern – und am ausdrücklichsten von den Autoren! – Bekenntnisse zu Staatsformen und Gesellschaftsordnungen verlangt, die man demonstrativ gefälligst für die jeweils bessere zu halten hat. Nun lehnt man ja Staats- und Gesellschaftsformen noch nicht ab, wenn man sich nicht täglich – wie beim Morgenappell, bei der Flaggenparade – demonstrativ zu ihnen bekennt, und es ist noch lange nicht heraus, ob man sie akzeptiert, wenn man sie nicht demonstrativ ablehnt. Ich habe den Eindruck, daß Christa Wolfs *Kindheitsmuster* in der DDR nicht sehr freundlich aufgenommen worden ist, weil sie – und gar nicht einmal sie, sondern ihre Heldin Nelly Jordan, ach, wie kompliziert ist das mit Staaten und Autoren! – die flaggenhaft demonstrative Belobigung der dort herrschenden Gesellschaftsordnung, wenn nicht verweigert, so doch nicht deutlich genug gezeigt hat. Und hier, in der Bundesrepublik hat man ihren Roman mit peinlicher Herablassung behandelt, wohl auch, weil sie – und eben wiederum nicht sie, sondern diese Nelly Jordan – die ausdrückliche, demonstrative, flaggenhaft gezeigte Ablehnung der anderen Gesellschaftsordnung verweigert. Man hat nur, so scheint mir, übersehen, daß dieser Roman nur andeutungsweise, nur in einer sparsam eingestreuten Handlung, in kurzen Dialogen, überhaupt in der DDR »spielt« – es ist der Roman der Nelly Jordan zwischen 1933 und 1945; auch die Reise nach L., einst deutsch, jetzt polnisch G., ist nur ein sehr loser Handlungsfaden; die Reise dauert 46 Stunden, der Roman umfaßt 477 Seiten, und vier Jahre ist daran gearbeitet worden. Diese Frau, so Anfang Vierzig, die mit ihrem Mann, ihrem Bruder und einer ihrer heranwachsenden Töchter in die alte Heimat fährt, sucht sich selbst, innen und außen, sucht das Muster, das sie geprägt hat – sie will herausfinden, was da zwischen ihrem vierten und sechzehnten Lebensjahr mit ihr passiert, was aus ihr gemacht worden ist; sie will hinter sich selbst kommen. Mit Scheu, mit Bangen, offenbar nach langem Zögern und einigen gescheiterten Versuchen, sich selbst zu Notiz zu bringen; diese zwölf Jahre, die nun einmal unweigerlich in unserer Geschichte hängen, will sie wiederfinden, auch ihre Kindheit, und sie hat doch Angst, diesen zwölf Jahren und ihrer Kindheit zu begegnen. Die Reise nach L. als äußeres, als technisches Ereignis ist dabei gar nicht so wichtig, ja fast belanglos. Das weiß sie – und doch wird die Reise zum Anstoß, zum »Faden« – mehr nicht – »und du stimmtest zu. Obwohl du dir wiederholtest, daß es nicht nötig wäre. Aber sie sollten ihren Willen haben.« Der Tourismus in alten Heimaten blühte, die Reise, die dann nur sechsundvierzig Stunden dauert, bringt der Erinnerung weniger als erwartet: natürlich gibt es da Straßen, Plätze, Kirchen, Häuser, Treppenstufen – aber vielleicht hätte ein alter Stadtplan, hätten ein paar alte Fotos und Ansichtskarten ebensoviel gebracht; das scheint Nelly Jordan gewußt zu haben, und doch mußte sie diese Reise machen; solche Erfahrungen muß einer machen, auch wenn er zu wissen glaubt, wie sie ausgehen – es muß einer sie machen auf die Möglichkeit hin, daß sich nichts bestätigt, was er vorher zu wissen glaubte. Eins scheint ihr gewiß: Erinnerung selbst ist stärker als die Begegnung mit den Stätten, an denen sie haftet – und das hat im Falle Nelly Jordan nicht unbedingt mit der Tatsache zu tun, daß die Stadt L. inzwischen G. heißt und von Polen bewohnt ist. Heimat ist möglicherweise nur Erinnerung an Heimat, auch wenn einer in der weder verlorenen noch verlassenen Heimat wohnt. Kindheit, Spiele, Schule, Spielkameraden – gegenüber der Erinnerung an sie bleiben die Stätten der Erinnerung merkwürdig kalt. Viel stärker jedenfalls als wiedererkannte Straßen, Plätze, Häuser ist der alte Sommergeruch über Schlucht und Sandberg und Jordansgarten, in dem Nelly lesend in der Kartoffelfurche liegt – »sie denkt oder fühlt, jedenfalls glaubtest du, das habe sie damals gedacht und gefühlt – wie es jetzt ist, wird es nie wieder sein. Ein Geruch, der an einen ewigen Augenblick erinnert« –, und später das Anhalten am Stadion, »um das Holz des Drehkreuzes neben dem Kassiererhäuschen noch einmal in der Hand zu spüren und dich noch einmal an das eiserne Geländer zu hängen – zuerst gar nicht, dann sehr verwundert, daß es an der gleichen Stelle wie vor siebenundzwanzig Jahren auf die gleiche Weise knarrte (Muß das nicht eine Täuschung sein? Eine Täuschung heute oder damals?)«.

Einen Geruch wiederfinden, das Knarren eines Drehkreuzes an einer bestimmten Stelle? Vielleicht ist das wirklich eine Reise wert, eine Möglichkeit, sich hinter sich selbst zu stellen und von dort aus herauszufinden, was Historiker anders herausfinden: das Muster, das diese Kindheit zwischen dem vierten und sechzehnten Lebensjahr geprägt hat, so sehr geprägt, daß die Sechzehnjährige, während die Rote Armee schon kurz vor Berlin steht und amerikanische Tiefflieger in ihren deutschen Jungmädchendämmerzustand eindringen, ihrem Tagebuch anvertraut, daß sie dem Führer ihre unverbrüchliche Treue bewahren will – und später, daß ihr durch die Niederlage Deutschlands das Lachen verlorengegangen ist.

Auf solche Sätze, solche Erkenntnisse läuft – vielfach gewunden, an Erinnerungen vorbei, über Reflexionen, über Erinnerungen hinweg, zwischen Reisenotizen, Dialogen mit Bruder, Tochter, Mann – darauf läuft diese Aufhebung oder Heilung der Amnesie zu, es ist ein Prozeß, dem sich mehr Deutsche in beiden deutschen Staaten ausliefern sollten, auf daß die Krankheit der Erinnerungsverbannung sich nicht verfestige oder ausbreite. Das geschieht in *Kindheitsmuster* gewissenhaft, fast möchte ich sagen, zu gewissenhaft, umständlich auch, manchmal zu umständlich und ist doch notwendigerweise so. Diese Nelly Jordan, 1933 vier, 1945 sechzehn Jahre alt, war ja weder ein besonders bösartiges noch besonders »faschistoides« Kind – sie war »normal«, gewissenhaft und normal. Am Anfang des Buches steht noch ein Zitat, das bedacht und behalten werden will: »Auffallend ist, daß wir in eigener Sache entweder romanhaft lügen oder stockend und mit heiser belegter Stimme sprechen.« Es wäre zu fragen, ob »romanhaft« und »lügen« wirklich übereinander gehören und ob sich im »heiser und mit belegter Stimme sprechen« nicht auch eine Art »romanhaft zu lügen« verbergen kann. Ist die Intonierung nicht auch eine Möglichkeit, an etwas vorbeizusprechen? Es gibt ja Formen der Heiserkeit, des Stockens, auch des Stotterns, die wohlinszeniert sind. Die verfluchte, immer wieder und immer wieder mit Recht gestellte Frage: Wie war das denn nun wirklich? ist nur zu beantworten von der Literatur als ganzer, als über Jahrzehnte sich ausbreitender Versuch, der viele Variationen, viele Intonationen, unzählig viele Ausdrucksformen hat.

Es ist unsinnig, wenn hin und wieder beklagt wird, daß *der* Roman über diese Zeit noch fehle; er wird von vielen geschrieben, in verschiedenen Intonationen. Das Besondere an Christa Wolfs *Kindheitsmuster,* diesem Entwicklungsroman des Kindes Nelly Jordan, ist die Schilderung der Unmerklichkeit, dieser unheimlichen Unmerklichkeit, mit der da dieses Kind in ein Muster gebracht, mit der es gestanzt wird, mit der es geformt wird, in die Blindheit einer deutschen Geschichtsperiode gepreßt, ein kluges, sensibles, etwas scheues Mädchen, das noch 1945 in unverbrüchlicher Treue an ihren Führer glaubt, ihm Treue schwört. Da wird nicht die Frage der Schuld fällig, sondern die Frage der Zeitgenossenschaft und der Augenzeugenschaft, und die Frage, wie wenig Augen sehen, wie wenig Ohren hören können, die doch im physiologischen Sinn keineswegs gestört sind. Mir scheint da ein Zitat wichtig, das ziemlich am Anfang steht, es betrifft die begleitende Tochter Lenka. »Sie will nicht – noch nicht – erklärt haben, wie man zugleich anwesend und nicht dabeigewesen sein kann – das schauerliche Geheimnis der Menschen dieses Jahrhunderts.« Da steht nicht das schauerliche Geheimnis der Menschen der BRD oder der USA oder der DDR, sondern der Menschen dieses Jahrhunderts. Ich stelle mir vor, daß solche Sätze ärgerlich sind für Literaturfunktionäre, denn was sollten die Bewohner der DDR, die ja auch Menschen dieses Jahrhunderts sind, für schauerliche Geheimnisse haben? Und auch wir, die Bewohner der Bundesrepublik – sind wir nicht alle anwesend und doch nicht dabei? Von welchem Muster werden wir geprägt, zu welchen Blindheiten verführt, hier wie dort und anderswo?

Während Nelly über Schule, Lehrer, Mitschülerinnen meditiert oder auch plaudert, entsteht plötzlich ein Gegenwartsbezug zum Schulalltag ihrer Tochter Lenka: da hat sich der Lehrer M. gemeinsam mit seiner Freundin umgebracht, und da heißt es bei Lenka, im Jahr 1973, »kaum ist einer tot, machen sie alles kaputt, was einer hinterlassen hat«. Und sie – seine Freundin – war zum zweiten Mal nicht zum Medizinstudium zugelassen, obwohl sie alle Voraussetzungen glänzend erfüllte. Und der Selbstmörder, der kurz vorher noch Musils *Mann ohne Eigenschaften* zurückbringt, hat dort eine Stelle angestrichen, die lautet: »Man hat nur die Wahl, diese niederträchtige Zeit mitzumachen (mit den Wölfen heulen) oder Neurotiker zu werden.« Ulrich geht den zweiten Weg. In diesem stillen, fast beschaulichen Buch schlagen – jedenfalls mir – solche Sätze tief ein, fallen auf, sogar heraus, denn da kommt ziemlich eindeutig in die Vergangenheit die Gegenwart hinein. Wie überhaupt Lenka korrigierend wirkt: was sie über die Produktionsbedingungen berichtet, klingt weder ermutigend noch erbaulich – und wenn sie in Prag von *jungen* Bewohnern der DDR das berüchtigte Lied vom Polenmädchen singen hört, so finde ich eine solche Feststellung ausreichend kritisch, zumal da eine Strophe mitgeliefert wird, die Heino seinen beseligten deutschen Zuhörern nicht vorsingt: »Nimm dir ein deutsches Mädchen bloß / das nicht beim allerersten Stoß / krepieren muß.«

Solche Anmerkungen zur DDR-Gegenwart, eingestreut in Nellys umfängliche Erinnerungen an ihre Kindheit in L., zusammengenommen mit diesem »schauerlichen Geheimnis der Menschen dieses Jahrhunderts«, anwesend und doch nicht dabeigewesen zu sein – mir reichen solche Anmerkungen bei einer Autorin, die zu grellen Tönen nie geneigt hat, aus. Sie sollten auch jedem ausreichen, der nicht in der DDR lebt – und nicht so ohne weiteres, nicht ungeprüft die Selbstgefälligkeit von Gesellschaftsordnungen übernimmt.

Diese minuziöse Beschreibung einer Kindheit, eines Werdegangs, einer Entwicklung setzt voraus, daß man, was hier in den Vordergrund geschoben wird – das Unmerkliche, das Unauffällige –,

ergänzt durch das, was man wissen sollte, aus Filmen, Dokumenten, Prozessen; es ist nicht Sache des Autors, das mitzuliefern. Es wird von Christa Wolf sogar – und damit verletzt ein Autor, der in einem sozialistischen Land lebt, fast schon ein Tabu – weder die Flucht verschwiegen noch deren Umstände, es wird nicht verschwiegen, daß da auch – und auch von sowjetischen Soldaten – geplündert wurde, daß Frauen allen Grund hatten, sich zu verstecken, daß es da ein Alarm- und Warnsystem gab, um die Frauen und Mädchen in ihrer Flüchtlingsunterkunft zu schützen. Die ökonomischen, politischen, psychologischen Um- und Zustände, das Leben der Nelly Jordan werden bis zu ihrem sechzehnten Lebensjahr erzählt, reflektiert, rekonstruiert – bis in die verlorenen Tagebücher hinein, in denen das Bekenntnis zum Führer stand.
Es ist mir bei *Kindheitsmuster* zum ersten Mal bei der Lektüre eines Buches von Christa Wolf der Gedanke gekommen, daß sie eigentlich in die Tradition einer Innerlichkeit gehört, die nicht nur eine deutsche ist. Das mag merkwürdig klingen, kommt auch mir überraschend vor und erscheint mir doch der Überlegung wert. Innerlichkeit kombiniert mit einem weiteren Begriff, der sich mir aufdrängte: ostdeutsch, eine Eigenschaft, die wir – jedenfalls meine Altersklasse, soweit sie westdeutsch bestimmt war –, durch Vorurteile programmiert, nie wahrgenommen haben. Es hat lange gedauert, bis mir die Qualitäten – und damit auch der Verlust – des Ostdeutschen bewußt geworden sind. Vielleicht hat die nackte Politisierung, gelegentliche Demagogisierung des Wortes »Flüchtling« diesen Prozeß mitverzögert. *Kindheitsmuster* ist der Versuch, eine ostdeutsche Kindheit nicht zu rekonstruieren, sondern wiederzufinden, und nicht nur diese Kindheit; mit ihr, an ihr, in ihr die geschichtliche Zeit, in die sie eingehängt war, die Zeit zwischen 1933 und 1945, zwölf Jahre, die weitgehend der Amnesie derer verfallen sind, die sie erlebt haben. Vielleicht wäre Amnestie möglich, wenn Amnesie aufgegeben oder geheilt wird. Ein aus dem KZ Entlassener fragt die kluge, sensible Frau Jordan: »Wo habt ihr bloß gelebt?«

Absage an den Götzendienst

Über Lew Kopelew, »Und schuf mir einen Götzen«

Das Erstaunliche an Lew Kopelews Memoiren ist die Tatsache, daß sie frei von Selbstgefälligkeit sind. Kopelew schmuggelt sich nicht aus seiner Geschichte heraus, die von seinem fünften Lebensjahr an die Geschichte der Sowjetunion ist, erklärt sich nicht für rein, nicht zum bloßen Opfer, und nur so ist erklärlich, daß er, obwohl mit Schwierigkeiten, Widrigkeiten, mit nackten Gemeinheiten in seiner Heimat reichlich versorgt, auch heute noch nicht den Titel »Dissident« annimmt und dennoch bei jeder Gelegenheit freimütig die Zustände in der Sowjetunion kritisiert. Er fühlt sich zugehörig, möchte, wie er immer wieder sehr nachdrücklich betont, nicht emigrieren. Er ist beides: Patriot und Internationalist – und vielleicht können wir von ihm lernen, daß diese beiden Eigenschaften einander nicht widersprechen, diese Eigenschaften sind bei ihm durch einige andere gestützt: er ist Ukrainer, Russe, Jude, Sowjetbürger – Autor, Wissenschaftler. In jeder dieser zahlreichen Eigenschaften fehlt ihm die Selbstgerechtigkeit, die Schuld und Verstrickung anderen anlastet. Die Hauptmerkmale seiner Bekenntnisse, Erinnerungen, Erläuterungen und Analysen sind Offenheit und jene inzwischen in Ost und West gleichermaßen verdächtigen Merkmale: Spontaneität und jene *Bewegtheit,* die man als Emotionalität auf Grund internationaler Absprachen mit jener arroganten Scheinwissenschaftlichkeit abtun kann, die in ihrer »Sachlichkeit« immer unsachlicher wird. Kopelews Spontaneität ruht – ich möchte dieses »ruht« betonen – auf einer tief verankerten Menschlichkeit, einem Humanismus, der ihn eben *bewegt* und eine von Kopelews Hauptsünden zur Selbstverständlichkeit macht: seine Fähigkeit zum Mitleid, das ihm als »Mitleid mit dem Feind« anläßlich der Eroberung Ostpreußens durch die Rote Armee, an der er als Major teilnahm, zehn Jahre Lagerhaft einbrachte.

In seinem ersten Memoirenband *Aufbewahren für alle Zeit!,* der den Zeitraum von 1945 bis 1956 umfaßt, hat er dieses Tabu gebrochen, das noch immer wie ein Bann über sowjetischen Publikationen über den Zweiten Weltkrieg liegt. Es waren der Zorn und die Trauer eines international denkenden Sozialisten, der ihn für diese Krankheit »Mitleid mit dem Feind« anfällig machte, und es war wohl auch ein sowohl vor- wie nachmarxistischer Humanismus, der da wieder zum Vorschein kam; über ideologische Vorschriften und Denkweisen hinweg, hinweg über die »historische Notwendigkeit«, daran vorbei und darüber hinaus, war er fähig geblieben, leidende Menschen als leidende Menschen zu erkennen, mochten sie auch »Klassenfeinde oder Faschisten« sein. Damit beging er eine Todsünde und mußte sie bitterlich büßen, und es fing für ihn ein Denkprozeß an, der ihn bis an sein Lebensende bewegen wird.

Aufbewahren für alle Zeit! war die Schilderung eines Prozesses, den die Sowjetunion gegen den Autor, er gegen sie führte, aber auch eines Prozesses, den der Autor gegen sich selbst führte, ein Prozeß, nicht nur ums Mitleid, das nie, auch unter härtesten Haftbedingungen nicht, zum Selbstmitleid wurde. Hier wußte einer, auf was er sich eingelassen hatte, und er setzte sich nicht nur mit den nicht eingehaltenen Versprechungen eines Sozialismus auseinander, auch mit sich selbst. Der Prozeß hatte begonnen und wird nun mit dem zweiten Band *Und schuf mir einen Götzen* fortgesetzt. In diesem zweiten Band werden die Jahre 1912 bis 1935 erfaßt. Der notwendige, schon angekündigte dritte Band mit dem vorläufigen Titel *Stille meine Schmerzen* wird wohl die Jahre 1935 bis 1945 umfassen: Kopelews Studienzeit in Moskau, Kriegsbeginn, seine Tätigkeit als Propagandist an der Front und als antifaschistischer Instruktor deutscher Kriegsgefangener.

In *Und schuf mir einen Götzen* begegnen wir dem Kind, dem Jugendlichen und dem jungen Mann Kopelew bis zu seinem dreiundzwanzigsten Lebensjahr: ein lebhafter, lese- und bildungshungriger Junge aus bürgerlichem Haus – sein Vater war Agronom –, dem ganz offensichtlich das bürgerliche Taktieren, die Vorsicht, mit der man Konflikte und Probleme zu umgehen versucht, von Anfang an nicht zusagt – und es mag sein, daß Kopelews Unvorsichtigkeit, diese so liebenswürdige wie gefährliche Eigenschaft, dort ihren Ursprung hat. Als Kind erlebt, erfährt und vor allem: *sieht* er die Wirren vor und nach der Revolution: Kerenskij-Regierung, deutsche Truppen in Kiew, Petljura-Truppen, polnische, Weißgardisten, die Rote Armee, und es wird aus seiner Schilderung deutlich, daß die »neue Zeit« nicht mit einem Schlag und nicht in allen Bevölkerungskreisen akzeptiert wurde; daß sich die Auseinandersetzungen, oft blutige, bis in die dreißiger Jahre fortsetzten; das Mißtrauen gegen diese »neue Zeit« ist in seiner familiären Umwelt besonders stark.

Seine Eltern wollten ihn nicht in die »sowjetische Armeleuteschule« schicken, und so gerät der junge Kopelew in die Hände von Lidija Lasarewna, einer Privatlehrerin, die wohl entscheidend für sein Leben wurde.

»Von Lidija Lasarewna hörte ich zum ersten Mal Worte wie Ideal, Humanität, Menschenliebe, Wohl des Volkes, Sache des Volkes, Liebe zum Volk – vielleicht waren sie mir schon früher begegnet, aber durch sie nahm ich sie in mich auf.« Und Lehrerin und Schüler weinten gemeinsam, wenn sie Gedichte von Nekrassow und Nikitin lasen. Die Wichtigkeit der Lyrik für die Entwicklung sowohl des politischen Bewußtseins wie der politischen Gefühle, die eins der Hauptmerkmale der russischen Geistes- und Politgeschichte ist, fängt bei Kopelew früh an – und hört nie auf. Lidija Lasarewna war eine Anhängerin der Narodniki, eine »Volkstümlerin«, und »ihr fiel es schwer, dieses laute, listige, komplizierte Leben zu leben, das ringsum alle führten, meine Eltern, unsere Nachbarn, Bekannten«.

Vielfältig und zahlreich sind die Jugend- und Weggefährten, die Kopelew aufzählt und charakterisiert, Jungen und Mädchen, Lehrer, Verwandte, alle vor und viele in der politischen Szene: Bürgerkrieg, Trotzkij, Lenin; Begeisterte, Zyniker, Opportunisten – er hat die Zeitgeschichte und die Personen, die sie mit ihm begleiteten, beobachtet und beurteilt. Probleme und Konflikte – auch private: erste Liebe und viele Verliebtheiten bleiben nicht aus, und immer wieder die Auseinandersetzung mit dem Milieu – und mit Gott, dem er mit dreizehn Jahren abschwört, der für ihn nur ein Symbol für humanistische Ideale bleibt, Person und Persönlichkeit und damit auch das Menschgewordene verliert. In seinem Interview hat Kopelew es so ausgedrückt: »Wenn wir uns auch dialektische Materialisten nannten, subjektiv waren wir doch Idealisten. Mitkämpfer, Mitläufer. Wir glaubten, daß unser Land das beste auf der Welt sei.«

Ich denke mir, daß in der Verkennung des idealistischen Ursprungs eben dieses »dialektischen Materialismus« die vielen Irrtümer über den Kommunismus und die Mißverständnisse, wie er von außen betrachtet wird und sich von innen betrachtet, begründet sind. Aus diesem Idealismus stammen die theokratischen nie demokratischen Züge, die im sowjetischen System zu atheistischen »umgekehrt« sind. Manche Mißverständnisse und Irrtümer – auch der neuen religiösen Gruppen in der UdSSR – stammen wohl daher, und die Schwierigkeit vieler nachdenklicher ehemaliger »dialektischer Materialisten«, und jetziger Dissidenten, Gott in seiner Menschlichkeit, Gott – als Material – eben in seiner materiellen Menschlichkeit zu sehen. Kopelew litt und leidet darunter, und es wundert mich nicht, daß er für seinen dritten Band den Titel *Stille meine Schmerzen* erwägt. Bei dieser strikt idealistischen Grundierung muß man ja von Gott auf einen Götzen kommen, und vielleicht war auch *dieser* Gott ihm ein Götze gewesen. Ein vielleicht typischer Konflikt zwischen Materialismus und Idealismus, den er in *Und schuf mir einen Götzen* schildert: sowohl dem religiösen wie dem traditionellen Judentum entfremdet, einfach daran nicht interessiert, und zudem in einem bürgerlichen Milieu jüdischer Prägung, in dem auch auf die »dreckigen Dorfjuden« geschimpft wird, taucht beim dreizehnjährigen Kopelew die Frage auf, ob er an der Bar Mizwa-Feier in der Synagoge teilnehmen soll, er, der auch nach langem Privatunterricht in Hebräisch keinen Spruch, kein einziges Gebet auf Hebräisch sprechen kann; die vielfältig-verschiedene Gebrochenheit der jüdischen Religion und Tradition gegenüber, wie sie sich in der familiären Auseinandersetzung über die Bar Mizwa-Feier zeigt, endet schließlich in einem Kompromißvorschlag des nicht sehr gläubigen Großvaters, der ein nagelneues Fahrrad anbietet, wenn Lew an der Bar Mizwa-Feier teilnimmt. Dieser, schon lange auf einer normalen Schule, eifriges Mitglied in einer Gruppe Junger Pioniere, trägt das Problem dort vor, es wird offen diskutiert – die einen meinen, er solle um des Fahrrads – eines kostbaren Besitzes im Jahre 1925! – willen getrost die Feier mitmachen, andere – meist Mädchen – lehnen diesen Kompromiß ab. Letzten Endes steckt die Mutter den jungen Kopelew ins Bett, erklärt ihn für krank, läßt keine Besuche, keine Gratulanten zum dreizehnten Geburtstag zu, und so gibt es weder Bar Mizwa-Feier noch Fahrrad. Eine idealistische Lösung.

Dieser banale Konflikt, der vertuscht wird, mag vielleicht als Vorzeichen gelten für spätere, ernste Konflikte, mit denen der junge Kopelew konfrontiert wird. Noch für eine Weile ist das alles vergleichsweise harmlos: ein eifriger Junge, ein eifriger Schüler, der mehr auf bürgerliche als auf proletarische Weise unter seinen Verliebtheiten leidet oder sich an ihnen erfreut; er verbringt die Ferien auf dem Lande, ergreift leidenschaftlich Partei für polnische Katholiken, deren religiöse Gefühle da offiziell-offiziös verletzt werden. Später macht er sogar durch, was man eine »trotzkistische Verirrung« nennt, gerät als Siebzehnjähriger in Haft,

macht die ersten schmerzlichen Erfahrungen mit Distanzierungen, schreibt Gedichte, liest, liest, diskutiert, begeistert sich für die deutsche Kommunistische Partei. In Kiew, später in Charkow. Immer arbeitet er an der Basis, als Schüler, junger Dichter, revolutionärer Vertreter der Jugend im ukrainischen Schriftstellerverband, er erlebt alle offenen und internen Auseinandersetzungen mit dem Formalismus, sitzt eine Zeitlang einem Spitzel der GPU auf, der sich als Dichter geriert, und unterliegt einer unmerklichen, erst später bewußt gewordenen Wandlung, der Wandlung eines engagierten, leidenschaftlich humanistisch orientierten jungen Menschen, der vierzig Jahre später schreibt:
»All dies habe ich niedergeschrieben, indem ich mich durch das Gestrüpp lang vergangener und jüngerer Erinnerungen – häufig belastender, manchmal beschämender – hindurcharbeitete. – Es war schwer und qualvoll, dieses Erinnerungsgestrüpp zu durchdringen, die früheren Freunde und Lehrer so zu betrachten, wie wir damals waren. Es war schwer, Gedanken, Gefühle, Empfindungen von damals wiederherzustellen, und noch schwerer war es, dies objektiv zu tun.«
Und es folgt eine entscheidende Passage, eine der wichtigsten in diesem Buch eines Bekenners, der gerecht zu bleiben versucht, ohne der Selbstgerechtigkeit zu verfallen. Aber »Ich kann nicht jenen Historikern und Romanciers zustimmen, die unsere damalige Gesellschaft als jämmerlichen menschlichen Mischmasch darstellen, geistlos und gottverlassen, kann nicht all die damaligen Komsomolzen, Parteimitglieder und Akteure bei der Entwicklung des Landes insgesamt als feige, eigennützige Spießer, stumpfe oder fanatisierte ungebildete Dummköpfe, oder aber als zynische gewissenlose Taugenichtse, Karrieristen, machthungrige, grausame Fanatiker, tückische, Rußland hassende Fremde und einfach ›Diener des Antichrist‹ schildern.
Wenn ich heute davon erzähle, *was* ich *wie* in Erinnerung habe, bin ich überzeugt, daß eine neue historische und moralische Erfahrung nicht zurückdatiert werden darf, daß ich weder Ereignisse noch Menschen noch mein damaliges Verhältnis zu ihnen verändern darf. Nichts und niemanden will ich rechtfertigen, aber ich will auch nicht beschuldigen ohne die Möglichkeit des Widerspruchs. Ich lege nur Zeugnis ab. So unparteiisch und so wahrheitsgemäß ich kann.«
Diese Sätze sollten zum Motto der Memoirenschreiber werden!
An anderer Stelle zum gleichen Problem: »Es vergingen fast vier-

zig Jahre, bis ich begriff, daß der SWU-Prozeß (Prozeß gegen den ›Verband zur Befreiung der Ukraine‹), den ich als gerecht und legal in Erinnerung hatte, in seiner Dramaturgie dem Schachty- und allen anderen ›Schädlingsprozessen‹ glich, daß es sich um eine jener juristischen Inszenierungen gehandelt hatte, durch die der Massenterror vorbereitet und dann durchgeführt wurde.

Man bereitete uns vor – juristisch, propagandistisch und psychologisch, jegliche Nicht-Übereinstimmung mit der politischen Macht als Verbrechen zu betrachten. In privaten Tagebüchern oder im Gespräch ausgedrückte ›ideologisch schädliche‹ Betrachtungen, religiöse Ansichten, Spekulationen über nationale Unabhängigkeit, über die Freiheit des Wortes usw. – und natürlich jegliche Verbindung mit im Ausland lebenden Verwandten, Freunden, Kollegen – stellten direkte Bedrohungen des Staates dar und galten als schwerwiegende Beweise für die Teilnahme an noch schrecklicheren Missetaten – Schädlingsarbeit, Spionage, Terror.«

Hier wird nicht auf Befehlsnotstand plädiert, nicht auf die eigene Unschuld, hier wird angedeutet, wie man unmerklich von gesellschaftlichen, politischen, wohl auch von ökonomischen Doktrinen, von religiösen und säkularen Dogmen in Gehirn, Bewußtsein und Gemüt umgewandelt und zum Mittäter wird – und das gilt gewiß nicht nur für totalitäre Systeme.

Noch immer sehr jung, begeistert, idealistisch, wird der junge Kopelew bald als Redakteur einer Werkszeitung zum Mitarbeiter dieses Systems. Mittäter etwa gegen Fedja Terentjew, der nun wirklich ein erprobter Revolutionär und außerdem ein Mann aus dem Volke war, eine Erscheinung, wie sie wohl nur in Rußland möglich war, spontan, direkt, sympathisch, ein Mann aus dem Volk, der für die Interessen des Volkes eintrat, aber:

»Wir stürzten Fedja und wurden deswegen vom Parteikomitee des Werkes gelobt.

Fedjas rasches Sprechen, sein spöttischer Ton, sein berühmter Schnurrbart, wenn auch ergraut, das alles war unverändert, und doch war er nicht mehr derselbe. Er ging gebeugt, schien zerstreut zu sein. Im Blick lag dunkle Hoffnungslosigkeit – ›Ihr habt den letzten wirklichen Vertreter der Arbeiterklasse aus dem Stadtsowjet verdrängt . . . Ihr Schreiberlinge habt mich also angeschmiert. Schlau gemacht, muß man zugeben, wie ihr den Fedja aus dem Stadtsowjet gekippt habt . . .‹

So bereiteten wir uns, ohne es zu merken, ideologisch, psychologisch und moralisch auf das neue, immer strengere und immer schikanösere Zensurregime vor. Wir wurden unsere und unserer Genossen freiwillige Zensoren ...«

Später wird er an Schlimmerem teilhaben als am Sturz Fedjas, dessen Schicksal ungewiß bleibt. Fedja habe, so heißt es, zehn Jahre bekommen mit Korrespondenzverbot; er sei nach Tscheljabinsk gezogen, es gehe ihm gut; er soll sich um den Verstand getrunken und erhängt haben. So wird in Menschenschicksale eingegriffen, ein Menschenopfer verlangt und geliefert, eben nicht aus »dialektischem Materialismus«, eher aus einem blinden dialektischen Idealismus, der Mensch und Material gleichermaßen verachtet, denn alle diese Aktionen bringen nicht einmal etwas ein.

Später wird's härter noch. Ich zitiere: »Getreidefront. Stalin hatte gesagt: Der Kampf ums Getreide ist ein Kampf um den Sozialismus. Ich glaubte der Parole aufs Wort. Wir waren Soldaten an einer unsichtbaren Front, bekämpften die Sabotage der Kulaken, kämpften ums Brot für das Land, für den Fünfjahresplan. Vor allem um Brot, aber auch um die in falschem Bewußtsein und Unwissenheit verstockten Seelen jener Bauern, die der feindlichen Agitation glaubten und die große Wahrheit des Kommunismus nicht begriffen. Wir empfanden sie nicht als Feinde und fühlten uns unter ihnen nicht als feindliche Fremdlinge.«

Verstockte Seelen – das klingt uns vertraut, aus dem Vokabularium einer Zeit in der europäischen Geschichte, in der nicht nur Menschen und Ideen zu Götzen, auch der Gott der Erlösung vergötzt wurde, ein blindes Ad Majorem Dei Gloriam Volksteilen und Völkern zum Verhängnis, die Münze Religion zum Falschgeld wurde.

Daß die Bauern, bei denen diese Kommandos – Kopelew nennt sie Raubüberfälle – auftauchten, sie durchaus als Feinde betrachteten, wird bei Kopelew in detaillierten Szenen geschildert. Ich zitiere eine: »Ich hörte, wie die Frauen verzweifelt schrien und sich an die Säcke klammerten.

›Ach, das ist das letzte! Für die Kinder zum Brei! Um Gottes willen – die Kinder werden verhungern!‹

Und laut heulend warfen sie sich auf ihre Truhen:

›Oj, nein, nicht, das ist meine Mitgift, Erinnerung an die selige Mutter! Laßt mir das, liebe Leute, das ist mein Heiratsgut, noch nie angezogene Sachen!‹

Ich hörte, wie die Kinder schrien, sich dabei verschluckten, kreischten. Ich sah die Blicke der Männer: eingeschüchterte, fle-

hende, haßerfüllte, stumpf ergebene, verzweifelte oder in halbirrer böser Wut blitzende.
Es war quälend und bedrückend, all dies zu sehen und zu hören, und noch bedrückender war es, selbst dabei mitzumachen. Nein, falsch: Untätig zuzusehen, wäre noch schwerer gewesen als mitzumachen, zu versuchen, andere zu überzeugen, ihnen zu erklären und dabei sich selbst zu überreden. Denn ich wagte nicht, schwach zu werden und Mitleid zu empfinden. Wir vollbrachten doch eine historisch notwendige Tat. Wir erfüllten eine revolutionäre Pflicht.«
Auch beim Leser, Hörer und beim Rezensenten ist hier keine Selbstgerechtigkeit angebracht, kein »Aha, diese Kommunisten!«. Es wäre darüber nachzudenken, wie ein äußerst sympathischer, lebhaft interessierter, humanistisch grundierter junger Mensch nicht nur zu dieser Art Terror gebracht werden kann, sondern außerdem noch dazu, diesen Terror gerechtfertigt zu finden. Der Titel *Und schuf mir einen Götzen* ist in Erinnerung zu rufen, und es wäre lange zu bedenken, wie Idealismus zu Terror werden oder zu Terror mißbraucht werden kann. Immer und überall und immer wieder. Theokratie oder umgekehrte Theokratie, und es wären da einige oder gar zahlreiche Gegenwartsgötzen zu nennen: Profit als Ideologie, Antiprofit als Ideologie-Konsum und Antikonsum, vergötzt fordern sie nicht nur Opfer, sondern lassen die Opfer als notwendig erscheinen.
Bei der Kopelewschen Schilderung dieser Grausamkeiten, die ebenfalls nichts, gar nichts »einbringen«, Grausamkeiten, an denen er widerspruchslos teilnahm, ist wiederum das erstaunliche, daß er für die Verantwortlichen, die Führer bei diesen Aktionen mehr Verständnis aufbringt, als er sich selbst zuzubilligen bereit ist; etwa für Waschtschenko, Bubyr und Postyschew, deren Werdegang und Handlungen er ausführlich schildert – sie waren wirklich Proletarier und sie waren ebenfalls Idealisten, unbestechlich, überzeugt – und später Opfer jenes Götzen, dem sie selbst gedient hatten. Der eine kam in Kolyma um, ein anderer, Ilja Frid, in Workuta, drei andere wurden 1937 verhaftet und erschossen, einer, der die Säuberungen in einem Lager überlebt hat, kommt im Sommer 1957 nach Moskau, treibt Kopelew auf, verabredet sich mit ihm, sie erzählen einander ihre Schicksale, aber »Ich lud ihn zu mir nach Hause ein. Er antwortete ziemlich kühl: ›Danke. Ich weiß nicht, ob ich Zeit haben werde.‹« Kopelew erfährt seine Adresse, schreibt ihm, bekommt nie Antwort.

»Erst später verstand ich: Er will und kann mir nicht verzeihen. Vielleicht verachtet er mich. Ich hatte mich ja von ihm abgewandt, von Frid, ihm und Lew, hatte nicht versucht, sie zu verteidigen, hatte ihre Angehörigen nicht besucht, ihnen nicht geschrieben, keine Pakete geschickt. Ich hatte zwar nichts Schlechtes getan, aber ich hatte ihnen auch nicht geholfen.«

Einem kann Kopelew im Jahr 1937 helfen, indem er dem Staatsanwalt schreibt. Doch diese und einige wenige »gute Taten« blieben aufs Ganze gesehen Ausnahmen. Die Regel war »die Treue zum Götzen, an dessen Erschaffung ich selbst beteiligt gewesen war«.

Kopelew gehört einem Jahrgang an, der mit der russischen Revolution aufwuchs, in ihre Folgen hineinwuchs, intellektuell und in der sogenannten Basisarbeit daran teilnahm; es wäre nicht nur reizvoll, es könnte auch Einsichten zur Folge haben, wenn man ihn in eine andere Geographie versetzte, sich überlegte, was aus ihm geworden wäre, welche Schuld er auf sich geladen hätte, wenn er im Jahre 1912 in New York oder Berlin geboren wäre: ein utopisches Gedankenspiel, das aber jene zur Realität werden lassen können, die wirklich im Jahre 1912 in New York oder Berlin geboren sind: welcher Zeit Genossen waren sie, waren wir? An was haben wir – aktiv oder passiv – teilgenommen? Kopelew schreibt: »Das Jahr 1932 lebte in meiner Erinnerung im Glanz freudiger, selbstbewußter Jugend und zahlloser Hoffnungen. Dort im Ausland wütete eine Wirtschaftskrise. In Deutschland gab es sieben Millionen Arbeitslose. In den USA waren es noch viel mehr. Im Frühjahr hatten in Deutschland die Reichspräsidentenwahlen stattgefunden. Fast acht Millionen hatten für Thälmann gestimmt. Die KPD war die drittstärkste Partei im Lande.« Später erst, viele Jahre später erfährt er: »Ein Wissenschaftler, der lediglich die Materialien der offiziellen sowjetischen Statistik auswertete, hat festgestellt, daß von 1931 bis 1934 durch Hunger und Zwangsmaßnahmen nicht weniger als sechs Millionen Menschen umgekommen sind. Allein in den Jahren 1932 bis 1934 starben zweieinhalb Millionen unterernährte Neugeborene.«

Kopelew war dem vorgespiegelten Glanz eines Vaterlands der Werktätigen erlegen, einem Götzen, der sich später in Stalin personifizierte. Er bekennt, bereut ohne die komplizierte Heuchelei, die sich hinter öffentlicher Reue verbergen kann. Die Statistiken der Unesco nennen die Zahl von 10 bis 15 Millionen jährlich verhungernder Kinder auf dieser Erde. Deren selbstbewußte Beherrscher, die großen Industrienationen, erwecken auf ihren Gipfeltreffen in peinlich demonstrativem Selbstbewußtsein manchmal den Eindruck, als hätten sie alles in der Hand, könnten diese Welt lenken, die sie vielleicht nicht in der Hand, sondern nur in der Tasche haben. Welchem vorgespiegelten Glanz erliegen wir, welchen Zwängen unterliegen die oft ein wenig zu selbstbewußten Beherrscher der Welt? Kopelews Erinnerungen und Bekenntnisse müssen im großen Zusammenhang der Zeitgenossenschaft gelesen werden, mit der Voraussetzung der Zugehörigkeit – seine Einsichten wären an uns verloren, wenn wir sie nur im Hinblick auf die Sowjetunion und Kopelews Verstrickung in deren Geschichte läsen. An welchen Ausbeutungen, Plünderungen, Vergewaltigungen nehmen wir teil und wäre es nur in dumpfer Ahnungslosigkeit? Götzen fordern Opfer, Menschenopfer, Gott nicht; ausdrücklich und mehrmals wird es gesagt: »Erbarmen will ich, keine Opfer.« War der Götze, dem Kopelew diente, den mitgeschaffen zu haben er sich anklagt, möglicherweise die Replik auf ein mißverstandenes Gottesbild, eine Vergötzung Gottes? Und wird Gott nicht für uns, wenn ihm aus politischen Motiven zweifelhafte säkulare Werte unterschoben werden, zum Götzen?

Materialismus als Götzendienst, Idealismus als Götzendienst, ob wir Gott oder einem Götzen dienen, können wir vielleicht daran ermessen, ob Menschenopfer gefordert werden, überall in der Welt.

Auf einen wichtigen Aspekt des Kopelewschen Buchs, auf den ich nicht ausführlich eingehen konnte – er hätte eine besondere Abhandlung erfordert –, möchte ich aufmerksam machen: seine Betrachtungen zur Judenfrage, die er an seiner sowjetischen Erfahrung mit diesem Problem darstellt und doch unchauvinistisch – und in diesem Punkt Internationalist. Kopelew ist kein Renegat, er entzieht sich nur in seinen vielen Eigenschaften – als Russe, als Jude, als Ukrainer, als Sozialist, als Wissenschaftler, dem Götzendienst.

Nett ist rosa

Ein paar sehr nette Leute hier haben mich gebeten, ein paar Worte zu sagen. Wenn ich sage »nett«, dann meine ich natürlich wirklich nett, richtig nett, oder wie man heute sagt: echt nett.
Diese Menschen haben mich bewogen, oder wie nennt man das: bewogen, ja, entgegen meiner ursprünglichen Absicht doch etwas zu sagen. Sie haben mich nicht gebeten, eine nette Rede zu halten, aber wahrscheinlich wird's eine. Freuen Sie sich nicht zu früh, denn ich werde über Nettigkeit reden. Und das ist ein merkwürdiges Thema.
Es hat ja auch zum Beispiel nette Nazis gegeben. Es hat ... – nette Mörder gibt's. Ich hab' mal so ein Album durchblättern dürfen, wo lauter Fotos von Mördern waren, da waren ein paar sehr nette drunter. Es gibt natürlich – und gab – nette Kommunisten. Es gibt sogar, Gott sei Dank, eine ganze Menge netter Demokraten, Frei-, Christ-, Sozial- und so weiter. Auch solche, die sich nicht näher definieren lassen.
Und wenn ich versuche, in einem anderen Ausdrucksmedium, nehmen wir etwa die Malerei, einen Gegenwert für »nett« zu finden, komme ich auf eine Farbe oder einen Farbwert, einen Ausdruckswert, den ich »rosa« nenne. Nett ist rosa. Und da hier ja einige malende Menschen sind, auch Menschen, die sich mit Malerei oder Gemaltem beschäftigen, werden die wissen, was das für ein seltsamer Ausdruckswert ist.
Es gibt in der Natur Rosa, wir kennen alle den Kinderpopo, wo für Puder Reklame gemacht wird, den unverwüstlichen, unsterblichen Zwieback-Knaben. Es gibt rosa Sonnenaufgänge, also die Rosenfingrige ist immer noch da, es gibt viel Rosa im Schatten junger Mädchenblüte. Aber auch Bordelle neigen dazu, sich rosa zu staffieren. In der Malerei, das ist ein Kapitel, wo ich jetzt nur dilettieren kann, gibt's schöne, wunderbare, ernste, rosa Abendhimmel, bei van Gogh, eine Menge Rosa bei Renoir, aber es gibt auch das Rosa, mit dem der gute George Grosz die hübsche kleine rosa Bourgeoisie darstellt.
Ich möchte nur darauf hinweisen, daß »nett« und »rosa« eine gewisse Verwandtschaft haben und daß man wissen muß, was ein Wort möglicherweise für Ausdrucksvarianten hat. Und sich überlegen muß, daß etwas so Nichtssagendes wie »nett« möglicherweise vielsagend wird.

Die Neo-Bourgeoisie, auch die intellektuelle, feiert ja hin und wieder ihre kleinen Schlachtfeste, da fließt Blut, nicht zu viel, denn das regt die Bourgeoisie auf, und sie mischt es mit Wasser, da wird's wieder rosa. Und rosa sind ja auch die Würstchen und die Marzipanschweinchen und so weiter.
Da wir hier über Farbwerte reden, also ich darüber rede, improvisierend, möchte ich noch auf einen Farbwert zu sprechen kommen, der meistens verächtlich als ärmlich bezeichnet wird, das ist das Grau. Jeder von Ihnen, der je gezeichnet hat oder Zeichnungen zu schätzen weiß, wird wissen, wie ausdrucksstark das Grau ist.
Und wenn ich mir so überlege, manche winzige Bleistiftskizze von Rembrandt etwa, vielleicht so groß, 27 mal 12, ist mir dann doch lieber als acht Quadratmeter vom späten Rubens. Wobei wieder festgestellt werden muß, daß der ganz frühe Rubens möglicherweise Rembrandt beeinflußt hat. Wenn Sie die ersten, die frühen Rubensbilder in Brüssel sehen, denken Sie, mein Gott, ist das Rembrandt oder nicht? Womit dann wieder viel über Einflüsse gesagt ist.
Auf die Musik will ich nicht kommen, bei Mozart ist viel rosa. Er tanzt auf einem rosa Seil und fällt nie runter ... Nun muß ich, glaube ich, zum Schluß, doch, wie nennt man das, etwas konkreter werden. Und ein bißchen aus der Schule plaudern, nicht aus der Schule der Literatur, die mich seit 32 Jahren vergebens zu einem ordentlichen Menschen zu machen versucht, sondern aus der Schule der Nation, die mein gesamtes viertes Lebensjahrsiebt lang, ebenfalls vergebens, versucht hat, mich zu einem ordentlichen Menschen zu machen.
In dieser Schule der Nation lernt man ja eine Menge Dinge, die meisten kann man gar nicht gebrauchen. Die einzigen wirklich intelligenten Menschen waren eigentlich die englischen Bankräuber, die ja generalstabsmäßig, strategisch, taktisch angewendet haben, was sie in der Schule ihrer Nation gelernt haben.
Ich habe in der Schule der Nation sehr viel gelernt, was ich nie gebrauchen konnte, auch Worte, Wörter, man lernt ja da gemeine Sachen, sehr gemeine Sachen, und wenn die Kirchen das wüßten, würden sie mit ihrem Segen etwas sparsamer sein, das nebenbei. Aber dann lernt man ja auch Variationen, die mit »nett« zusammenhängen. Zum Beispiel »netter Mist«, »nette Scheiße«, und, ich bitte um Verzeihung, ich zitiere nur die Schule der Nation, die »netten Arschlöcher«, das waren die am meisten gefürchteten

Zeitgenossen, nette Arschlöcher, also Vorsicht mit dem Wort »nett« und der Farbe Rosa.

Nun sind wir aber hier ja in einem Hause, wo Bücher gemacht werden, nicht geschrieben, nicht gedruckt, sondern gemacht. Sie werden hier druckfertig gemacht, vielleicht nicht immer druckreif. Und da möchte ich doch auf eine Kategorie kommen, die ich die »netten Kritiker« nennen möchte. Vergessen Sie nicht, was ich über Rosa gesagt habe. Und ich publiziere seit 32 Jahren und habe meine Erfahrung mit Kritikern aller Art. Nette, weniger nette, böse, bösartige, gerechte, strenge, ungerechte, ich will aber nicht aus der Veteranenkiste auspacken, sondern will etwas in diese Veteranenkiste hineintun, mache den Deckel kurz auf, und zeige Ihnen, was ich da hineintue, etwas ganz Neues, für mich eine wichtige Erfahrung, nämlich: den leidenden Kritiker.

Das ist nun wirklich eine Sache, die mich bewegt, und die mir ganz neu ist. Natürlich leiden alle Menschen, auch Kritiker leiden. Und ich schließe hier, lieber Herr Neven, mit einem Appell an Sie, an alle Ihre Mitarbeiter, Ihr Lektorat, Ihre Herstellung, Ihren Vertrieb, ersparen Sie diesen Menschen Leid. Machen Sie nur gute Bücher, was immer das sein mag.

Ich bin ja auch mal so im Buchgewerbe tätig gewesen, ich erinnere mich eines Aufklebers, vor 42 Jahren, ja 1937, der hieß: »Das gute Buch – ein Schwert des Geistes«, 1937, also achten Sie darauf, daß alles, was druckfertig gemacht wird, auch wirklich, damit diesen armen Menschen Leid erspart bleibt, druckreif ist. Ich danke Ihnen.

Lesende Staatsbürger sind nicht die gehorsamsten

Rede zur Eröffnung der Zentralbibliothek in Köln

Herr Ministerpräsident, Herr Oberbürgermeister,
lieber Herr Nestler, Herr Tümmers, liebe Jutta Bohnke.
Bibliotheken hat's immer gegeben, seitdem die Menschen schreiben oder ihre Gedanken, möglicherweise in Stein, ausdrücken konnten. Es waren meistens Informationsstätten für Privilegierte eben wie diese Senatsbibliothek, die Herr Rau erwähnt hat, Fürstliche Bibliotheken, Klosterbibliotheken, wissenschaftliche Bibliotheken, das ist nichts Neues, die Öffentliche Bibliothek, die Volksbibliothek wie diese, die hier heute in veränderter und erweiterter Form eröffnet wird, ist sehr jung. Sehr jung, erstaunlich jung, wenn man bedenkt, wie lange die Menschheit schon schreibt und publiziert. Die ersten Bibliotheken dieser Art sind so um die Mitte des vorigen Jahrhunderts entstanden. Sie entstanden nach Überlegungen von Verrückten, von Spinnern. Sie sind das Ergebnis revolutionärer Ideen von Caféhaus-Literaten, irgendwelchen Theoretikern, heute würde man sagen, Linksintellektuellen, die sich später mit einem liberalen und aufgeklärten Bürgertum verbanden über Bildungsvereine, Lese-Gesellschaften, dann zur Öffentlichen Bibliothek gelangten, ein mühsamer Weg übrigens, der ziemlich eng zusammenhängt mit der Entwicklung der deutschen Arbeiterbewegung. Wir wollen das nicht vergessen, wenn wir heute hier eine große, stattliche und glänzende Bibliothek eröffnen. Die Politiker sind abhängig von Zahlen, Ziffern, Statistiken. Ich möchte nur darauf hinweisen, daß ein Leser möglicherweise wichtiger ist als eine ganze Strichliste. Und ich möchte darauf hinweisen, daß Bibliotheken Freistätten, Freiheitsräume sind und daß es niemanden außer dem Bibliothekar, der das Buch ausleihen muß, notwendigerweise, interessieren darf, wer da was liest.

Und so hoffe ich, daß in dieser Bibliothek, unbeobachtet von andern, auch jemand hoffentlich Rosa Luxemburg lesen darf, ohne daß das anderswo als in der Bibliothek registriert wird. Ich habe gehört, daß es so Kontrolldinger gibt, Herr Tümmers, mit denen man kontrollieren kann, ob jemand ein Buch geklaut hat, ja? Vielleicht versuchen Sie, einen Physiker, einen Techniker anzuregen, der einen Apparat entwickelt, mit dem man feststellen kann, wer einen Leser kontrolliert. Wer da wissen will, wer was gelesen hat. Könnte ja möglich sein. Die tätigen, die tatkräftigen, die aktiven Politiker, ich bitte Sie, sich nicht gekränkt zu fühlen, Herr Rau, lächeln meistens etwas verächtlich über das, was sie da Bücherweisheit nennen, Sie ganz gewiß nicht. Sie vergessen auch dabei, daß, wenn sie tatkräftig und tatendurstig ein Flugzeug besteigen, in diesem Ding eine ganze Menge Bücherweisheit steckt. Sogar in einem Auto und auch in der belanglosesten Rede, die sie halten, sehr viel Bücherweisheit versteckt ist. Wenn ich an den *einen* Leser denke, fällt mir ein ein gewisser Wladimir Iljitsch Uljanow, der sich auch Lenin nannte, der, bei Solschenizyn eindringlich geschildert, in der Züricher Stadtbibliothek täglich, regelmäßig gelesen, geforscht hat. Wahrscheinlich haben ihn die Menschen, die ihn da beobachtet haben, für einen ziemlich komischen, verrückten Russen gehalten. Was er möglicherweise sogar andeutungsweise war. Und ich denke an einen anderen sehr intensiven Bibliotheksleser, einen merkwürdigen, ganz gewiß als sehr komisch empfundenen Deutschen, der Karl Marx hieß und in der Londoner Nationalbibliothek studiert hat. Und wenn ich an die beiden denke, fällt mir ein anderer ein, der Adolf Hitler hieß, von dem ich mir nicht vorstellen kann, daß er auch nur eine Stunde intensiv forschend in einer Bibliothek gesessen hat. Man kennt ja seine Lektüre ein wenig. Drei, vier, fünf, sechs Bücher und eine illustrierte Geschichte des Deutschen Reiches, glaube ich. Und wenn ich diese Leserqualität miteinander vergleiche, wird mir klar, daß der Sozialismus trotz aller Greuel, die in seinem Namen begangen worden sind, trotz aller Fehlentwicklungen, die er genommen hat, immer noch, immer wieder und wahrscheinlich für immer viel mehr Anziehungskraft haben wird als die blutrünstigen Platitüden des Nazismus, den Faschismus zu nennen ich mich weigere, weil es eine Verharmlosung wäre. Es ist ja auch kein Zufall, daß überall da, wo der Sozialismus freiwillig übernommen oder mit Gewalt eingeführt wird, zunächst der Analphabetismus bekämpft wird, also der Leser gebildet wird. Das geht für die, die den Leser zum Leser machen, nie gut aus. Lesende Staatsbürger sind nicht die gehorsamsten, schreibende schon gar nicht. Und trotzdem ist es das erste, was diese Menschen tun, die Indio-Frau in Kolumbien und Bolivien braucht keine Zensur, weil sie gar nicht lesen kann. Für den lesenden Staatsbürger, der zum Rebellen wird, zum wenig gehorsamen – ich kann die Pro-

blematik hier nicht zu Ende führen, ich deute nur an, daß das Lesen das erste ist, was man in einem solchen Staat lernt. Lesehungrige Völker werden dort gebildet. Als Autor möchte ich feststellen, daß ein Buch in einer Bibiliothek eine zweite Veröffentlichung erfährt. Es wird vom Markt genommen, für die Öffentlichkeit von ihr angeschafft und steht ihr zur Verfügung. Vor allen Dingen wird es auch, Herr Rau hat ja angedeutet, was für Turbulenzen auf dem Markt herrschen, vom Markt befreit. Manches mag sogar verstauben, auch ein verstaubtes Buch ist ja ein Buch, man kann den Staub abklopfen, und eines Tages wird der eine oder andere kommen, der es liest. Ich kann die Politiker und Verantwortlichen, die von Statistiken, die von Frequenzen abhängig sind, nicht dadurch trösten, aber ich vergleiche es mit Museumsbesuchern. In Museen werden viel kostbarere Dinge zur Schau gestellt als in einer Bibliothek. Aber es mag den einen oder anderen Museumsbesucher geben, für den die Errichtung eines Museums wichtiger ist als für die Tausende oder Millionen anderen, die es sehen. Diesen einen vergessen Sie bitte nie, den wir nicht kennen, den keiner kennt. Keiner weiß, was Lesen anrichtet, wir wissen es einfach nicht. Und wenn ich Ihnen mit Lenin und Marx gekommen bin, diesen intensiven Bibliotheksbenutzern, so sollte das keine Drohung sein, sondern ein Trost.
Bei dieser Gelegenheit möchte ich Dank abstatten an die Stadt Köln, vor allen Dingen in der Person ihres früheren Kulturdezernenten Dr. Hackenberg, auch an die Landesregierung, hier anwesend in der Person des Herrn Ministerpräsidenten Rau, der damals Wissenschaftsminister war, Dank für die tatkräftige Unterstützung einer Bürgerinitiative, die von einigen Kölner Bürgern, Hauptanreger war Karl Keller, der auch hier anwesend ist, gegründet wurde, nämlich die schon erwähnte Germania Judaica, Bibliothek zur Geschichte des deutschen Judentums. Vor 20 Jahren nannte man das noch nicht Bürgerinitiative, aber es war eine. Und diese Bibliothek wird ja nun mit dem heutigen Tage in die Stadtbibliothek inkorporiert. Man kann auch sagen einverleibt, was nicht ganz so freundlich klingt, und ich benutze dieses Wort auch mit einem gewissen Bedauern.
Als Mitbegründer und langjähriger Vorsitzender des notwendig gewordenen Vereins möchte ich mich auch bei der Bürokratie bedanken. Ich weiß, daß es sehr unpopulär ist, weil es so Mode wird, über die Bürokratie und die Bürokraten zu schimpfen, auch diese Problematik kann ich hier nicht erschöpfend behandeln, es

gibt da natürlich manches gegen zu sagen, aber auch einiges dafür, denn mir ist es lieber, meine möglichen Ansprüche und Rechte innerhalb einer Bürokratie durchzusetzen, als abhängig von der Gnade eines Herrn oder eines Herrschers zu sein. Bis zu einem gewissen Grade haben Fortschritt und Bürokratie miteinander zu tun, man muß die Grenzen feststellen, und eben die Bürokratie, personifiziert in Herrn Hackenberg und Herrn Rau, hat diese Bürgerinitiative Germania Judaica gerettet. Ein sehr wichtiges Instrument, durch das man alles über Holocaust hätte erfahren können, bevor die Sensation des Films es wirklich aktuell machte. Ganz besonders danken möchte ich bei dieser Gelegenheit Frau Dr. Jutta Bohnke-Kollwitz, ihren Mitarbeitern, die in 20jähriger sehr mühsamer Arbeit mit merkwürdigen Hindernissen, Hindernissen, die mit der Schizophrenie zusammenhängen, die die Öffentlichkeit diesem Thema, nämlich der Geschichte unserer jüdischen Mitbürger gegenüber hat, diese Bibliothek erhalten haben, errettet durch Verhandlungen, auch Kämpfe, sie wirklich zu einem brauchbaren Instrument gemacht haben, das heute der Stadtbibliothek einverleibt wird und in ihr jedem Bürger, der sich informieren möchte, mit ihrem reichen Material zur Verfügung steht, für Schüler, Studenten, Journalisten. Sehr viel Hilfe von den Medien haben wir nicht gehabt bei der Etablierung dieser Bibliothek, ein merkwürdiges Desinteresse. Deshalb mein Dank an die Bürokraten, die uns wirklich geholfen und dieses Instrument gerettet haben. Ich freue mich auch sehr, daß mein Archiv nun hier untergebracht ist, ich weiß nicht, was das nützen wird oder nützen soll, ich hoffe nur, daß die Unterlagen, die Arbeitsunterlagen eines nicht mehr so jungen Autors, vielleicht die Stadt Köln, es gibt Anzeichen dafür, daß das zutrifft, dazu veranlassen werden, sich um jüngere Autoren etwas intensiver zu kümmern. Das kann ganz interessant werden, wenn ein umfangreicheres Literaturarchiv mit Nachlässen auch weniger bekannter Autoren, die ja manchmal wichtiger sind als bekannte, hier gegründet wird. Zum Schluß möchte ich Ihnen noch sagen, Herr Tümmers, liebe Jutta Bohnke, wenn ich hier die ein oder zwei Leser oder auch drei oder vier so betont habe, bedeutet das nicht, daß ich Ihnen wenig Leser wünsche. Ich wünsche Ihnen sehr viele und hoffe, daß unter den sehr vielen der eine oder andere ist, der eine ganze Bibliothek rechtfertigt. Ich danke Ihnen.

Privater Rundfunk – eine kulturelle Bedrohung

Eine Privatisierung, was gleichbedeutend wäre mit Kommerzialisierung von Funk und Fernsehen, würde unweigerlich eine Verarmung der kulturellen Szene zur Folge haben. Gerade der öffentlich-rechtliche Status der Funk- und Fernsehanstalten hat es diesen ermöglicht, Literatur und Kunst auf eine Weise zu fördern, auch zu ermutigen, die bei kommerziell orientierten Sendern unmöglich wäre. Die Entwicklung des Hörspiels nach dem Kriege, des Hörbilds, zahlreicher Zwischenformen dieser beiden, auch die Entwicklung des Fernsehspiels, wobei immer die öffentlich-rechtlichen Anstalten mit den Autoren zusammenarbeiten, wäre ohne kommerziell unabhängige Sender nicht möglich gewesen.

Die Unabhängigkeit vom nachweisbaren Gewinn, auch vom nachweisbaren Erfolg einer Funk- oder Fernsehsendung hat die öffentlich-rechtlichen Anstalten zu einem Mäzenatentum befähigt, das nicht nur im Finanziellen bestand, auch in der Aufklärung über technische Möglichkeiten des Funks und des Fernsehens, in der Bereitstellung dieser technischen Mittel, die zu neuen Ausdrucksformen geführt haben. Hörspiel- und Fernsehspielformen sind in zahlreichen sowohl formalen wie inhaltlichen Experimenten entstanden, die letzten Endes dem Publikum zugute gekommen sind, mag es auch manches Experiment nicht gebilligt haben.

Es wird niemand bestreiten können, daß diese Zusammenarbeit zwischen Autoren, Regisseuren, Sprechern, Schauspielern unabhängig vom kommerziellen, sogar unabhängig vom Publikumserfolg eine erhebliche, zum Teil entscheidende Rolle in der Entwicklung der deutschen Nachkriegskultur gespielt hat. Nicht nur Hörspiel, Hörbild, zahlreiche lyrische, epische Zwischenformen, nicht nur das Fernsehspiel, auch der deutsche Spielfilm, also auch Kinofilm wäre ohne den öffentlich-rechtlichen Status der Funk- und Fernsehanstalten nicht möglich gewesen. Entscheidend war, daß das Mäzenatentum zwar auch finanzieller Art war, sich aber nicht darauf beschränkte, sondern auch die formalen und technischen Möglichkeiten neuer Medien zur Verfügung stellte, die neue Kunstformen ermöglichten.

Auch ein jüngerer oder Nachwuchs-Autor kann ohne diese Art der Förderung durch öffentlich-rechtliche Anstalten nicht mehr arbeiten. Auch seine materielle Basis, mag sie noch so schmal

sein, würde zerstört. Diese unbestreitbare Entwicklung, die kein Intendant und kein Autor oder Regisseur bestreiten wird, würde durch ein privates Funk- und Fernsehsystem nicht gefördert, sondern gefährdet.
Es ist nicht übertrieben, wenn man die massiven Versuche zu einem privaten, sprich kommerziellen Funk und Fernsehen als eine kulturelle Bedrohung bezeichnet. Hinweise auf oder Vergleiche mit anderen Systemen, etwa dem britischen, trösten wenig über die Bedrohung hinweg; unser demokratisches Selbstverständnis und auch unsere demokratischen Selbstverständlichkeiten sind nicht so gefestigt wie die britischen.

Vorwort zu Jerzy Andrzejewski, »Asche und Diamant«

Dreißig Jahre nach seinem Erscheinen erweist sich *Asche und Diamant*, diese groß angelegte Momentaufnahme von Polen bei Kriegsende, immer noch als aufschlußreich, vielleicht sogar aufschlußreicher, als es im Jahr seines Erscheinens für nichtpolnische Leser gewesen wäre; aufschlußreich auch für das Verständnis des gegenwärtigen Polen, wie es sich seit 1945 entwickelt hat. *Asche und Diamant* ist nicht nur eine Momentaufnahme, es enthält auch in seinem Personal alle Spannungen und Konflikte, die nicht nur für Polen typisch sind, und nicht nur für die europäische Staaten und Länder, die vom Krieg betroffen waren: eine desorientierte, fast verwahrloste Jugend, erschöpfte und verstrickte Erwachsene, von denen nur wenige wissen, ob sie das Alte oder das Neue wollen, sich abwartend und opportunistisch verhalten, während die Idealisten auf beiden Seiten zum Kampf entschlossen sind: für Polen. »Im Augenblick des Friedens«, *Asche und Diamant* spielt in wenigen Tagen um den 8. Mai 1945 herum, bedeutete das, nachdem der gemeinsame Feind, die Deutschen, besiegt und vertrieben waren, den Kampf um ein sozialistisches oder nationalistisches Polen, und es gab zahlreiche Nuancen, sogar Übergänge zwischen diesen beiden Möglichkeiten, und es gab genug Polen, die, obwohl Sozialisten oder Kommunisten, das Imperialistische der sich internationalistisch gebärdenden Sowjetunion erkannten, und dennoch kein nationalistisches Polen wollten. Konflikte, Spannungen genug, und wenn man den jahrhundertealten Traum von der Unabhängigkeit Polens kennt, ahnt man, wieviel Sprengstoff da angesammelt war. Mit dem Datum des 8. Mai 1945 war der Krieg zu Ende, der Frieden aber noch lange nicht da; Frieden im klassischen Sinn von Friedensverträgen herrscht in Europa auch heute noch nicht, es ist nur kein Krieg mehr, und Konventionen erweisen sich als so haltbar wie Verträge, deren Haltbarkeit ja auch immer nur von der Politik des Stärkeren abhängt; wie wenig man etwa feierlich geschlossenen Nichtangriffspakten trauen kann, haben fast alle europäischen Staaten in beiden Weltkriegen zur Genüge erfahren.

Der gespenstischste Rest des nicht geschlossenen Friedens, der noch kein Krieg ist, aber bürgerkriegsähnliche Züge trägt, ist die Grenze zwischen der Bundesrepublik Deutschland und der

Deutschen Demokratischen Republik; das dort investierte Minen- und Bewachungspotential macht die immense latente Spannung in Europa deutlich, eine Spannung, die oft genug – auch an der Mauer in Berlin – für die Betroffenen, die »einfach nur« von dort nach hier wollen, auf eine blutige Weise virulent wird. Ich erwähne das, weil »Grenze« wohl eins der aufschlußreichsten Stichworte für alle Spannungen in Europa ist. Ganz Europa war ja nicht nur in den Zweiten Weltkrieg verwickelt, es war auch Kriegsschauplatz: von Stalingrad bis Calais, von Sizilien bis Nordnorwegen, von Athen bis Wien mußte ja die deutsche Armee Kilometer um Kilometer besiegt und vertrieben werden. Kein Dorf, keine Stadt, keine Familie war wohl unbetroffen, und am Ende dieses Krieges waren auch die Sieger, ganz gleich, ob sie wirklich Sieger waren oder (im strategischen, nicht im moralischen Sinn) nur dazu erklärt wurden bzw. sich selbst dazu erklärten, erschöpft, und sie standen vor der Aufgabe einer Neuordnung, deren Ausmaß man heute noch gar nicht ermessen kann. Es waren ja nicht nur die Folgen des Zweiten, auch die wieder sichtbar gewordenen Folgen des Ersten Weltkrieges zu reparieren; es waren Abrechnungen fällig, außenpolitische, innenpolitische, territoriale, mit Volkszugehörigkeiten verbundene, es brachen politische, geschichtliche Schmerzen und Wunden wieder auf, das ganze Erbe eines Kontinents, der sich seit mehr als tausend Jahren um Grenzen (und meistens waren diese Grenzen auch noch Grenzen von Weltanschauungen) streitet. Dieses – blickt man auf die Weltkarte – geradezu lächerlich kleine, dichtbevölkerte Europa, das so viel unheilvolle (und möglicherweise manchmal auch heilsame) Unruhe in die Welt gebracht hat, hatte keinen Krieg mehr und noch lange keinen Frieden.

Kaum ein Land in Europa war von den Folgen nicht nur der beiden Weltkriege, auch von den Kriegen und Machtkämpfen vergangener Jahrhunderte so betroffen und so getroffen, auf eine fürchterliche Weise mit Tod und Zerstörung bedacht worden wie Polen (aber wenn ich »kaum« sage, kommen mir schon Bedenken, denn ich denke an die Tschechoslowakei, an Ungarn, Rumänien und das heutige Jugoslawien!). Um auch nur andeutungsweise Geschichte und Schicksal Polens darzustellen, müßte man nicht nur weit hinter den Wiener Kongreß von 1815, man müßte in die davor liegenden acht oder neun Jahrhunderte blicken. Immer umkämpft und umstritten, immer begehrt, war Polen immer nur für kurze Perioden wirklich unter polnischer Herrschaft. Das kennzeichnende Wort für das Schicksal Polens ist das Wort »Teilung«; geteilt zwischen Rußland und Preußen, zwischen Preußen, Rußland und Österreich, geteilt – man vergißt diese Tatsache so leicht! – zwischen Hitlerdeutschland und der Sowjetunion, aufgrund einer Abmachung, die Molotow und von Ribbentrop, der eine im Auftrag Stalins, der andere im Auftrag Hitlers, am 23. 8. 1939, eine Woche vor Beginn des Zweiten Weltkrieges, unterzeichneten. Ich erinnere mich der triumphalen Meldung von dieser (der wievielten?) Teilung Polens, die, nachdem Polen von den Deutschen besiegt und besetzt war, ihre Folgen zeitigte: Rotarmisten und deutsche Soldaten, brüderlich vereint, fertigten an der damaligen deutsch-sowjetischen Grenze, die mitten durch Polen verlief, Güterzüge mit Weizen aus der Sowjetunion für das kriegführende Deutschland ab. Um die Konflikte, die in *Asche und Diamant* dargestellt werden, zu verstehen, muß man wissen, daß dieselbe Rote Armee, die Polen bis Mitte 1941 (bis zur Kriegserklärung Hitlers an die Sowjetunion), große Teile Polens besetzt hielt, dieselbe Armee war, die dann drei Jahre später Polen befreite und »befreite«.

Natürlich konnte in einem Roman, der 1948 in Polen erschien, diese Tatsache nicht einmal angedeutet werden, und doch muß sie vorausgesetzt werden. Um die Ausgangslage für Andrzejewskis Roman zu verstehen, muß noch gesagt werden, was für ihn selbst verständliche Voraussetzung ist (und auch für jeden polnischen Leser), für den nichtpolnischen Leser aber nicht: daß es – von einigen, wahrscheinlich zahlreichen Splittergruppen abgesehen – zwei große effektive Widerstandsgruppen in Polen gab, beide gegen die Terrorherrschaft der Deutschen, die sogenannte Landesarmee und die kommunistische Volksarmee, und es steht fest, wird wohl auch von keinem Historiker bestritten, daß die sowjetische Armee, während von August 1944 bis Anfang Oktober in Warschau der blutige bewaffnete Aufstand tobte, keineswegs den Polen zu Hilfe kam, sondern wenige Kilometer vor Warschau verhielt, ein merkwürdiges Verhalten für Befreier, Freunde, Verbündete, eben dieselbe Armee, die drei Jahre vorher Polen noch besetzt gehalten hatte, erwies sich als nicht gerade hilfreich, und wohl kaum jemand kann es einem Polen verübeln, wenn hier Befreiung als eine weitere Eroberung empfunden wurde, mögen auch die kommunistischen polnischen Widerstandskämpfer an Befreiung geglaubt und auf den »Internationalismus« der Sowjets vertraut haben.

In Andrzejewskis Roman kommt diese Problematik im Gespräch zwischen dem durchaus redlichen kommunistischen Funktionär Szczuka und seinem alten Freund, dem Sozialdemokraten Kalicki, zum Ausdruck. Der Hinweis auf dieses »Detail«, das Verhalten der Roten Armee vor Warschau, erklärt vielleicht einige der Spannungen, Konflikte und mörderischen Aktionen, wie sie in *Asche und Diamant* geschildert werden, und zwar »im Augenblick des Friedens«. Der gemeinsame Feind, die Deutschen, war besiegt, und in diesem Augenblick wurden alte, uralte Abrechnungen innenpolitischer Art fällig; Vergleichbares, fast Ähnliches, spielt sich in allen befreiten Ländern ab, von Angola bis Vietnam, und das veranlaßt manche ausländischen Beobachter zu der irreführenden Annahme, der alte Zustand, Besetzung oder Kolonisation, sei vielleicht doch der bessere gewesen; Besetzer und Kolonisatoren hinterlassen eben gewöhnlich ein politisches, moralisches und ökonomisches Chaos, das sie dann ihren Nachfolgern anrechnen wollen.

Asche und Diamant beginnt mit einer Beiläufigkeit, die sofort Spannung erzeugt: der redliche, durch Torturen und persönliche Verluste (er hat seine Frau in einem deutschen Konzentrationslager verloren) gekennzeichnete, redlich um ein »neues Polen« bemühte Funktionär Szczuka fährt mit seinem Adjutanten, dem jungen Podgórski, zu einer politischen Veranstaltung, einer der ersten in dem soeben befreiten Land; Podgórski erkennt auf der Straße die Frau seines Mentors Kossecki, von dem er weiß, daß er ebenfalls im Konzentrationslager war; er hält an, spricht mit Frau K., erkundigt sich nach ihrem Mann. Diese Anfangsszene enthält noch die ganze Hoffnung und auch Euphorie der kurz bevorstehenden endgültigen Befreiung; doch diese Euphorie hält nicht lange, sie hält nur wenige Minuten, einige Romanseiten lang, an, bis Szczuka und Podgórski von der Erschießung zweier Arbeiter durch eine reaktionäre Gruppe erfahren, und Szczuka, dieser weise alte Widerstandskämpfer und Kommunist, ahnt sofort, daß dieser Anschlag ihm gegolten hat, nicht den beiden Arbeitern Smolarski und Gawlik, die zu Opfern geworden sind; der kurze Aufenthalt, das Gespräch Podgórskis mit Frau Kossecki auf der Straße, hat ihnen – vorübergehend – das Leben gerettet.

Schon auf den ersten sieben Seiten des Romans zeigt sich, wie wenig diesem Frieden zu trauen ist, und noch bleibt Kossecki, der eben entlassene Häftling, ein makelloser Jurist, als potentieller Held in Erinnerung; später wird sich herausstellen, daß er unter dem Pseudonym Rybicki zu den Mithäftlingen Szczukas gehört hat, ein mieser Kollaborateur war, der, von Erinnerungen und Alpträumen geplagt, die Befreiung eher als Schrecken empfindet. Die Spannung hält an: was sind das für Polen, die da im Augenblick des Friedens Polen umbringen, wo sie doch alle auf ihre Weise Patrioten sind? Die Handlung wechselt zwischen den Wohnungen der Familien und dem Hotel »Monopol«, wo man sie dann alle antreffen kann: einen snobistisch mäkelnden und auf Genuß bedachten Adel, der halb auf Emigration spekuliert, halb auf Restauration; ein Bankett sozialistischer Funktionäre findet statt; der junge Chełmiecki, von einer obskuren Gruppe auf Szczuka »angesetzt«, mietet ein Zimmer neben diesem; Schwarzhandel mit Devisen, verstricktes Hotelpersonal, Orgien, Spekulationen über die ungewisse politische Zukunft, ein weites Feld für jene Menschengruppe, die man Opportunisten nennt, die unter solchen Umständen zunächst einfach auf die eine oder andere Möglichkeit »setzt«, wie im Spiel. Kaum ist der gemeinsame Feind geschlagen, tauchen ältere Rivalitäten und Spannungen auf; die Macht für wenige Augenblicke, fast nur für Sekunden, ein Vakuum, beginnt sich zu füllen; Funktionäre der verschiedenen Widerstandsparteien tauchen auf, redlich und erprobt, Sozialisten, Kommunisten, dazwischen Opportunisten, Schwankende, bloße Schmarotzer aus allen Lagern, Geschäftemacher, die wissen, daß in solchen Situationen zwei »Artikel« besonders gefragt sind: Waffen und Devisen.

Was Andrzejewski hier schildert, hat sich als Modell für viele vergleichbare, wenn nicht ähnliche Situationen von 1945 bis heute erwiesen. Ein schwankendes, auf Genuß, Überleben bedachtes Personal, das noch nicht ganz genau weiß, auf welche Seite es sich schlagen soll, während die geschichtlich-politische Situation eindeutig ist: die Rote Armee hat Polen befreit und »befreit«, und sie wird bestimmen. Auf beiden Seiten Idealisten und »Idealisten« – die alten und jungen sozialistischen und kommunistischen Funktionäre, Gläubige, denen, man spürt es, die Sympathie des Autors Andrzejewski gehört; auf der anderen Seite die jungen Offiziere, zum Fememord entschlossen, wahrscheinlich aus der Landesarmee, die sich nicht auf diese Weise für »befreit« halten möchte, mit einer guten Portion auch Abenteuerlust, nicht so ganz überzeugt von ihrer Aufgabe, leichtfertig, sowohl in ihrer Taktik wie in ihrem Lebensgefühl – daneben die nüchternen entschlossenen Szczuka, Podgórski, und – eine der wichtigsten Figuren des Romans, der alte Sozialdemokrat Kalicki, der wohl beiden Seiten nicht traut – den man wohl, 1948 in *Asche und Diamant* charakterisiert, als eine Art Schlüsselfigur für vieles nehmen kann, was sich seitdem in Polen an innerem Widerstand bis zum Aufstand gezeigt hat, zwischen 1956 und 1978, nicht immer für Nichtpolen genau erkennbar. Die brüderlichen Umarmungen auf Flugplätzen oder Bahnhöfen, dieses Wangenküssen mit strahlend aufgesetztem Lächeln – wenn da Polen deutsche Staatsmänner umarmen, mögen sie Ulbricht oder Honecker heißen, oder Polen sowjetische Staatsmänner, mögen sie Chruschtschow oder Breschnew heißen: oh, so herzlich ist die Liebe nicht; die Teilungen sind nicht vergessen, und gewiß nicht vergessen ist der riesige Teil Polens, der nach 1945 an die Sowjetunion fiel, bedeutend größer als der Teil, den Polen nach Westen hin zugesprochen bekam: ein großes Volk, fast 30 Millionen, und wollte so sehr immer polnisch sein. Kein Zweifel, diese obskure Gruppe junger Offiziere, die da Fememord verüben, im Jahr 1945, sie mordeten für eine hoffnungslose Sache: es gab keinen Weg zurück in ein Polen von 1939, oder gar ein Polen von 1914; die großen Sieger, d. h. die mächtigen, mit den größeren Armeen, bestimmen, was für die kleineren Sieger übrigbleibt. Gewiß haben das auch viele der polnischen Emigranten aus den verschiedensten Gruppen inzwischen eingesehen: was der junge Chełmiecki, gemeinsam mit einem Sohn eben jenes obskuren Kossecki und weiteren Freunden da im Jahr 1945 betrieb, war politisch sinnlos, wenn auch aus der Geschichte Polens nicht so ganz unverständlich: die Sowjets waren eben doch mehr Russen als Sowjets, hatten sich schon 1939, als sie mit Hitler Polen teilten, viel mehr russisch als sowjetisch verhalten, und es gab ja da noch den jahrhundertealten ur-polnischen Stolz und Schmerz, den Andrzejewski gar nicht erwähnt, weil er wohl zu selbstverständlich für einen Polen ist: den konfessionellen: polnisch zu sein und katholisch, bedeutete ja wohl ein und dasselbe, eingeklemmt zwischen das Polen verachtende protestantische Preußen und die ebenfalls Polen verachtenden orthodoxen Russen; vergleichbar, wenn nicht gar ähnlich den Iren in Westeuropa, waren die Polen vielleicht so etwas wie die Iren Osteuropas: katholisch, verachtet, als Landarbeiter willkommen, mit äußerst verächtlichen Vokabeln bedacht, und nun waren die Preußen als Nazis, die Russen als Bolschewiken wiedergekommen, und die (wievielte) Teilung Polens nach Osten hin geschah »lautlos«, und es wurde den Polen ein Anteil an der Teilung

Preußens gewährt. Nein, die nationalistischen jungen Offiziere mordeten für eine völlig aussichtslose Sache, und letzten Endes erwischten sie den imponierenden Szczuka doch: nach der Beerdigung der beiden »irrtümlich« ermordeten Arbeiter erwischt ihn der morbide junge Chełmiecki doch noch, kurz bevor er selbst erwischt wird. Immerhin gönnt der Autor Andrzejewski ihm noch ein romantisches Liebesabenteuer mit der Barfrau Krystyna.

Aber da gibt es noch eine mörderische Gruppe, keine jungen Offiziere, sondern Kinder, die eine verworrene politische Romantik mit Abenteuerlust und Kriminalität verbinden, und das ist wohl die unheimlichste, weil am wenigsten zu »verstehende«, wenn auch erklärbare Gruppe in *Asche und Diamant:* es sind die Kinder des Krieges, wie es sie in allen europäischen Ländern gab und in allen nichteuropäischen Ländern gibt; es sind Kinder, die nicht die Orientierung verloren haben, sondern nie eine hatten; ihr Zynismus ist oft genug gespielt, manchmal sehr nahe an den Tränen; im Stich gelassen von den Erwachsenen, die mit dem nackten Überleben beschäftigt waren, sind sie leicht zu verführen und zu führen in einen mißverstandenen Übermenschenwahn. In diesem Fall – in *Asche und Diamant* – ist ihr Führer der junge Szretter, der aus humanistisch orientiertem Elternhaus stammt, dessen Vater – keine zentrale, aber eine wichtige Figur im Roman – eine der sympathischsten Figuren im Roman ist. Das Kennzeichen dieser Kinder ist, daß sie alle aus ordentlichen Familien stammen, denn ordentlich ist ja auch die Familie Kossecki, die je einen Sohn unter den Fememördern und unter dieser mörderischen Kindergruppe hat (beide Gruppen ahnen nichts voneinander!), eine Gruppe, die der junge Szretter kaltblütig und bewußt in Blutschuld verwickelt, indem er einen »Abweichler« in Gegenwart der anderen erschießt und seine Kumpane in die Beseitigung der Leiche verstrickt. Es sind Kinder aus fast allen sozialen Schichten, aus Familien, die man aus der Nachbarschaft kennt; man würde diese Kinder freundlich grüßen, und sie würden freundlich zurückgrüßen, man würde ihnen ein Eis spendieren, und sie würden es annehmen; nette Jungens alle, und morden, betrügen, stehlen – von ahnungslosen Eltern, ahnungslosen Müttern, die ihnen zum Trost Kakao vorsetzen, allein gelassen – mit der totalen moralischen Auflösung, die ein Krieg mit sich bringt und die durch einen Frieden, dem man nicht trauen kann, bestätigt wird. Es ist wohl kein Zufall, daß diese Jungengruppe ebenfalls nach »rechts« tendiert, gegen die Russen aktiv werden will, Geld besorgt, um Waffen zu kaufen gegen einen Feind, den sie noch nie gesehen hat, eben den »Russen«, den Bolschewiken; diese Kindergruppe ist das Spiegelbild der Gruppe junger Offiziere, und es ist wohl kein Zufall, daß die Familie Kossecki in jeder der beiden Gruppen einen ihrer Söhne hat, die nichts von ihren vergleichbaren Aktivitäten ahnen. Es gibt da in *Asche und Diamant* eine entscheidende Szene, wo der jüngere Kossecki, Andrzej, mitten in der Nacht am Fenster steht und im Nachbarhaus einen jungen russischen Soldaten ebenfalls am Fenster stehen sieht, er spürt, wie unsinnig dieses Feinddenken ist, will sich seinem Bruder offenbaren, der aber reagiert gereizt, und es gibt eine weitere Schlüsselszene zwischen dem Fememörder Chełmiecki und seiner Geliebten Krystyna, die am Morgen zu ihm sagt: »Ich will keine Abschiede, keine Trennungen, keine Erinnerungen. Nichts, was man hinter sich lassen muß, kein Gepäck.« Das bedeutet: Kein persönliches, kein seelisches und schon gar kein ideologisches Gepäck, und auch diese Haltung ist bezeichnend für viele, die einen Krieg überlebt haben. Es gab nach dem Krieg ein Theaterstück von Anouilh *Der Reisende ohne Gepäck*, das sehr beliebt war, wahrscheinlich, weil es ausdrückte, was Krystyna zu ihrem Geliebten am Morgen sagt. Nimmt man das Personal von *Asche und Diamant* und seine Konflikte, diese polnische und europäische »Disposition« im Jahre 1945, so ist man verführt zu fragen: was ist aus ihnen geworden, wenn sie nicht gestorben sind? Was ist aus Podgórski geworden, dem redlichen, unbestechlichen Sozialisten, der nicht lockerläßt, auch den auf üble Weise verstrickten Kossecki-Rybicki nicht laufenläßt; was ist aus letzterem geworden, aus den orientierungslosen, sinnlos mordenden jungen Offizieren, aus den mörderischen Kindern ahnungsloser Eltern, die jetzt so Ende Vierzig sein müßten, unentdeckt geblieben, vielleicht hohe Funktionäre, Lehrer oder Verkäufer geworden sind; denken sie manchmal an ihre terroristische Periode, oder sind auch sie nur ahnungslose Eltern von Kindern, von denen sie nicht wissen, was sie tun? Was ist aus den Opportunisten geworden, denen die »neue Zeit« Aussicht auf eine Karriere bot: den Święckis, Pieniążeks, Drewnowskis, wahrscheinlich ältere Herren, die sich ihrer Lorbeeren rühmen und die Rosenkränze des »Ja, damals« herunterbeten. Gewiß nicht mehr unter den Lebenden weilt die alte Jurgeluszka, Toilettenfrau im »Monopol«, die sich der Störenfriede annehmen, sie einsperren und diskret wieder »entlassen« mußte, auch sie nicht ahnend, was ihr Enkel Felek, ein Terrorist der ersten Stunde, damals trieb? Die Kellner und Küchenmädchen, die nörgelnden Überreste einer feudalen Klasse, die im »Monopol« so etwas wie ihr Privatterritorium sah; was ist geworden aus den Teilnehmern an dem großen sozialistisch-kommunistischen Funktionärsbankett, sie alle später in einer Polonaise vereint, in der Bar, im Kabarett beieinander? Vielleicht muß man einen Roman, der aus einer großangelegten Momentaufnahme mit zahlreichen Figuren und deren Konflikten, der im Polen von 1945, spielt, weiterdenken, fortspinnen, um ihn zu verstehen. Sie waren alle versammelt in *Asche und Diamant*, im Augenblick einer großen, einer gewaltigen geschichtlichen Veränderung, wie sie damals in Europa stattfand, einer Veränderung, die wir noch nicht ganz begriffen haben, obwohl wir Augenzeugen waren. Spätere Geschlechter erst werden vielleicht begreifen, welches Chaos nach Hitler in Europa herrschte, welch gewaltige Neuordnung notwendig war, wie schmerzlich, mit wieviel Konflikten sie verbunden war. Andrzejewski hat in *Asche und Diamant* ein polnisches, aber auch europäisches Panorama geboten, das partiell einem Panoptikum gleicht.

Das Jahrhundert der Flüchtlinge

Vorwort zu »Wie helfen wir Asien? oder ›Ein Schiff für Vietnam‹«

Ich denke, daß unser Jahrhundert, wenn es einmal einen Namen bekommen wird, das Jahrhundert der Flüchtlinge genannt werden wird – nicht das Jahrhundert des Kindes, wie es ursprünglich beabsichtigt war. Ich denke, wir Westeuropäer wissen, was es bedeutet, ein Flüchtling zu sein. Denn es gab in Europa Flüchtlinge der verschiedensten geschichtlichen und politischen Entwicklung. Und es ist richtig, was André Glucksmann gesagt hat, daß zu wenig Flüchtlingen in den vergangenen fünfzig, man kann schon sagen: den vergangenen siebzig Jahren die Türen geöffnet worden sind. Private Initiativen, in dem Sinne verstanden, daß ich persönlich einen Flüchtling aufnehmen würde, können dieses Problem kaum lösen. Es müssen die Regierungen mobilisiert werden, die Staaten aufgefordert werden, etwas zu tun. Mich hat an dieser Schiffsaktion die Spontaneität unmittelbar beeindruckt, die Tatsache, daß Menschen mit der verschiedensten politischen Überzeugung, die sich inzwischen auch nicht geändert hat, daß diese Menschen sich angesichts des Flüchtlingselends zusammengetan haben und ihre – sagen wir – intellektuelle Hilflosigkeit in Praxis umgesetzt haben. Diese praktische Intelligenz, die sich in dieser Aktion ausdrückte, hat mich überzeugt, und ich habe mich deshalb sofort dieser Initiative angeschlossen. Es sind auch in der Bundesrepublik Leute verschiedenster politischer Überzeugung dabei. Ich denke, daß unsere Motive zwar interessant sind, aber nicht wichtig. Wichtig ist, daß diesen Menschen geholfen wird, wichtig ist, darauf hinzuweisen, daß das Komitee einfach Geld braucht, sehr grob, sehr brutal ausgedrückt, um diese Aktion weiter zu finanzieren. Die Bedeutung dieser Aktion für die Flüchtlinge, die dort behandelt und gerettet werden, könnte doch einen Anstoß bedeuten für Regierungen, nicht nur die europäischen, diese Menschen nicht in den Lagern verkommen zu lassen und auch nicht auf Grund einer Selektion oder von Auswahlprinzipien auch nur einen übrigzulassen, der gern gerettet werden möchte. Darin sehe ich den wichtigsten Sinn dieser Aktion: daß sie ein Anstoß sein kann für die Regierungen, die durch ihre Administration und Bürokratie oft einfach unsinnigerweise ge-

hindert werden zu helfen. Das war für mich der Grund, mich ohne jede Einschränkung dieser Initiative anzuschließen.
Ich habe nie eingesehen, daß die deutsche Linke – reden wir ganz konkret – unser deutsches Flüchtlingsproblem eigentlich immer ignoriert hat. Es gibt ja eins. Es gibt Probleme, die bei der Besetzung Ostpreußens durch die Rote Armee wirklich entstanden sind. Inzwischen beschäftigt sich zunächst heimlich, also sagen wir privat, ein Teil der sowjetischen Intelligenz damit. Das ist ein Trauma, ein europäisches Flüchtlingstrauma. Ich habe immer die Flüchtlingsfrage für eine ernste Frage gehalten, und deshalb sehe ich keinen Widerspruch darin, gegen den Vietnam-Krieg in seiner grausamen Form gewesen zu sein und heute den Menschen zu helfen, die mit dem gegenwärtigen System nicht einverstanden sind und dort nicht leben wollen.

Weine nicht vor ihnen

Vorwort zu Jewgenia Ginsburg, »Gratwanderung«

Es wäre mehr als vermessen, einer solchen Publikation so etwas wie eine Inhaltsangabe vorauszuschicken; in diesem Buch spricht jede Zeile für sich, sagt jede Zeile alles, führt in jenen fürchterlichen und absurden Kosmos, der etwa am 130. Längengrad beginnt, den Archipel der Gefangenen und Häftlinge. Dieses Buch ist ein *erzählendes* Buch, es gehört in die Kategorie »autobiographischer Roman«, wobei das Wort Roman nicht etwa »Erfundenes« deckt – nicht das geringste Detail ist »erfunden« –, das Wort Roman steht für Struktur, für das Ordnen eines ungeheuer umfangreichen Erfahrungsmaterials; *erlebt* haben viele, was Jewgenia Semjonowna Ginsburg hier berichtet, erzählen können es nur wenige, schreiben darüber noch weniger, und diese wenigen sind es, die das persönliche Erlebnis zum Zeugnis machen: Es handelt sich dabei nicht – was schon genügen würde – um die Aufzählung nackter Fakten und Daten; es kommen bei Jewgenia Ginsburg andere Dimensionen hinzu: Analyse und Reflexion über diesen Archipel der Absurdität in einem absurden Land, das sich UdSSR nennt. Ein weiteres Element, das ich nur zögernd erwähne, da es mißverständlich ausgelegt werden könnte: Spannung, die nicht durch Kitzel, sondern durch *Teilnahme* entsteht – denn von Beginn an fragt sich jeder Lesende: *Wie,* mein Gott, wie nur ist diese Frau, deren autobiographischer Roman mit beiden Bänden fast tausend Seiten umfaßt – tausend Seiten für achtzehn Jahre Lager und Verbannung –, wie nur ist sie lebend da herausgekommen?

Es empfiehlt sich, vor oder während der Lektüre einen Atlas oder eine umfangreiche Landkarte zur Hand zu nehmen, um, wenn auch nur in abstrakten Zeichen, eine Vorstellung von den Räumen zu bekommen, in denen das alles sich abspielt; dieses Stück geographischer Vorarbeit gehört zur notwendigen »Versinnlichung«. Westeuropa erstreckt sich über etwa 25, Osteuropa bis zum Ural über etwa 45 Längengrade, und von dort, wo das anfängt, was wir Sibirien nennen, sind es noch einmal fast 130 Längengrade bis zur äußersten östlichen Spitze, die nahe an Alaska heranreicht. Von Jakutsk, wo das »Inselreich« der Lager beginnt, sind es ungefähr noch einmal 60 Längengrade bis zum andern Ende des Archipels, und wenn auch die Längengrade auf der nördlichen Halbkugel näher aneinanderrücken – ich weiß! –, ist dieses Gebiet doch groß genug, um die Fläche Westeuropas einige Male in ihm verschwinden zu lassen. Das nennt man *Weite*, ein Wort, das uns, die wir eng aufeinanderhocken, verlockend klingen mag: Auf diesem Archipel ist es gleichbedeutend mit Schrekken, ist synonym mit *Verlorenheit.* Auf der Karte Ostsibiriens sieht man nur wenige Punkte, Namen, Ortschaften, winzig, die wenigen, die man findet, sind weiter voneinander entfernt als München von Köln. Die Namen der Lager, die Jewgenia Ginsburg erwähnt, findet man natürlich nicht, nur den einen, der in den Liedern und Erzählungen der Häftlinge immer wieder auftaucht: Magadan, die Hauptstadt, das Verwaltungszentrum, Traum und Schrecken zugleich, es liegt etwa 500 Kilometer nördlich von der Nordspitze Sachalins am Ochotskischen Meer.

Achtzehn Jahre hat Jewgenia Ginsburg auf diesem Archipel verbracht. Sie war eine von den ersten, die über diesen Häftlings-Archipel berichtet haben; schon im Jahr 1967, nach der Erstveröffentlichung in Italien, erschien *Marschroute eines Lebens,* ein Buch, das immer noch so »frisch« ist wie am Tag seines Erscheinens. In einer Art Vorbemerkung schrieb Jewgenia Ginsburg damals, es handele sich um »die Erinnerungen einer einfachen Kommunistin aus der Zeit des Personenkults«, und sie fügte hinzu: »Nur Stalin konnte ich nicht jene Verehrung entgegenbringen, die damals (1936/37) Mode wurde. Im übrigen suchte ich diesen Argwohn sorgfältig vor mir selbst zu verbergen.« Und als ein namhafter Theoretiker, den sie kennt und verehrt, verhaftet wird und sie sich darüber wundert, wird ihr empört entgegengehalten: »Aber er ist doch verhaftet. Sie glauben doch nicht, daß jemand ohne eindeutigen Beweis verhaftet wird.«

Nicht lange danach – es ist die Zeit der Ermordung Kirows, mit der die fürchterlichste Periode der Schreckensherrschaft beginnt – wird sie verhaftet, nicht etwa, weil sie *aktiv* an irgendeiner Aktion teilgenommen hätte, sondern weil sie eben *nicht* gegen diesen soeben verhafteten Schädling vorgegangen ist, und dieses *Nicht*-Protestieren der Dozentin und Redakteurin Ginsburg bringt ihr den auf »ewig« anhaftenden Titel »bekannte Terroristin« ein, erweitert wird das Vergehen zum »Gruppenterror«. So begann die *Marschroute eines Lebens,* an die die *Gratwanderung* nun anknüpft; ein weiblicher Hiob, ein weiblicher Lazarus, ein weiblicher Odysseus, nicht den Wellen, Launen, Stürmen und Strömungen eines Meeres und der Willkür seiner Küstenbewohner ausgesetzt, sondern hineingeworfen in den chaotisch organisierten Ozean einer unermeßlich bürokratischen Absurdität, in der oft genug die Grausamkeit des Systems sich in der Grausamkeit einer Person, der man ausgeliefert ist, steigert, ein System, in dem oft auch – das sind die Vorteile der Zufälligkeiten, die ich Schikkung nennen möchte – jene »Engel in Menschengestalt« auftauchen, denen Jewgenia Ginsburg letzten Endes die Rettung ihres Lebens verdankt. Diese Erfahrung gehört in die mißverständliche Kategorie »Spannung«, und die wiederum rührt daher, daß Jewgenia Ginsburg eine geniale »Erzählerin« ist, die nichts »erfinden« muß, eher wohl noch »weggelassen« hat. Obwohl ich einiges über den Archipel GULAG weiß, ließ mein Interesse während der Lektüre nicht einen Augenblick lang nach, und das mag daran liegen, daß diese erstaunliche Frau den Humor nicht verloren hat, daß er ihr während der Irrfahrten, Transporte, diesen Reisen zwischen einigen Höllen und ein paar hingetupften »Himmeln« nicht abhanden gekommen ist; das wäre schon Wunder genug. Und ein weiteres Wunder ist – da mag man die Hände über dem Kopf zusammenschlagen –, daß sie ihre Kraft und ihre Stärke, ihren Überlebenswillen auch in den aussichtslosesten Situationen der Poesie verdankt. Sobald sie auch nur ein wenig Ruhe hat, atmen kann, sitzen, liegen, aufatmen kann, kommen ihr Verse in den Sinn und über die Lippen: Achmatowa, Pasternak, Mandelstam, auch Romane, Erzählungen, Literatur, also alles, was eine Russin ihrer Zeit einfach *bei sich* hat; ein Besitz, der nicht konfisziert werden kann, der alle Filzungen übersteht: Literatur, die sich schon in *Marschroute eines Lebens* als lebensnotwendig erwies. Zerlumpt, entkräftet, gedemütigt, Bäume fällend bei 49 Grad Kälte (erst bei 50 Grad minus durften die Häftlinge in ihren Baracken bleiben, und es gab heftige Auseinandersetzungen am Thermometer mit den Posten!) und abends in der Baracke, wo es doch ums Elementare, um Suppe, Brot, Wärme, Trockenheit gehen sollte – Gedichte!

Gehören etwa Gedichte für diese seltsame Sorte Mensch zum Elementaren? Nach zahlreichen Begegnungen mit Sowjetbürgern, Häftlingen und Nichthäftlingen, neige ich zu dieser Meinung. Literatur, das hat in Westeuropa einen leicht abfälligen Klang – irgend etwas zwischen Luxus und Laster, jedenfalls überflüssig. Für Jewgenia Ginsburg gehörte sie zum Leben. Literatur war mehr als Literatur für diese »bekannte Terroristin«. Gedichte werden auch zu Erkennungszeichen – nicht im Sinn eines mechanischen Codes, sondern in ihrer Ganzheit: Als Jewgenia Ginsburg nach zwölf Jahren ihren Sohn Wassja wiedertrifft, sagt sie ihm in der Nacht Gedichte vor: Er fährt da fort, wo sie aufhört, und daran »erkennt« sie ihn.

Delikat und doch hinreichend deutlich wird in diesen Erinnerungen auch ein Phänomen sowohl dargestellt wie analysiert, das nicht nur zum Leben, auch zur Lebensrettung gehört: die Liebesbeziehungen innerhalb dieses Lager-Archipels, Beziehungen der zartesten und der gröbsten Art zwischen Kriminellen und Politischen (da ist die Mutter eines Kindes Dozentin für Philosophie und der Vater ein in Rostow stadtbekannter Einbrecher), Beziehungen unter Kriminellen, unter Politischen; und die Kinder aus diesen Beziehungen werden natürlich »gesammelt« und kategorisiert: Säuglinge, Krabbelkinder, Kleinkinder, und wenn dann im Lager das Kommando »Zum Stillen« ertönt, humpeln diese ausgemergelten, zerlumpten Gestalten, fast geschlechtslos in ihrer Jämmerlichkeit, heran, zur »Laktation«. Und natürlich muß die Liebe bestraft werden, wenn sie während der Arbeitszeit stattfindet, da liegt der Terminus »Sabotage« nahe, und das Vergehen erhält dann die Bezeichnung: »Beziehung eines männlichen Häftlings zu einem weiblichen, die sich im Stillstand eines Pferdes für die Dauer von zwei Stunden ausdrückte.«

Diese »menschlichen Details« änderten nichts an der »ständigen Gegenwart des Schreckens«, der ständig drohenden Veränderung, und es gibt dann immer noch eine Steigerung des Schreckens; vom Lager »Elgen« (was auf jakutisch »Toter« bedeutet), das schlimm genug ist, geht es nach Mylga, das entsetzlich ist und doch noch eine Steigerung des Grauens – nämlich Iswestkowaja – zuläßt. Und in dieser Doppelherrschaft von Absurdität und Zufall lauern die »Verordnungen«, deren Auslegungsbreite zwischen Sadismus, Bestechlichkeit und Puritanismus einen neuen, unmeßbaren Raum des Schreckens öffnet. Ob da nun eine Erzählung *Der Kakerlak* heißt, ein Hörspiel *Der Wolf und die sieben Geißlein,* ob da einer zu früh – etwa schon 1940; der Krieg hat ja für die Sowjetunion noch nicht angefangen – über die Nazis herzieht, denn die »Fortschrittlichkeit« des Hitler-Regimes (sprich: Autobahnen, Bekämpfung der Arbeitslosigkeit) darf man bis Juni 1941 nicht bezweifeln! – immer hängt alles an einem brüchigen Baumwollfaden, und es ist ratsam, sich in dem jeweils erreichten »kleinen Himmel« nicht allzu häuslich einzurichten. Überall Gefahr und Drohung, auch als die (vorübergehend) freigelassene Jewgenia Ginsburg – immer noch als »bekannte Terroristin« aktenkundig – KGB-Offizieren Unterricht in Russisch und Literatur erteilt und heikle Interpretationen unvermeidlich sind; und als sie, angesichts der Gefahren, die ihr auf dem Heimweg durch Überfälle von Kriminellen drohen, von einem Gentleman-Begleitkommando von KGB-Offizieren nach Hause gebracht wird, kommt turnusgemäß auch die Reihe an den Major Gochrow, denselben, bei dem sie sich zweimal monatlich, zitternd und bangend, unter demütigenden Umständen zu melden hat! Immerhin erfährt sie anläßlich eines Überfalls durch einen Kriminellen, der sie ihres Pelzes wegen für eine »Obristenfrau« hält und ihren Paß begehrt, daß ihr Mann, der Arzt Anton Walter, der ihr diesen verhängnisvollen »Obristenfrauenpelz« geschenkt hat, in der Unterwelt als unantastbar gilt, und es mag ein Trost gewesen sein, zu erfahren, daß auch »Obristenfrauen« in dieser chaotischen Welt nicht vor Überfällen sicher waren.

Achtzehn Jahre hat Jewgenia Ginsburg zwischen ihrem dreißigsten und fünfzigsten Lebensjahr auf diesem Eiszeit-Archipel verbracht. Während dieser Zeit verhungert ihr ältester Sohn Aljoscha in Leningrad, verliert sie ihren Mann aus den Augen, der ihr als tot gemeldet wird, wird sie von ihrem vierjährigen Sohn Wassja getrennt, den sie erst wiedersieht, als er sechzehn ist. Nachdem sie hartnäckig die Einreiseerlaubnis für ihn erkämpft hat, wird er von Freien nach Magadan gebracht; in der Wohnung eben dieser Freien, dieser ahnungslos oder ahnungsvoll Verstrickten, trifft sie ihn wieder, und der junge Aksjonow, bewegt wie sie, flüstert ihr zu: »Weine nicht vor ihnen.« Damit hat ein Sechzehnjähriger, der zwölf Jahre von seiner Mutter getrennt war, mehr ausgedrückt als oft ein ganzer Roman auszudrücken vermag: seine Zugehörigkeit. »Weine nicht vor ihnen« – er gehört, wie seine Mutter es später ausdrückt, zu den »Unseren, jenem unterirdischen Reich«.

Dieses unterirdische Reich unfaßt Millionen, deren Parole heißen könnte: »Weine nicht vor ihnen.« Wer sind die, vor denen man nicht weint? Die Verstrickten und die Ahnungslosen, die oft genug selber stolperten; die Phantasielosen, die immer geglaubt haben, es würde keiner grundlos verhaftet; auch die international vorhandene Masse derer, die man getrost »Spießer« nennen kann, die in Sporteln denken, von ihnen leben – alle jene, die später in den Erzählungen und Romanen Wassili Aksjonows erscheinen werden, dessen Biographie in *Marschroute eines Lebens* und

Gratwanderung bis zu seinem achtzehnten Lebensjahr mit enthalten ist; es ist derselbe Wassja, dessen bunte Jacke und wilde Frisur seiner Mutter auch nach siebzehnjährigem Aufenthalt in der »Eiszeit« erheblichen Kummer bereitete: Sie selbst entdeckt die »ehemalige Komsomolzin« in sich. Aber Wassja, der als Medizinstudent zu Besuch kommt, läßt sich Jacke und Frisur nicht nehmen; auch *sie* sind eben – da läßt er sich nicht beirren! -, wenn auch sekundär, Ausdruck jener »neuen Zeit«, der er wenige Jahre später zusammen mit Jewtuschenko, Wosnessenskij, der Achmadulina und Okudschawa Ausdruck verleihen wird, einer »neuen Zeit«, die sich öffentlich artikulieren durfte; mit der nachfolgenden Generation der Woinowitsch, Kornilow, Wladimow und anderen ist sie wieder in den Untergrund vertrieben worden. Auf so mancher Zeile dieses Buchs – wie dem »Weine nicht vor ihnen« – ließen sich ganze Interpretationsgebäude errichten; mancher Satz, manche Feststellung, die da so einfließt, ist des Notierens wert: »Der Egoismus des Leides ist wohl noch umfassender als die Selbstsucht der Glücklichen«, oder, gewichtiger noch: »Nein, nicht nur fremde, auch eigene Erfahrung lehrt nichts«, oder die lakonisch-melancholische Feststellung, als die Mutter ihren zum ersten Mal betrunkenen Wassja nach der Abiturfeier nach Hause bringt: daß dies die »klassische russische Rolle« sei! Bereicherung unseres Vokabulars schließlich das Wort »Akkuratessen« für besonders pingelige deutschstämmige Kindergärtnerinnen; so bekommen Hosteß und Stewardeß ein Schwesterchen.

Dann des Unglaubliche und doch »Geahnte« – die Welle der »Zweitverhaftungen« im Jahre 1949; wieder, obwohl doch zehn oder sechs oder zwölf Jahre verbüßt sind und man »freigelassen« ist, zurück ins Gefängnis, wieder Verhöre – und ich stelle mir vor, was da auf diesem Archipel an Aktengebirgen transportiert worden sein muß, was da alles an Registraturen, Registratoren, Beamten, Helfern, Offizieren und Subalternen beschäftigt gewesen sein muß und was die Privilegien dieser Privilegierten gekostet haben müssen!

Unter der Überschrift »Der dornige Weg zur klassenlosen Gesellschaft« erstellte Jewgenia Ginsburgs Leidensgenosse Jakow Michalytsch Umanskij ein Schema der »sozialen und politischen Ordnung von Kolyma«, und er kam auf zehn verschiedene Gesellschaftsklassen: »Häftlinge, ehemalige Häftlinge, solche mit und solche ohne bürgerliche Ehrenrechte, Verbannte auf Zeit, Siedler auf Zeit und Strafkolonisten auf Lebenszeit, Siedler mit

Sonderstatus auf begrenzte und auf unbegrenzte Zeit. An der Spitze dieser Pyramide standen jene Deutschen, die gleichzeitig Siedler und Parteimitglieder waren.« Und hätte Umanskij noch die Klassen der Freien in seine Studie eingearbeitet, es wären wohl -zig Kategorien mehr geworden.

Herauszufinden, wenn auch nur in Andeutungen, ist in diesen Aufzeichnungen auch die Biographie jenes Doktor Anton Walter, der gleich drei lebensgefährliche, wenn nicht »terroristische« Eigenschaften auf sich vereinte: Er ist Deutscher, Katholik und Homöopath, als letzterer der Mystik, fast der Zauberei verdächtig, und doch wird er – ausgerechnet er – in Notfällen zu den meist leberkranken Bonzen gerufen; seine Kräuterelixiere, seine Tränklein und Pulver, die er selbst braut und bereitet, sind dann begehrt, hilfreich auch. Und er verkörpert nicht nur diesen, sondern noch einen weiteren Widerspruch: Da er als »guter Mensch« gilt und doch ein guter Deutscher ist, erhebt sich die Frage: »Wie kann ein so guter Mensch ein Deutscher sein?« (Man kann die Frage auch umkehren!) Das paßt alles nicht ins Klischee, selbst wenn man bedenkt, daß Engels und Marx ja doch wahrscheinlich Deutsche waren und sogar deutsch schrieben. Man erwarte nur nicht ein Minimum an Logik oder gar Ansätze von Vernunft in einem System, in dem einer, der irrtümlich ins Leichenhaus gebracht wird, aber die Unverschämtheit besitzt, noch zu leben, sich schuldig macht und mit der Frage konfrontiert werden kann, was er, ein Lebender, dort unter Toten zu suchen habe.

Da ich selbst aus einem »Vaterland« stamme, das mir gnädigerweise eine »Muttersprache« erlaubt, fiel mir auf – immer wieder tauchte es auf wie ein Komet, der an einem düsteren Himmel erscheint –, daß Jewgenia Ginsburg – ihr Name endet auf -burg, und so gilt sie, die Jüdin, bei Kriegsausbruch als Deutsche und wird dafür zunächst zusätzlich bestraft –, daß sie immer wieder, wenn sie von dem Land spricht, aus dem sie stammt, nach dem sie sich sehnt, vom »Mutterland« spricht; das Wort schlug bei mir ein, leuchtete immer wieder auf – und machte mich nachdenklich.

Ich weiß nicht, ob es schon Vergleichsstudien gibt, die sich mit den Unterschieden zwischen deutschen Konzentrationslagern und sowjetischen Straflagern beschäftigen (immerhin stellt Jewgenia Ginsburg fest: »Man brachte uns nicht in die Gaskammern oder an den Galgen«), und ich mag mir nicht anmaßen, wo es wohl »menschlicher« zugegangen sein könnte, hier oder dort; vielleicht bieten die Worte »Vaterland« und »Mutterland« einen

Ansatz zum Vergleich, und es könnte aufschlußreich sein, festzustellen, warum Bücher über den Archipel GULAG beliebter sind als Bücher über die Konzentrationslager.
Ich möchte nicht verschweigen, daß ich diesen Versuch einer Einführung nicht nur schreibe als Zeitgenosse, der für jede Auskunft über das Jahrhundert, in dem wir leben, dankbar ist, mag diese Auskunft auch, ob im »Vater-« oder »Mutterland«, nicht erfreulich sein, ich schreibe dies auch als Hommage an eine Verstorbene, die ich zu meinen Freunden zählen durfte; ich habe Jewgenia Ginsburg in Moskau und Köln gegenübergesessen, ihre Klugheit bewundert und mich von ihren klugen Augen, in denen der skeptische Humor nicht erloschen war, geprüft gefühlt. Ich schreibe dies auch für einen noch lebenden Freund, ihren Sohn, den Autor Wassili Aksjonow, dem ich in der *Gratwanderung* als Jugendlichem begegne: wie er seine Mutter wiedersieht und von ihr wieder Abschied nimmt; und ich schreibe dies zur Erinnerung an einen Dritten, den ich nie kennengelernt habe und doch so gern gekannt hätte: den Arzt Anton Walter.

Geleitwort zu Peter Bruhn/Henry Glade, »Heinrich Böll in der Sowjetunion 1952 – 1979«

Es geschieht wohl selten, daß ein Autor so genau und so umfassend Einblick erhält in das, was er in einem Land – man müßte von der Sowjetunion wohl eher von einem Kontinent sprechen – an- oder gar ausgerichtet hat. Ich habe das, was Henry Glade und Peter Bruhn erarbeitet haben, mit einer Art Spannung gelesen, die fast nichts mehr mit meiner Person zu tun hatte; der junge, der nicht mehr ganz so junge, der älter gewordene Autor, der da an seinem Schreibtisch, der über seiner Schreibmaschine gesessen hat, soll sich da zwischen Brest und Wladiwostok, zwischen Archangelsk und dem Kaspischen Meer noch als Person wiederfinden, als »Eroberer« besonderer Art, dessen »Armee« aus ein paar Bleistiften, einer Schreibmaschine, Papier, Farbbändern und ein bißchen Phantasie bestand? Ich müßte sein, was ich nicht bin: ein Übermensch, eine Art Napoleon, um mich als *Person* da in allen Bücherregalen, Kiosken, Buchhandlungen, Redaktionen – und in den Köpfen und Gehirnen, in denen da möglicherweise etwas an- oder ausgerichtet wurde – zu sehen; ich bin »nur« ein Mensch, außerdem gehöre ich der merkwürdig-umstrittenen Kategorie »Deutscher« an, und in beiden Eigenschaften freue ich mich über diese »Eroberung«, deren Ausmaß Henry Glade und Peter Bruhn in diesem Buch abgesteckt haben.
Jahrelang habe ich, als meine Bücher schon in der Sowjetunion erschienen, immer nur »Gerüchte« über diese Tatsache gehört, nie Genaueres; das erfuhr ich erst 1962 bei meinem ersten Besuch; jetzt erst, mit dieser Publikation, sind alle »Gerüchte« mit fast kartographischer Genauigkeit erfaßt.
Selbst von einigen Autoren und einigen Literaturen »erobert«, früh, später, heute noch, wage ich nicht, mir vorzustellen, wen ich da alles »erobert« haben könnte; ich wünsche nur, die gegenseitige Eroberung durch Literatur möge weitergehen.

Mein Freund Boris Birger

Vor 18 Jahren betrat ich zum erstenmal das Atelier von Boris Birger, ein winziges Stübchen in einem düster wirkenden Atelierhaus. Meine erste Assoziation war eine literarische: Samuel Bekkett; diese gemalten Hof- und Zimmerecken, ein einsamer Stuhl im Raum; ärmliche Gegenstände, die – und dieses Licht ist eins von Birgers Geheimnissen – trotz ihrer »Tristheit« leuchteten. Das Gegenständliche – deutlich erkennbar – war dennoch im Sinne der oberflächlich dummen Interpretation von »Realismus« ungegenständlich geworden; seine Malerei hatte Realität *geschaffen,* nicht *übernommen,* und sie hatte sie geschaffen durch das Licht, das auf alles »fiel«. Woher nimmt er dieses Licht?
Auch heute, 18 Jahre später – und ein Besuch in seinem Atelier gehört immer zu meinen ersten Unternehmungen, wenn ich in Moskau bin –, kann ich dieses Geheimnis, wie etwa an dem Bild »Don Quichotte«, das fast »realistisch« ist, nicht ergründen.
Woher kommt die Wut der politischen und auch der Kunstfunktionäre auf einen Maler, der unbeirrt von den Moden und Extravaganzen der »westlichen« Malerei seinen Weg fortgesetzt hat, unbeirrt auch von den flachen, lediglich durch *Flächen* und Flachheiten bestimmten Entwicklungen des sozialistischen Realismus? Birgers Porträts beweisen, daß er durchaus in der Lage ist, »Gegenstände« in sein Licht aufzunehmen, seine Landschaften – vor allem die Seestücke – beweisen es.
Er ist – betrachtet man die russische Malerei des 19. Jahrhunderts – sogar ein Traditionalist, was ja nicht bedeutet, das Überkommene zu kopieren, sondern weiterzuentwickeln. In diesem Sinne ist er ein *russischer* Maler – eigenständig, gegenwärtig und völlig unanfechtbar von Moden, »trends«, unfähig der Anpassung an so manche westliche Welle, die in der Sowjetunion so manche peinliche Blüte treibt.

Nicht einmal reaktionär oder konservativ

Über Axel Springer, »Aus Sorge um Deutschland – Zeugnis eines engagierten Berliners«

Wahrscheinlich ist es ungerecht, ein solches Buch wie jedes andere, das heißt in einem Zug zu lesen, wobei »in einem Zug« mißverständlich sein könnte, weil es nach leichter Lektüre klingt; leichte Lektüre ist es nicht, es ist mühsam, gelegentlich mühselig, ein schweres Buch, auch unhandlich, wiegt fünfzehnhundert Gramm; um es zu lesen, braucht man fast ein Lesepult, und es hat auch Ähnlichkeit mit einem Evangeliar.

Wahrscheinlich ist ein solcher Prachtband also gar nicht zur sukzessiven Lektüre bestimmt, mehr zum Auf- und Auslegen im Wartezimmer, wo man, von dem Titel *Aus Sorge um Deutschland* angelockt, darin zu blättern beginnt.

Das Vorwort von Matthias Walden ist verlockend, flott geschrieben, fast munter, mit ein paar lustigen Hopsern drin. Es ist höfisch, mit hagiographischer Tendenz. Ich zitiere daraus ein Waldensches Springerzitat: »Der Abfall von Gott ist die Hauptursache dessen, was heute die Welt quält.« (Seite 15) Wenn ich dann auf Seite 174 Springer selbst lese, der im Zusammenhang mit seinen unbestreitbaren Wohltaten für Israel sagt: »Was für ein Segen ist es doch, daß ich über Jahre hinweg manches tun konnte, das mein Herz, das heißt, der Herrgott mir befahl«, weiß ich dann jetzt, wo Gott wohnt? In Herrn Springers Herz? Muß ich mich dorthin wenden, wenn ich tumbes Brüderlein wieder einmal nicht mehr weiß, wohin? Auf Seite 16 des Waldenschen Vorworts lese ich: »Die Gläubigkeit Axel Springers und sein Wesensmerkmal, an fremdem Leid nicht vorüberzugehen, sind wohl die entscheidenden Kraftquellen seines Lebens.« Darf ich da wohl fragen, an wieviel Leid die *Bild*-Zeitung vorübergeht, und wieviel sie schafft? Und ist der Abfall von Gott etwa gleichbedeutend mit dem Abfall von Springer? Ebenfalls auf Seite 16 eine ernsthafte Anmerkung über die durchaus glaubhafte Sympathie Springers für die Juden und den jüdischen Staat. Nur sieben Zeilen weiter lese ich dann, daß Axel Springer sich ebenfalls für Hertha BSC aufs heftigste engagiert, daß er die Spieler in ihren Kabinen aufsucht, ihnen Mut zuspricht und ihnen das Gefühl der Verbundenheit gibt, also fast priesterliche Funktionen auf sich nimmt. Ob das Engagement für Hertha BSC dem für Israel gleichkommt? Es braucht ja das eine nicht das andere auszuschließen, nur hat die kurz beieinanderstehende Erwähnung beider doch eine gewisse Peinlichkeit. Das nenne ich zum Beispiel einen Hopser, ebenso wie das, was ich auf Seite 20 im Vorwort lese: »Was er zu Israel sagt, meint er ernst.« Denn dann kommt mir automatisch die Gegenfrage: Meint er etwa alles andere nicht ernst?

Im großen ganzen ist das Vorwort von Walden ein begabtes Stück Jounalistik, in seiner Höfischkeit durchaus legitim, vom Flügeladjutanten des Großverlegers geschrieben, keineswegs verwerflich, wenn einer schon bei Hofe lebt.

Der Band enthält die Aufsätze und Reden, die Springer zwischen 1972 und 1979 gehalten und geschrieben hat, dazu einige Briefe, Interviews und Würdigungen von Mitarbeitern, Ratgebern und Freunden. Ich habe das dann alles doch mit Interesse gelesen. Ich wollte wissen, was ein Mensch, den man, ohne auf seinen zweiten Vornamen anzuspielen, den Imperator eines großen Medienkonzerns nennen kann, zu den Problemen unserer Zeit zu sagen hat. Seine Hauptthemen sind die DDR bzw. die Wiedervereinigung und Israel. Es wäre ehrenwert, wenn jemand sich auf diese beiden Themen konzentrierte. Fragwürdig wird das nur, wenn man den einen Gegenstand, die DDR, isoliert betrachtet, isoliert im Rahmen der deutschen Geschichte. Es ist nicht nur schön und gut, es ist ehrenwert und auch notwendig, an die elenden Zustände in den Gefängnissen der DDR zu erinnern, an diese mörderische Grenze: keine Anführungsstriche, ich zitiere nicht, ich übernehme eine Formulierung. Das alles wird fragwürdig, wenn man die Ursachen, die zum Entstehen der DDR geführt haben, mit einer schon verheerenden Beiläufigkeit erwähnt. Matthias Walden drückt es in seinem Vorwort auf Seite 17 so aus: »Er kennt die Schwächen, die Brüche und die Schatten unserer Historie. Aber er findet auch die Spuren der Größe, der Bereitschaft zum Dienen, der Suche nach Gott und der Menschlichkeit.« Springers Beiläufigkeit liegt nicht nur in der Qualität der Äußerungen zur deutschen Geschichte, auch in der geringen Quantität und dem Mangel an Analyse. Ich fand im ganzen Buch nicht mehr als zwanzig bis dreißig analytische Zeilen. Ein Beispiel davon auf Seite 28: »Man braucht mich wirklich nicht darauf aufmerksam zu machen, daß letzten Endes alles durch Hitlers Gewaltakte und seinen wahnwitzigen Eroberungskrieg entstanden ist. Aber man kann nicht Hitlers Gewaltpolitik verdammen, und die Gewaltpo-

litik der Sowjets heute segnen. Man kann nicht die braune Unfreiheit hassen und bekämpfen, die rote aber herbeireden und lieben oder verharmlosen. Unrechtsystem bleibt Unrechtsystem, gleichgültig unter welchen Farben.« Nun wäre es vielleicht möglich, daß der Springerkonzern in den ehemals von Deutschen besetzten Ländern Osteuropas eine geheime Umfrage startete mit der Frage: »Hätten Sie lieber die deutsche Besatzung wieder oder lieber die jetzigen Um- und Zustände?« Die Völker Osteuropas wissen noch sehr genau, wie die deutsche Praxis von Freiheit und Befreiung ausgesehen hat. Sie wissen auch, wem sie die jetzigen Zustände verdanken, und es wäre außerdem zu fragen, wer denn hier die Gewaltpolitik der Sowjets segnet, wer die »rote Unfreiheit« herbeiredet, liebt und verharmlost, und wer, was in Chile, Argentinien, Bolivien und Korea geschieht, bagatellisiert?
Erst knappe zweihundertfünfzig Seiten weiter, nach einer Zwischenbemerkung auf Seite 45 und einer Äußerung auf Seite 114, auf die ich noch kommen werde, auf Seite 277 fand ich dann den Satz: »Die Zerstörung Europas ging von Deutschland aus.« Und wiederum sechzig Seiten weiter, auf Seite 339 der Satz: »Es bedarf wohl keines Erinnerungshinweises, daß das Leid dieser Epoche durch Hitlers Eroberungskriege in unendlichem Maße vergrößert wurde.« Es könnte irreführend wirken, wenn ich diese Passagen zitiere; es mögen in diesem über vierhundert Seiten umfassenden Prachtband wirklich nur zwanzig bis dreißig Zeilen sein, die auf Hitlers Eroberungskriege und das »Leid der Epoche« hinweisen. Ich erlaube mir, dies in seiner Quantität beiläufig zu nennen, habe auch den Verdacht, daß hier Verdrängung im Spiel ist, und gerade solche Beiläufigkeiten und Verdrängungen sind ja Grund dafür gewesen, daß die Jugend aufsässig wurde, Erklärungen verlangte, die man ihr bis zum heutigen Tag nicht gegeben hat. Wer dieses Buch nur flüchtig liest oder durchblättert, gelegentlich in den einen oder anderen Aufsatz oder die eine oder andere Rede hineinschaut, muß den Eindruck gewinnen, daß die DDR das Zufallsprodukt einer unklaren Geschichte ist, sozusagen als böser Satellit des Bolschewismus vom Himmel gefallen. Man könnte doch wenigstens darauf hinweisen, daß Hitler, als er im Juni 1941 die Sowjetunion angriff, die Rote Armee geradezu eingeladen hat. Selbst diese 20–30 Zeilen, in denen er sich mit den »Schatten« der deutschen Geschichte beschäftigt, werden fast annulliert, wenn da auf Seite 114, nachdem er sich ehrenhafterweise mit seiner Scham, ein Deutscher zu sein, beschäftigt hat, zu lesen ist: »Dabei

denke ich nicht so sehr an den Krieg, so schrecklich er auch war. Andere haben Kriege angefangen, gerechte und ungerechte, Kriege wurden schon früher gewonnen und verloren. Die Geschichte ging darüber hinweg ... Nein, ich denke an den Nebenkriegsschauplatz, an die Vernichtung von sechs Millionen Juden, an den Tod von Unschuldigen ...« Als wären die Nebenkriegsschauplätze, die Vernichtungslager, ohne diesen Krieg möglich gewesen. Durch den Krieg sind die europäischen Juden in die Hände der Nazis gefallen, und die Vernichtungslager waren nur vor und hinter den Kulissen der gewaltigen Kriegsschrecken möglich. Und Unschuldige? Wie viele von den zwanzig Millionen Sowjetbürgern, denen dieser »Schatten« der deutschen Geschichte den Tod gebracht hat, waren schon schuldig? Außerdem wäre es wohl angebracht, der deutschen Jugend klarzumachen, daß nicht nur Auschwitz und Maidanek Vernichtungslager waren, daß auch die Kriegsgefangenenlager für sowjetische Soldaten Vernichtungslager gewesen sind. Ich verweise auf die Publikation von Christian Streit in der DVA: *Keine Kameraden,* und ich erlaube mir, ein paar Zahlen zu zitieren: Im Ersten Weltkrieg gerieten 1,4 Millionen Russen in deutsche Kriegsgefangenschaft. Ihre Sterblichkeit betrug 5,4%. Im Zweiten Weltkrieg gerieten 5,4 Millionen Russen in deutsche Gefangenschaft. Ihre Sterblichkeit betrug 57,8%. Im Zweiten Weltkrieg gerieten 3,15 Millionen Deutsche in sowjetische Gefangenschaft. Ihre Sterblichkeit betrug zwischen 35,2 und 37,4%. Ich denke, bei einer Sterbequote von fast 60% für Kriegsgefangene kann man getrost von Vernichtungslagern sprechen. (Ich weiß dabei sehr wohl, daß das Kapitel »sowjetische Kriegsgefangene« bis heute in der SU tabu ist, weiß auch, wie Stalin die zwangsweise »Heimgekehrten« und Verschleppten behandelt hat.) Außerdem wurden einige tausend Städte, wurden siebzigtausend Dörfer in der Sowjetunion zerstört, entstand ein auf 250 Milliarden Mark geschätzter Verlust an Sachwerten, und von den 20 Millionen Toten waren die Hälfte Zivilpersonen.

Dieser »Schatten«, den unsere »Historie« da über Osteuropa geworfen hat, war wohl doch ziemlich massiv, und ein wenig von dem, was sich in diesem Schatten verbirgt, auch, was Polen, die Tschechoslowakei, Jugoslawien und andere Länder betrifft, sollte man schon wissen, wenn man erwartungsvoll nach Moskau fährt und von der Kremlführung »enttäuscht« ist. Seltsamerweise leiden nicht nur Russen, auch Kommunisten unter dem »Leid der Epoche«. Und wenn man sich klarmacht, welche Menschenverachtung in dieser Politik sich ausgedrückt hat, an der ja nicht nur die SS und die Nazis, auch die deutsche Wehrmacht beteiligt war, dann könnte man vielleicht verstehen, daß die Völker der Sowjetunion und Osteuropas Angst vor deutscher Befreiung haben, und daß manches, was die Politiker dort sagen und tun, auf dieser Angst und dieser Erfahrung begründet ist.

Es ist wohl doch im Zusammenhang mit Wiedervereinigung und Menschenrechten etwas leichtfertig, die Freiheitskriege als Beispiel zu wählen, wie Herr Springer es auf Seite 36 tut. Immerhin waren die Freiheitskriege Kriege. Es ist notwendig, auf die Zustände in der DDR immer wieder hinzuweisen, aber die Ostverträge sind geschlossen, und kein Geringerer als Franz Josef Strauß betont ja immer wieder, auf sein Latein zurückgreifend, Pacta sunt servanda – was bedeutet: Verträge müssen eingehalten werden, und letzten Endes wird die Bevölkerung der DDR, werden die Polen, Tschechen und die Völker der Sowjetunion beurteilen, was ihnen die Ostverträge gebracht haben und was nicht. Vor allem auch die Rücksiedler. Immerhin ist ja das vielgelästerte Helsinki der Anlaß dazu gewesen, daß sich Helsinki-Gruppen gebildet haben, und auch die Charta 77 wäre ohne Helsinki undenkbar.

Wenn Axel Springer immer wieder die Makellosigkeit Preußens betont, sich selbst als Preuße bekennt, dann möchte ich ihn doch an den 21. März 1933 erinnern, den »Tag von Potsdam«, der wohl einer der peinlichsten Tage der neueren deutschen Geschichte gewesen ist. An diesem Tag gingen, personifiziert durch Hindenburg und Hitler, Preußen und der Nazismus unter feierlicher Musik ihre Allianz ein. Damit war noch nicht alles verspielt, was an Preußen verdienstvoll war, aber solche Tage, solche Allianzen leiten doch Fäulnis und Verderben ein, und der Höhepunkt dieser Fäulnis war die unselige Affäre Fritsch.

Es hat nun einmal wenig Überzeugungskraft, wenn einer immer wieder auf die Menschenrechte zu sprechen kommt, die natürlich in der DDR, in Polen, in der Sowjetunion, in allen sozialistischen Ländern verletzt werden, dann aber mit ebenfalls fahrlässiger Beiläufigkeit etwa Chile oder Südafrika erwähnt. Wird nur in sozialistischen Ländern gelitten?

Ich dachte, während ich Springers gesammelte Aufsätze und Reden las, sehr oft an den 2. Juni 1967, an die Anti-Schah-Demonstration in Berlin, die ja eine wichtige Periode der deutschen Nachkriegsgeschichte mit unseligen Entwicklungen eingeleitet hat. Wer ist, als der Schah gestürzt wurde, auf den Gedanken gekommen, an diesen 2. Juni 1967 in Berlin zu erinnern und sich zu überlegen, wie die Entwicklung gelaufen wäre, hätte man diese Demonstration nicht auf so brutale Weise behindert? Hat sich nicht letzten Endes diese Demonstration bestätigt? Und waren nicht die Beerdigungsfeierlichkeiten für den Schah ebenfalls eine Demonstration, die letzten Endes den 2. Juni bestätigt hat?

Wenn ich insgesamt von diesem Buch den Eindruck einer fast bemitleidenswerten Dürftigkeit habe, so liegt das nicht daran, daß die Springerschen Hauptthemen dürftig wären. Die Dürftigkeit besteht in den zu oberflächlichen historischen Anspielungen und der zu geringen, eben beiläufigen Beschäftigung mit den Ursachen. Der Antisemitismus ist ja nicht vom Himmel gefallen, er ist nicht zufällig entstanden, und nicht zufällig hat er zu diesen Methoden geführt, die man in den Vernichtungslagern praktiziert hat. Nicht zufällig ist die Vernichtung der Juden mit einer deutschen Gründlichkeit vollzogen worden, die nur wenige überleben ließ. Auch die DDR ist nicht zufällig entstanden. Schließlich hat es Konferenzen in Jalta und Potsdam gegeben, und es waren Konferenzen zwischen Mächten, die sich einig waren in der Absicht, Deutschland zu teilen. Es hat doch wenig Sinn, sich darüber hinwegtäuschen zu wollen, welchen Schrecken Deutschland zwischen 1933 und 1945 in der Welt verbreitet hat, und wenn man sich schon über die Jugend beklagt, dann sollte man ihr doch nicht vorenthalten, was zwischen 33 und 45 menschen- und deutschenmöglich war.

Wenn ich das Ergebnis dieser Lektüre dürftig nenne, so spreche ich damit auch Enttäuschung aus. Ich hätte so gern einmal ein großes, kerniges, konservatives Bekenntnis gelesen, hätte so gern gewußt, was die, die sich konservativ nennen, eigentlich konservieren wollen. Welchen deutschen Staat wollen sie? Das Reich der beiden Wilhelme doch wohl nicht. Die Weimarer Republik? Das Nazireich wollen sie ganz bestimmt nicht. Was also wollen sie? Vielleicht den Adenauer-CDU-Staat zwischen 49 und 69? Das wäre ein respektabler Traum, aber es gibt in diesem Lande freie Wahlen und freie Koalitionen, und Nostalgie ist nicht nur eine Mode, sie ist auch eine Krankheit, und Adenauer ist tot. Politisch war er schon tot, bevor er starb. Seitdem hat die CDU es ihren Kanzlern und Kanzlerkandidaten nicht leichtgemacht. Man spürte zu deutlich bei all ihren Kandidaten, wie wenig sie sie im Grunde genommen angenommen hatte. Das traf auf Barzel zu, auf Kohl, und trifft auf Strauß zu. Nun ist es keineswegs so, daß Springers gesammelte Reden und Aufsätze, was durchaus sein Recht wäre, eine Art Wahlwerbung für die CDU sind. Und Herr Strauß wird nicht ein einziges Mal von Springer erwähnt. Nein, ich möchte sagen: nicht einmal das.

Zugegeben: Manche Springersche Formulierung zu beurteilen, ist einfach Geschmackssache, und über Geschmack zu streiten, ist bekanntlich sinnlos. Ich kann nur sagen: Mein Geschmack ist es nicht, wenn einer sich öffentlich mit Frömmigkeit salbt. Es ist auch nicht mein Geschmack, wenn jemand, der ein offensichtlich blühendes Großunternehmen leitet, es sich nicht verkneifen kann, die wirtschaftlichen Opfer zu erwähnen, die er um seiner Sache willen bringt. Es mag ja sein, daß nicht jeder Zweig dieses weitverzweigten Unternehmens blüht, gedeiht und Früchte bringt. Aber das Unternehmen als ganzes scheint doch rentabel zu sein, oder nicht? Oder sollte man doch jemanden (vielleicht Gerhard Löwenthal?) veranlassen, eine Kollekte »Springer in Not« zu veranstalten? Zugegeben: lauter Geschmacksfragen, doch nicht nur solche.

Wenn da die deutsche Wiedervereinigung verglichen wird mit der zweitausendjährigen Diaspora der Juden und dem nach zweitausend Jahren endlich gegründeten Staat, dann weiß ich nicht, ob das Juden und Deutschen so ganz recht und die anvisierte Strecke von zweitausend Jahren für die Deutschen so unbedingt tröstlich ist; und wenn die Wiedervereinigung – in zweitausend Jahren? – gleichzeitig als Verlockung für den Automarkt bezeichnet wird, so ist das im Rahmen der Freien Marktwirtschaft durchaus legitim; ob's geschmackvoll ist, weiß ich nicht so recht.

Besondere Sorge macht Axel Springer das Pressesterben, die fortschreitende Konzentration – von der er doch ausgiebig profitiert. Nun will ich gern glauben, daß er, um der Pressefreiheit und -vielfalt willen, auf diesen Profit verzichten würde. Die Frage wäre nur, was er tut, um sie zu erhalten, wenn er die Tagespresse in Hamburg und Berlin fast monopolisiert? Und es ist doch wohl kaum noch eine Frage des Geschmacks, schon mehr eine ziemliche Zumutung, wenn er auf Seite 51 schreibt, auf dem außerordentlichen Parteitag der SPD sei »Beunruhigung darüber zu hören« gewesen, »daß es überhaupt noch Publikationen in Deutschland gibt, die nicht in das Horn der sozialliberalen Koalition stoßen«. Wo doch kein Zeitungssterben so offensichtlich ist wie das der SPD-nahen Zeitungen.

Die »Sorge um Deutschland« auf sich zu nehmen, ist eine ehrenwerte Last, die schon unterschiedliche Menschen auf sich genommen haben: Heinrich Heine etwa, Otto von Bismarck, Herbert Wehner und eben auch Axel Springer. Ob die Art, wie Axel Springer sich »Sorge um Deutschland« macht, wirklich Deutschland dient? Der Fußball scheint da doch etwas zu stark in seinen Gedanken zu spuken: »Es müßte einen Weg geben, das Gefühl der Zusammengehörigkeit, so denke ich, das in einem Fußballstadion aufkommt, in geläuterter Form auf den Alltag zu übertragen, es höher anzusetzen. In gesunden Demokratien ist es so.« Nun, sogar in relativ gesunden Demokratien wie Großbritannien sieht man ja wohl, wie sich solche Fußballstadiengefühle »läutern«.
Da wird mir dann doch ein wenig bange ums ratlose Herz. Bange wird mir auch angesichts der Probleme, die *nicht* erwähnt werden: Atomenergie, Umwelt, Rüstung, und wenn von Gefangenen in der DDR gesprochen wird zu einer Zeit, als auch Rudolf Bahro dort einsaß, dieser aber nicht erwähnt wird, so erlaube ich mir den Verdacht, daß Axel Springer insgeheim glauben könnte, Sozialisten gehörten eben doch, auch in einem »sozialistischen« Staat, ins Gefängnis.
Über alles das könnte man lächeln, sich ärgern, könnte dagegen polemisieren, wäre da nicht diese allenthalben – ich kann es nicht anders nennen – triefende Frömmigkeit, dieses ständige Sich-auf-Gott-Berufen, In-Ihm-gesichert- und behütet-Sein, und – wäre Axel Springer, was er nicht ist: irgendwer, der da seine Gedanken und Gefühle äußert. Hier schreibt und spricht einer, der kein großer Verleger, aber ein Großverleger ist; der, wenn er auch nicht jedes Detail in seinen Publikationen bestimmt, doch gewiß den Ton angibt, ein Großunternehmer, der ein wenig zu oft von seinen materiellen Opfern spricht, dem auch die Selbstironie mißlingt, wenn er dann auf Seite 249 (nach Klagen über Funk- und Fernsehkonkurrenz) gesteht: »Zudem verdiene ich auch noch etwas Geld mit zwei Hörfunk- und Fernsehzeitschriften.« (Gemeint ist u. a. *Hörzu*, die auflagenstärkste Zeitschrift Europas, ca. 4 Millionen Auflage.) Das klingt so nach einem Jungen, der sich mit Brötchenaustragen morgens ein kleines Zugeld verdient. Hoffen wir, daß er auch mit *Bild* und *Bild am Sonntag* noch »etwas Geld« verdient.
Es fehlt auch nicht, was ich die »Tellerwäscherkomponente« nennen möchte (Seite 308): »Darüber (über die Gründung einer modernen Tageszeitung) nachzudenken, hatte ich ja Zeit genug wäh-

rend meiner ruhmreichen Beschäftigung als Vorführer und Platzanweiser im Waterloo-Kino in der Dammtorstraße ...«
Nun, ganz so elend war's ja wohl nicht, der respektable Verlag Hammerich und Lesser, der Axel Springers Vater gehörte, hatte immerhin 100 Mitarbeiter. Doch der »wild gestikulierende« junge Mann, der da im Jahre 1943 vor seine Eltern trat und behauptete, er werde nach dem Krieg das »größte Verlagshaus Europas bauen« (Seite 308), hat seine Drohung wahr gemacht.
Es ist gewiß kein Zweifel möglich an Axel Springers unverbrüchlicher Freundschaft und Treue zu Israel. Ob Israel auf die Dauer mit absolut kritiklos-unkritischen Freunden gedient ist, mögen die Israelis beurteilen.
Hin und wieder, während und am Schluß der Lektüre, überkam mich etwas wie Mitleid, fast Rührung; nicht gerade Tränen, doch Spuren von Feuchtigkeit. Es gab dagegen ein Mittel: *Bild* vom Tage. Diese allerchristlichste aller christlichen Springer-Publikationen machte meine Augen wieder trocken. (23. 7. 80 Schlagzeile: *Exorzismus: Nonne erschlägt ihre Mutter mit Kreuz*. 24. 7. 80: *Zwei junge Frauen helfen Driest. Eine sagt: Ich hörte Lundis Lustschreie*. 25. 7. 80: *Driest gesteht fast alles: Ich habe ihr die Hose zerrissen.)*
Jede Ausgabe der *Bild*-Zeitung, auch die harmloseste, spricht diesem Buch hohn, und ich frage mich, was in irgendeinem jungen Menschen angerichtet werden könnte, der in diesem Buch ernsthaft nach Hinweisen, nach einer »Richtung« sucht, diese triefende Frömmigkeit entdeckt – und sich dann *Bild* kauft. Der könnte dann auch lesen, daß Axel Springer sich auf »Treuhänderschaft« beruft (Seite 316), wenn er sein Imperium betrachtet. Wer hält da für wen seinen eigenen Besitz in der »treuen« Hand? Unerträgliche Zumutungen. Noch ist die Wirkung der Springer-Publikationen auf die Jugend, die man dann die »rebellische« nannte, nicht umfassend analysiert und beschrieben, noch nicht die mögliche Anheizung der Eskalation. Ich möchte auch nicht verschweigen, was Axel Springer anläßlich des 30jährigen Jubiläums des *Hamburger Abendblatts* am 28. Oktober 1978 gesagt hat: »Ich benutze die Gelegenheit dieses Jubiläums, um alle diejenigen um Entschuldigung zu bitten, denen in irgendeinem Blatt meines Hauses einmal Unrecht getan wurde. Mit manchem, was wir publizieren, bin ich nicht einverstanden. Wie könnte es bei der Fülle des Angebots anders sein?« (Seite 317) Ob er seitdem *Bild* nicht mehr gelesen hat? Ob »Treuhänderschaft« sich so einfach tut?

Es war kein Auf-, es war ein Abstieg von der ersten Springer-Publikation, den unersetzlichen *Nordwestdeutschen Heften,* zu *Bild,* und wenn Springer selbst die Bezeichnung »Billy Graham der deutschen Wiedervereinigung« (Max Brauer; Seite 313) als Schmeichelei empfindet, so bin ich bereit, diese zu übernehmen.
Mir genügt es nicht, wenn einer nur *gegen* die Ostverträge und *für* Israel ist, *eigentlich* weder reaktionär noch konservativ, nur verschwommen, fast nebulös.
Schließlich entdeckte ich im Personenregister eine winzige Ungenauigkeit, von der ich nicht zu behaupten wage, daß sie kennzeichnend ist. Wenn ich da lese: »Walden, Matthias (Pseudonym von Otto Freiherr von Sass), Journalist, Chefkommentator des Senders Freies Berlin, Kolumnist von *Welt* und *Welt am Sonntag«*, dann frage ich mich, ob da nicht eine Winzigkeit verschwiegen wird, die Winzigkeit nämlich, daß Matthias Walden (Otto Freiherr von Sass), wenn nicht regelmäßig, so doch *gelegentlich,* wenn auch nicht unter Pseudonym, sondern anonym auch eine Kolumne für *Bild* schreibt. Ist es etwa eine Schande, in der »auflagenstärksten Straßenverkaufszeitung Europas« Kolumnen zu schreiben?
PS Inzwischen schreibt Walden unter seinem Namen *Bild*-Kolumnen. Seinerzeit schrieb er sie anonym.

Hochhuth in der Geschichte

Wenn, was wir gemeinsam hoffen wollen, die Bundesrepublik Deutschland im Jahre 1999 ihren fünfzigsten Geburtstag feiert (und mögen wir – ebenfalls gemeinsam – hoffen, wenn auch nur im zweiten Futur, daß sie bis dahin einigen Veränderungen unterworfen gewesen sein wird), dann werden wohl auch die einzelnen Bundesländer ihre fünfzigjährige Geschichte vorlegen; Baden-Württemberg, wenn ich recht unterrichtet bin, wird erst im Jahre 2001 fünfzig. Dann werden die Chronisten dieser Geschichten wohl auch (notgedrungen?) die Regenten und ihre Regentschaftszeiten aufführen, ihre Verdienste, auch manchen Sturz erwähnen müssen; den parlamentarisch eingeleiteten und durchgeführten Sturz von Dr. Franz Meyers in Nordrhein-Westfalen etwa und den von Dr. Hans Karl Filbinger im Jahre 1979 nach fast dreizehnjähriger Regentschaft in Baden-Württemberg. Oder ist Dr. Filbinger nicht gestürzt, sondern nur »fallengelassen« worden? Haben sich da welche erst vor, dann hinter, später neben ihn gestellt? Wie immer der Chronist der Geschichte dieses Bundeslandes sich artikulieren oder sich auch nur »herauswinden« wird, er wird wohl den Namen Hochhuth erwähnen müssen, oder werden wir's erleben (nicht ich, ich werde dieses Jahr 2001 wohl kaum erleben und die Notierungen nicht prüfen können), daß jemand schreiben wird, dieser gute, erfolgreiche, gütige und auch umsichtige Landesherr sei einem »tückischen Schreiberling«, einem »elenden Literaten« zum Opfer gefallen, einem Verleumder und Nestbeschmutzer? Die schleichende Verschleimung der öffentlichen Meinung (was ist das für eine öffentliche Meinung, die Herr Dr. Albrecht unwidersprochen »liberal« nennt?), gesteigert durch die billigeren Erscheinungsformen des Snobismus (der den Deutschen nie so recht gelingt, weil sie seine feinen Grenzen mißachten), verstärkt durch manipulierten Zynismus (der den Deutschen immer besser gelingt) – alle diese Komponenten gemeinsam könnten es durchaus ermöglichen, daß Dr. Filbinger letzten Endes doch nur als Opfer- und Unschuldslamm in die Geschichte seines Landes eingeht, Opfer eines Loki, ein Mensch, der doch immer überall nur seine Pflicht getan und sich an die Gesetze gehalten hat, und nichts tun die Deutschen ja lieber, als sich an die Gesetze halten und ihre Pflicht tun, »wie das Gesetz es befahl«. Jahrgangs- und konditionsmäßig besteht durchaus die

Möglichkeit, daß in diesem so stabilen Bundesland Lothar Späth noch Ministerpräsident sein wird, wenn die goldene (Zwangs-) Hochzeit zwischen Baden und Württemberg gefeiert wird. Es sind ja nur noch 22 Jahre bis zum Jahr 2001! Wohl immer noch wird dann die Ansicht vorherrschen, die ich neulich von der versammelten Herausgeberschaft einer hoch angesehenen Zeitung hörte: daß *nicht* Filbinger sich selbst gestürzt hat, sondern Hochhuth ihn, wobei Tücke nicht ausgesprochen, aber unterstellt wurde. Filbinger, der die fünf, sechs Zeilen, in denen er als »furchtbarer Jurist« bezeichnet wurde, nicht auf sich sitzen lassen wollte, der unbedingt seinen Prozeß wollte, ihn bekam, Recherchen geradezu erzwang, eine peinliche Erklärung nach der anderen, bis dann schließlich tatsächlich einmal ein deutsches Wunder geschah: er mußte gehen. *Sogar* in Deutschland war er nicht mehr tragbar, in diesem Deutschland, das so viele ähnlichen Kalibers getragen hatte. Welch ein Wunder! Und es blieb doch – man lese die Leserbriefe zur Affäre Filbinger, sie wären eine Sonderpublikation wert –, es blieb der Makel an Hochhuth hängen, nicht an Filbinger; ein deutsches Doppelwunder. Nein, so etwas bringen nur wir fertig, und nicht einmal auf Scham, nicht einmal auf Takt kann man sich verlassen: so ungebrochen, wie er auf Bergesgipfeln seine Vergeßlichkeit kultivierte, sieht man ihn heute zwischen Bischöfen und Kaisersprößlingen.
Vorstellen muß sich einer auch, was geschehen wäre, wenn Dr. Filbinger den Prozeß gegen Hochhuth und die *Zeit nicht* angestrengt hätte, und es wären die Recherchen in den Archiven nicht in Gang gekommen: er wäre wohl noch für zwei bis drei Legislaturperioden gut gewesen, wenn auch möglicherweise nicht gerade bis zur goldenen badisch-württembergischen Hochzeit im Jahre 2001. Immerhin wäre er dann erst achtundachtzig, und schon mancher kluge, weise, umsichtige, gesetzestreue Landesvater hat's weitergebracht! Hochhuth, im Jahre 2001 siebzig – er wird die Geschichte des fünfzigjährigen Landes Baden-Württemberg wohl lesen und wahrscheinlich leider feststellen müssen, daß er der Bösewicht war; hat er doch einen fürchterlichen Juristen einen »furchtbaren Juristen« genannt, jemanden, der nicht nur handelte, »wie das Gesetz es befahl«, der, wie Juristen festgestellt haben, weit über das Gesetz hinausging. Vielleicht wird der Chronist im Jahre 2001 sogar sich erlauben können, festzustellen, daß die Eigenschaften, die Dr. Filbinger zu einem so furchtbaren Juristen machten, identisch waren mit denen, die ihn zu einem so

guten, erfolgreichen Landesvater machten. Wer wird sich vor, neben, hinter Rolf Hochhuth stellen, der in seiner Unschuld (oder sollte ich sagen: notwendigen Naivität?) derart die Geschichte herausfordert? Es mag schon sein, daß er manchmal allzu spitz, gereizt und auch ungerecht auf die Medien reagiert; mag schon sein, aber hätten die Medien – diese allmächtigen, diese gerechten, überempfindlichen, immer im Recht bleibenden – nicht Grund genug, ihm einiges durchgehen zu lassen? Sind sie nicht sowohl ungnädig wie gnadenlos in ihrer Unpersönlichkeit? Hat ihnen da nicht ein Autor ein Stück geliefert, das in sich selbst, von selbst ablief: die Auflösung einer Persönlichkeit, von dieser selbst betrieben, eine Demonstration nicht nur von Selbstgerechtigkeit, eine haarsträubende (ja, mir sträubten sich die Haare!) Hartnäckigkeit, Unberührtheit, Unverletzlichkeit, Unmenschlichkeit, die sämtliche Theaterscheusale der überlieferten Literatur geradezu *menschlich* erscheinen läßt? Ein Stück, für das sie nicht einmal Tantiemen zu zahlen brauchten, in dem der Hauptdarsteller – ihn mit Tartuffe zu vergleichen, wäre ungerecht gegen Tartuffe, der ja nur ein menschlicher Heuchler war – seine Dialoge und Monologe selbst lieferte, und außerdem ein Stück, das ja nicht nur ihn entlarvte, sondern alle, die sich ja vor, hinter, neben ihn stellten und ihn erst fallenließen, als er *sogar* für Deutsche unerträglich wurde – und hat dieser Autor – durch fünf, sechs Zeilen, die das Stück auf die Zeitbühne brachten (täglich, täglich kostenloses Futter für die Medien!), nicht auch das Publikum entlarvt? Siehe Leserbriefe. Siehe: die Windungen und Wendungen all derer, die da vor, hinter, neben ihm standen. Oh, dieses schwäbisch-christdemokratische Mysterienspiel – war das ein Stück! Noch nicht ausgewertet, noch lange nicht ausgelotet – diese *deutsche Gegenwart* – und wäre doch eine Chance, wäre eine Gelegenheit gewesen, endlich, endlich erträgliche Gegenwart zu schaffen, nein, nicht gegen Dr. Filbinger, der sich ja selbst gerichtet hat, *nur:* festzustellen, daß er sich selbst gerichtet hat, wie er andere gerichtet hat. Mehr nicht. Nur: außerdem festzustellen: daß es eben die Eigenschaften des Marinerichters Dr. Filbinger waren, die ihn zu einem so guten, so erfolgreichen demokratischen Landesvater gemacht haben, der Chile-Flüchtlingen den Aufenthalt in seinem Land verweigerte. Oh, Gott, da wäre doch endlich mal Zeit gewesen, Filbinger Filbinger sein zu lassen – und wenigstens das Gruseln zu lernen, stärker, heftiger als bei Richard III.

Ja, auch ich bedaure, daß Hochhuth diesem Zeit-Stück, das da wochenlang Szene für Szene sozusagen von selbst lief, sich selbst ablieferte, die Teil-Fiktion der *Juristen* hinterherschickt; dieses Stück schwächt das Stück, das schon gelaufen ist und nur hätte dokumentiert werden müssen, in seinem gesamten Ablauf, in chronologischer Folge vom Vorabdruck in der *Zeit*, über die Klageschrift bis zum Ende der Affäre: Schriftsätze, Verhandlungsprotokolle, Statements, Interviews, Kommentare, Leserbriefe: Deutschland, nicht im Herbst 1977, sondern im Frühjahr und Sommer 1979! Deutschland, nicht bedroht von Terroristen, nur von innen verkrustet, verhärtet – »wie das Gesetz es befahl«. Die *Juristen* wirken, so wie sie vorliegen, nur als eine schwächere Nachlieferung zu *Eine Liebe in Deutschland*, in dem ein klassisch »einfacher Konflikt« – eine Liebesgeschichte unter fast kreontischen Bedingungen – dokumentarisch unterlegt wird, in dem die *Juristen* eigentlich schon enthalten sind, und eben jener »furchtbare Jurist«, der sich als fürchterlich entpuppt: Unfaßbar, auf Bergeshöhen, himmelsnah, dem nicht etwa »nichts Menschliches« fremd ist, sondern nichts Menschliches mehr anhaftet; unberührt, ungerührt – so wie Staeck ihn »montiert« hat. Nach *Eine Liebe in Deutschland*, nach dem öffentlichen Ablauf des Zeit-Stücks, das seine eigene Dramaturgie aus sich heraus ergab, wäre die Dokumentation dieses Stücks notwendig gewesen, sozusagen als Protokoll, dramatisch genug. Die *Juristen* schwächen den Eindruck eher, ihre Komik ist peinlich, ihr dramaturgischer Motor – das Berufsverbot für den Arzt Klaus – zu schwach. Wahrscheinlich läßt sich Filbinger nicht mehr fiktiv darstellen, nicht mehr verbildlichen, er hat sich selbst zum Begriff gemacht. Schon sein Auftritt bei der Feier des 20. Juli seinerzeit in Berlin hätte ein Anlaß sein können; das wurde vertuscht, kam nie so recht raus, eine der peinlichsten Szenen der bundesdeutschen Nachkriegsgeschichte, verdrängt mal wieder – und wäre als Vorspann für die Dokumentation geeignet. Sozusagen als Einstimmung in den »furchtbaren Juristen«, besser jedenfalls als die *Juristen*.

Im *Stellvertreter*, in den *Soldaten* hat Hochhuth die Geschichte, hat er die Historiker herausgefordert, mutig sich den Fluten der Archive gestellt, Kontroversen bis ins letzte irische Dorf verursacht; er hat – es gibt kein anderes Wort dafür – viel erreicht und könnte (ich vermeide das »sollte«, denn es liegt mir nicht, Kollegen ungefragt Ratschläge zu erteilen) gelassener sein, und doch wäre wohl ein »gelassener« Hochhuth kein Hochhuth mehr.

Einem Autor wie ihm, der sich dauernd »anlegt«, in heikle Situationen bringt, wenn etwa, wie im Falle Filbinger, ein »steinernes Herz« nach dem anderen sichtbar wird; wenn nicht mehr die *Sache*, nur noch deren innenpolitische Konsequenzen bedacht werden, wenn die *Zumutungen* sich häufen, einem Autor wie Hochhuth könnten die Medien, die allmächtigen, mehr Gereiztheit, ja mehr Ungerechtigkeiten verzeihen, als er ihnen verzeihen muß. Großmut ist angebracht, nicht gegenüber möglichen literarischen »Sünden« oder »Fehltritten« von Hochhuth, aber gegenüber seinen gelegentlichen Gereiztheiten und seinen gelegentlichen möglicherweise »übertriebenen« Reaktionen gegenüber den Medien. Ein Autor – ich spreche durchaus und offen auch pro domo – hat keinen »Apparat«, er hat nicht, wie Filbinger, eine ganze Staatskanzlei zu seinen Diensten, er hat nicht – wie das ehrenwerte Haus Springer – ganze Kompanien hochbezahlter Anwälte hinter sich; er hat keinen Parteiapparat, keine Clique, die los- und aufheult, sich vor, hinter, neben ihn stellt. Oft genug spielen die »minderwertigen Blättchen« – wie etwa die unsagbare *Bild*-Zeitung – für die »feineren« Zeitungen, die ihre Häme vornehmer ablassen, die Rolle der nützlichen Idioten, indem sie voll draufhauen. In diesem merkwürdigen Medienverbund (Verbund hier wörtlich zu verstehen, denn *irgendwie*, leider nicht nachzuweisen *wie*, sind sie doch alle miteinander *verbunden)* geht ein Autor rasch verloren, seine nächstbeste Blöße wird zum Anlaß genommen, seine Verdienste – und welch ein Verdienst Rolf Hochhuths, uns das Filbingersche an der Zeit, in der wir leben, vorgeführt zu haben! – auszulöschen.

Wenn man sich vorstellt, wieviel Regimenter etwa Franz Josef Strauß zur Verfügung stehen, welche Prälaten- und Ministrantenschar auf Abruf für ihn bereitsteht (vulgäre Frage: wer bezahlt die eigentlich alle?), wieviel Hilfstruppen Filbinger zur Verfügung standen (bezahlt wahrscheinlich vom Land Baden-Württemberg), welche Elitetruppen dem Haus Springer zur Hand sind – jeweils gegen *einen* Autor, *einen* Verleger, *einen* Anwalt –, wer sollte da nicht gelegentlich die Nerven verlieren? Filbinger hat die Nerven nie verloren, bis heute nicht: klerikal-feudal umkränzt grinst er weiter ins christliche Abendland hinein.

Ja, ich plädiere für ein wenig Nachsicht mit Autoren. Die kommenden Zeiten – oh, Wahlkampf, Wahlkampf! – werden zeigen, wie notwendig sie sein wird: der Aufmarsch gegen die öffentlichrechtlichen Medien ist abgeschlossen, die Schlachtordnung entworfen, was bedeutet: es darf geschlachtet werden. Hochhuth, Wallraff, Staeck – keiner von ihnen hat auch nur andeutungsweise so viel zuverlässiges Hinterland wie etwa Herr Heinrichsohn, dieses bedauernswerte Opfer schlimmer Kampagnen, der ja ebenfalls nur getan hat, was das Gesetz befahl; ein guter, ein erfolgreicher, ein beliebter Bürgermeister, dem man doch nicht »zutraut«, was ihm da vorgeworfen wird; freundlich und nett, korrekt und zuverlässig. Das hätte ein Hochhuth-Stück sein können, ein Hochhuth-Stück zu *werden* braucht *es* nicht: das spielt von selbst, spielt sich von selbst ab: unglaublich, aber wahr – und wollen immer noch nicht wahrhaben, die deutschen Bürger, daß es möglich, daß es *menschenmöglich* ist und einer nicht etwa zwei Seelen in der Brust haben muß, sondern daß *eine* genügt: daß die Seele des fürchterlichen Marinerichters *und* des erfolgreichen demokratischen Landesvaters ein und dieselbe Seele ist, so wie die Seele des korrekten, netten, freundlichen, zuverlässigen Bürgermeisters Heinrichsohn die Seele des Pariser Gestapobeamten ist. Seit Hochhuths *Eine Liebe in Deutschland* könnten wir es wissen.

Vorwort in eigener und anderer Sache

Es waren gewisse Töne und Untertöne in einigen Kommentaren zum Ausgang meines Prozesses gegen Herrn Walden, die mich veranlaßt haben, einer erweiterten Neuauflage dieser Dokumentation zuzustimmen. Als diese Dokumentation vor zehn Jahren erschien, war ich für mehrere Wochen in der Sowjetunion unterwegs, in verschiedenen »Missionen«, zu denen ich weder verpflichtet noch beauftragt war. Da meine »Mission« weder offiziell, nicht einmal offiziös war, sondern lediglich freundschaftlichen Impulsen entsprang, sehe ich immer noch nicht – und noch lange nicht – eine Veranlassung, ihre Art zu erklären. Eins nur kann ich sagen: eine Erholungsreise war es *nicht*, und was hier dokumentiert wird, diese »liebliche heimatliche Begleitmusik«, hat sie keineswegs erleichtert. Dieser »Mission« wegen, deren Ergebnisse sich Jahre später zeigten, war ich zum Schweigen verpflichtet, während andere sich – wie man in Köln sagt – den Mund »fusselig« quatschten und mir anläßlich dieser Reise in die Sowjetunion mehr Pflichten, Verantwortung und Erfolgszwang aufredeten, als ein ganzes diplomatisches Korps hätte auf sich nehmen können. Es wurden außerdem ausreichend Verdächtigungen ausgestreut, die nur meine russischen Freunde, die ebenfalls zum Schweigen verurteilt waren, hätten widerlegen können. Möglich, daß ich eines Tages die Zeit finde, aus ein paar Notizen und Erinnerungen diese Reise exakt zu rekonstruieren. Ein Detail möchte ich nennen: während in der Springerpresse ablief, was man getrost eine Kampagne nennen kann, war einer meiner Vertrauten in Moskau, fast ein Freund, der Korrespondent der *Welt*, der verstorbene Ulrich Fromm, der meine Position durchaus erkannte, dem aber, wie er mir erzählte, aus seinen Berichten herausgestrichen wurde, was mich auch nur annähernd als »positiv« hätte erscheinen lassen können. Noch einmal: möglich, daß ich das alles einmal eines Tages exakt rekonstruiere. Hinzu kam, daß meine Reise in die Zeit heftigster Auseinandersetzungen um die Ostpolitik der Regierung Brandt fiel und damit zum zusätzlichen Vehikel politischer Polemik wurde.

Was hier dokumentiert wird, ist die sechswöchige Begleitmusik, die liebliche heimatliche »Volksmusik«. Was hatte ich verbrochen?

Auf eine kurze Formel gebracht: mich dagegen gewehrt, daß man Menschen Mörder nannte, denen noch kein Mord nachgewiesen worden war, auch der Mord an dem Polizeibeamten in Kaiserslautern war noch nicht *nachgewiesen*. (Daß der *Spiegel*, ohne mich zu fragen, den Titel meines Artikels änderte, steht auf einem anderen Blatt.) Die Selbstverständlichkeit, daß man niemanden einen Mörder nennen darf, dem noch kein Mord nachgewiesen worden ist, hätte offenbar einer umfänglichen Erklärung bedurft, und es war mein Fehler, daß ich diese nicht lieferte. Man darf eben hierzulande bei den eifrigen, rasch – wohl allzurasch – konvertierten *Neu*-Demokraten nichts als selbstverständlich voraussetzen. Der Artikel war polemisch, er hatte seine Zeit, entsprach ihr und der Stimmung, die damals herrschte. Er war polemisch, aber nicht verleumderisch; er entsprach dem, was ich mir unter Meinungsfreiheit vorstelle; was er außerdem war: er war beleidigend, beleidigend für Herrn Springer, und ich hätte mich nicht gewundert, wäre auch nicht andeutungsweise etwa »gekränkt« gewesen, wenn Herr Springer mich wegen Beleidigung oder Beschimpfung verklagt hätte. Eben das hat er nicht getan; wenn man da von »Schlagabtausch« spricht, müßte man doch bitte auch feststellen, zwischen wem die Schläge ausgetauscht werden; Herr Springer hat nicht getan, was sein Recht gewesen wäre, und er hätte wahrscheinlich vor jedem Gericht auch Recht bekommen, und ich hätte mich ohne Gegenklage diesem Urteilsspruch gebeugt – er hat *nicht direkt* zurückgeschlagen, er hat das seinem – ich nenne es getrost so – »Kardinalskollegium« überlassen; daß diese Kardinäle gleichzeitig Ministranten sind, ist nicht einmal ein Widerspruch: bei hohen Messen, die ein Papst feiert, ministrieren ja auch Kardinäle, und sie fungieren auch gelegentlich als Schleppenträger, schwenken Weihrauchfässer ect., halten Kerzen. Wenn ich auf Springers Kardinalskollegium zu sprechen komme, bin ich gleich bei Herrn Walden, der nun in Gefahr gerät, nach dem Karlsruher Urteil als Märtyrer der Meinungsfreiheit in die Geschichte der Publizistik einzugehen. Ich sehe einen Zusammenhang zwischen dem *Spiegel*-Artikel vom Januar 1972 und dem Walden-Kommentar von November 1974, ich sehe diesen Zusammenhang als Springer-Zusammenhang; ich sehe meinen Rechtsstreit mit Herrn Walden als einen Rechtsstreit mit der Springer-Presse. Meine letzte Äußerung in Sachen Baader-Meinhof-Problematik fiel im Frühjahr 1972; zugegeben: ich habe resigniert, hatte nicht mehr die Kraft, in diese Begleitmusik hinein *Selbstverständlichkeiten* zu erklären, etwa die Unterschiede zwischen Beleidigung, Beschimpfung, Polemik und *Verleumdung* zu erläutern. Unterschiede, die weder den »Linken« noch den »Rechten«, schon gar nicht dieser berühmt-berüchtigten lauthals schreienden »Mitte«, die merkwürdigerweise immer als die »schweigende« Mehrheit bezeichnet wird, geläufig waren. Es herrschte fast eineinhalb Jahre Ruhe, eine trügerische Ruhe, bis dann im Frühjahr 1974 in Zusammenarbeit mit einer Polizeibehörde der Springer-Presse – die Schlagzeilen auf der Titelseite waren fast einen Meter hoch – der Lapsus unterlief, eine Haussuchung als bereits vollzogen zu melden, die noch *gar nicht stattgefunden* hatte! Wüste, wilde, verheerende Folgen – ich habe das alles öffentlich erklären und belegen können, und weder der Polizeipräsident von Köln noch die Springer-Presse konnten diesen Belegen widersprechen. Mitten in diese Affäre hinein kam der Besuch meines Freundes Alexander Solschenizyn! – und das paßte nun gar nicht, weder ins Bild noch in *Bild* – und dann auch noch – und das nach Solschenizyns Besuch – die *Katharina Blum,* die wiederum – womit wir fast gerechnet hatten – Grund zu einer gerichtlichen Klage gegeben hätte – und wiederum erfolgte sie nicht, wiederum keine *offene* Auseinandersetzung – statt dessen die Rache des Kardinals Walden anläßlich der Berichterstattung über die Beerdigung Herrn von Drenkmanns.

Noch einmal und noch einmal wiederhole ich: nicht im Traum hätte ich daran gedacht, Herrn Walden zu verklagen, wenn sein Kommentar in der *Welt* oder in *Bild,* in irgendeinem der einschlägigen Blätter gestanden hätte, die ihm ja reichlich zur Verfügung stehen. Was ich nicht einfach und klaglos über mich ergehen lassen wollte, war die Tatsache, daß hier in einem Medium öffentlich-rechtlicher Art von einem Springer-Journalisten Springer-Rache an mir vollzogen wurde; immer noch bin ich davon überzeugt, daß da geplant, gezielt in die *Bildlichkeit* der Berichterstattung hinein – und das war das Entscheidende – als einziger Name mein Name »gepflanzt« wurde, der ja nicht nur mein Name, auch der meiner Familie ist. Wollte ich wegen jedes Artikels in der Springer-Presse Prozesse anstrengen, etwa gegen den sagenhaften Peter Boenisch, so hätte ich einige Dutzend Male Anlaß dazu gehabt; dummerweise hab ich's einmal getan, so wie ich dummerweise *einmal* Herrn Gerhard Löwenthal verklagt habe. Also: Pleinpouvoir für alle Springer-Kaliber mit all ihren ballistischen Varianten, bitte! Den Journalisten und Publizisten, die sich durch das Karlsruher Urteil in ihrer Meinungsfreiheit eingeschränkt fühlen oder gar die Pressefreiheit bedroht sehen, möchte ich den

Unterschied zwischen Meinungs- und Verleumdungsfreiheit ans Herz legen, ein *feiner* Unterschied, der gar nicht oft genug vor Gerichten Gegenstand der Definition sein kann; dieser Unterschied verhindert Polemik nicht, sondern macht sie erst möglich; auch den Unterschied zwischen Beleidigung und Verleumdung gebe ich zu bedenken. Polemik kann ätzend, sie kann sehr verletzend sein und braucht doch nicht Verleumdung zu sein: sie kann boshaft und bösartig sein und immer noch weit entfernt von Verleumdung, und wenn man von »Schlagabtausch« spricht – ein Ausdruck aus dem Boxgewerbe –, dann möchte ich, wenn ich schon gelegentlich zuschlage, von dem zurückgeschlagen werden, den ich geschlagen habe, nicht von seinem Kardinalskollegium und der fast unabsehbaren Schar seiner Ministranten; und noch eins: wie steht es mit der »Waffengleichheit«? Es trifft nicht mehr zu, was ich einmal gesagt habe: daß ich *ein* Telefon und *eine* Schreibmaschine habe gegen das ballistisch vielfältige und umfangreiche Arsenal der gesamten Springer-Presse, die Helfer und Helfershelfer genug auch in nicht-springer-eigenen Medien hat. So wurden z. B. Briefe, die ich in meiner Eigenschaft als freier Autor ans ZDF schickte, fotokopiert an den Springer Inlanddienst »geliefert« – in einem anderen Fall, der vom »ZDF-Magazin« hochgeputscht werden sollte, sich aber früh genug als Windei erwies, wurde die Zusammenarbeit zwischen einem Mitarbeiter des ZDF-Magazins und einem unserer Geheimdienste auf verblüffende Weise deutlich, nein, ich habe inzwischen *zwei* Schreibmaschinen und *zwei* Telefone.

Zugegeben: Ich bin kein Unschuldslamm, schlage gelegentlich zu, selten persönlich. Nach dem Walden-Kommentar kam ja noch so einiges, es kam ja auch noch »Deutschland im Herbst 1977« – eine der widerwärtigsten Epochen der deutschen Nachkriegsgeschichte. Wenn mir Bundespräsident Scheel, damals, etwa im November 1977, einen Orden angeboten hätte, ich hätte ihn möglicherweise sogar angenommen, möglicherweise sogar »stellvertretend« für die vielen, denen damals die Bude auf den Kopf gestellt wurde, in Köln und Umgebung, während, wie sich dann etwas später herausstellte, ein Hinweis auf die Wohnung, in der Herr Schleyer *wirklich* versteckt war, vernachlässigt wurde. Es gäbe da noch viel auf eine fürchterliche Weise Witziges zu berichten: das ist alles dokumentiert, ich will es hier nicht aufzählen, so wenig, wie ich mich verpflichtet fühle, über meine verschiedenen »Missionen« in der Sowjetunion Rechenschaft abzulegen. Was hier neu vorgelegt wird, ist nur ein *Bruchteil* der Begleitmusik, ein ganzes Paket von Äußerungen der Meinungsfreiheit, von Beweisen der Pressefreiheit, von »Ausgewogenheit«. Für mein Verständnis führt eine gerade Linie von dem *Spiegel*-Artikel zu dem Waldenschen Kommentar, von dort – immer mit entsprechender Springer-Begleitung – durch die verschiedenen Instanzen zum Karlsruher Urteil vom 1. Dezember 1981. Weder Unschuldslamm noch Märtyrer bin ich, und ich verstehe sogar eine gewisse Verärgerung in einigen publizistischen Kommentaren zum Karlsruher Urteil, die auf der Tatsache beruht, daß man eben nicht zwischen Polemik/Beleidigung und *Verleumdung* unterscheidet und nicht die zahlreichen Übergänge zwischen diesen dreien beachtet. Ich habe in meinem *Spiegel*-Artikel Herrn Springer beleidigt, sogar beschimpft – verleumdet habe ich ihn darin nicht. Natürlich ist es lästig, das genaue Zitat herauszusuchen, wenn man seine Meinung mit Zitaten belegen will, und es ist schwierig, bedarf einiger Sorgfalt, wenn man aus Polemik die Verleumdung heraushalten muß. Herr Walden hat in Karlsruhe angeführt, er habe nur etwas mehr als eine Stunde Zeit gehabt, seinen Kommentar zu schreiben; gerade die Kürze der Zeit hätte ihn zur Sorgfalt verpflichtet, und gewiß war es kein Versehen, daß mein Name – unser Name – in die Bildlichkeit der Beerdigungsfeierlichkeiten hineinverpflanzt wurde.

Dank Günter Wallraff und spätestens seit der abscheulichen Affäre um den »Vampir von Sachsenhausen«, wo sich die kriminelle Brutalität einiger *Bild*-Journalisten offenbarte, ist das »Image« der Springer-Presse, das schon immer mindestens schummerig war, erheblich angeschlagen. Und doch ging kein Aufschrei, nicht einmal ein Auflachen über die Szene, als Herr Springer Peter Boenisch als zu liberal empfand und ihn aus seinen Verantwortungen entließ. Peter Boenisch zu liberal! Hat da keiner mal nachgeblättert und wenigstens den einen oder anderen Leitartikel oder Kommentar von Herrn Boenisch mal nachgelesen? War nicht er es, der *Bild* zu dem gemacht hat, was es heute noch ist? War nicht er der Oberheizer, Kommandant im Maschinenraum auf diesem Seelenverkäufer? Da wurde Boenisch zum Märtyrer der Liberalität herabgeschmunzelt; an die Brust gedrückt haben sie ihn noch nicht, das wird wohl noch kommen, und da gibt es keinen »Radikalenerlaß«, keinen Ausschuß, der die *Bild*-Spur zurückverfolgen würde, eine Spur, die sich oft genug in düsteren Gefilden verlor. Nun hat der Springer-Konzern einen zweiten Märtyrer, diesmal ist es ein

Märtyrer der Meinungs- und Pressefreiheit: Matthias Walden. Alle Journalisten und Publizisten sollten darüber nachdenken, ob Meinungsfreiheit nicht ein zu weicher wie breiter Begriff ist. In dem hier vorliegenden Buch sind sechs Wochen »Meinungsfreiheit« dokumentiert, nur in einem Fall – im Falle Gerhard Löwenthal – bin ich dummerweise vor Gericht gegangen, dummerweise, weil ich während meines Aufenthalts in der Sowjetunion nicht mitbekommen hatte, daß das ZDF-Magazin inzwischen eine schleimige Art Widerruf gebracht hatte. Zum Glück gibt es Zeitungsausschnittbüros, und alles, was nach dem 23. 2. 72 bis zum Walden-Kommentar am 21. 11. 74 und danach bis zum heutigen Tag aus sämtlichen Springer-Arsenalen gefeuert worden ist – es ist vorhanden. So ist das, was hier vorliegt, nur eine Kostprobe, notwendigerweise publiziert, weil sie zum Anfang einer Auseinandersetzung zurückführt, die noch lange nicht zu Ende ist.

Es ist noch nicht erforscht, wieviel die Bombardements der Springer-Presse, die man getrost mit einer ganzen Batterie von Stalinorgeln vergleichen kann, zur Eskalation der terroristischen Szene beigetragen haben könnten; wer da alles in Verteufelungsecken hineingedrängt wurde, aus denen er nicht mehr herauskonnte, selbst wenn er gewollt hätte; wieviel Verleumdungen, Verdächtigungen, Anspielungen denen zuteil wurden, die keineswegs verharmlosten, sondern nur Proportionen zurechtzurücken versuchten.

Oft genug hat die Springer-Presse nicht nur ihr eigenes Süppchen gekocht; die widerwärtige Brühe, die da in düsteren Küchen bereitet wurde und ans Volk verteilt wurde – trotz ihrer miserablen Qualität auch noch mit Gewinn! –, war den feinen Herren nützlich, die solche Speise verachten und auch deren Köche kaum für gesellschaftsfähig halten, die aber auf höherer Ebene mit verfeinerten Zutaten – statt Sherry ein Schuß mildes Gift in die Schildkrötensuppe! –, auf die Magenverstimmungen der »Masse« vertrauend, ihrem eigenen »gehobenen Publikum« das milde Gift, fein dosiert, sanft ins Süppchen geträufelt, verabreichen konnten, so daß ein merkwürdiges Einverständnis zwischen den gehobenen Kreisen, die geschmackvoll zu speisen geruhen, und den frühmorgens hungrig *Bild*-Verschlingenden entstand. So wurden gewisse Springer-Publikationen – man könnte fast Mitleid mit denen empfinden, die diese Dreckarbeit leisten mußten! – zu Werkzeugen einer äußerst »nützlichen Idiotie«, die es ja nicht nur in der kommunistischen, auch in der kapitalistischen Ideologie gibt.

Georg Meistermann, Maler und Zeitgenosse

Vorauszuschicken ist eine besondere Schwierigkeit: zurückzublicken, ohne ins Veteranengerede zu verfallen: den Nachgeborenen *nicht* vorzuhalten, wie schwer einer es gehabt hat und wie leicht sie es haben. Es ist auch vorauszuschicken, daß inzwischen jeder Jahrgang es schwer hat. Das Wort Generation deckt längst nicht mehr Distanzen, die einst üblicherweise damit verbunden wurden, und ist ebenfalls zu vermeiden. Es ist wohl schwer, fast unmöglich, den Nachgeborenen zu vermitteln, was es im Jahr 1945 bedeutete, ein Deutscher zu sein: besiegt und doch befreit, verachtet und doch im Hochgefühl der Befreiung; und was es gar bedeutet haben kann, im Jahre 1945 ein deutscher Künstler oder Autor zu sein. Ich will die Besonderheit des Künstlers oder Autors nicht pathetisieren, die Schwierigkeiten des nicht-künstlerischen Bürgers waren groß genug, und die alltägliche Mühsal des Überlebens traf alle gleichermaßen (Ausnahmen immer vorausgesetzt!). Angesichts der unbeschreibbaren Fülle von Welt, die da nach zwölfjähriger Isolation 1945 hereinströmte, *Ausdruck* zu finden, war nicht schwieriger als heute, es war nur eine Schwierigkeit, die der historischen Situation entsprach; die Widerstände waren größer, härter, aber die Freude über die Befreiung war noch jung.

Es ist schwer zu vermitteln, was die erste Ausstellung der Sammlung Haubrich nach zwölf Jahren barbarischer nazistischer Kulturpolitik für uns bedeutet hat und was spätere Ausstellungen – etwa der Gesamtüberblick über Picassos Werk – für eine Befreiung bewirkten; wir waren wieder »in der Welt«, nicht mehr in diesem mörderischen und selbstmörderischen Wahnsinn des »fünf nach Zwölf«. In dieser hereinströmenden Fülle Ausdruck zu finden, auch gegen sie, machte Widerstand erforderlich, eine fruchtbare Situation; Widerstand auch – was die bildenden Künste betraf – gegen das fest eingewurzelte Bild von der »entarteten Kunst«, das die Nazis ja schon vorgefunden hatten: sie brauchten ja nur diesen heute noch wirksamen Slogan zu finden, die Abneigung gegen das »Entartete« (und gegen die Nestbeschmutzer) war ja vorhanden; demagogisch begabte Politiker – Beispiele bis in die jüngsten Tage beweisen es – können immer noch darauf bauen. Die so beliebte Vorstellung des schlecht erzogenen Kunstbetrachters, seine fünfjährige Tochter könne das »besser als Picas-

so«, ist weiter verbreitet, als wir wahrhaben wollen, und nur die Tatsache, daß Picasso so teuer ist, mag ihnen imponieren. Zu diesen schlecht erzogenen Kunstbetrachtern gehören eben leider auch immer noch verantwortliche Politiker. Kein Wunder – wenn sie über Kunstauktionen lesen, lesen sie ja meistens nur über die *Preise*, die der oder jener erzielt oder nicht erzielt hat.
Ja, ich komme auf Georg Meistermann, oder bin ich nicht schon lange bei ihm? Unanfechtbar und unangefochten durch den Nazismus, war er 1945 in einem Alter – 34 Jahre alt –, in dem heute manche Karriere schon kulminiert und in Kunsthandelsroutine erstarrt! Meistermann war nicht nur ein befreiter Deutscher, er war ein befreiter *Maler* und entschlossen, von dieser Freiheit Gebrauch zu machen; sein Zorn, seine Wut über die Nazikulturpolitik, die bei mißliebigen Malern – und er war einer von ihnen! – bis zur Kontrolle der Pinsel ging; die ihnen *einen* Quadratmeter Leinwand pro Jahr zubilligte, während Opportunisten halbe Quadratkilometer voll pinselten. – Meistermanns Zorn und seine Wut sind auch sechsunddreißig Jahre nach Kriegsende noch zu spüren, und das ist gut so: der Nährboden, den die Nazis gar nicht zu schaffen brauchten, ist noch vorhanden; es gibt genug Augenzwinkern, das einen schon in Wut versetzen kann. Meistermann ist nicht nur »politisch interessiert«, auch politisch wach und aktiv, und doch ist er kein politischer Maler geworden, in seiner Malerei ist nirgends auch nur eine Andeutung von Agitation zu spüren.
Seine politische Erkenntnis: daß das Anerkennen und Einbeziehen der Malerei zur republikanischen Wirklichkeit gehört, zur politischen Kultur eines Landes – das vertritt er selbstbewußt und mit Erfolg; mögen da hinter ihm Häme und Neid flüstern, eins ist gewiß: Auftreten kann er! Er weiß: man muß die Verantwortlichen immer und immer wieder belästigen – und er tut's! Sein Œuvre als Maler gibt ihm Hintergrund genug, und er weiß: »umstritten« zu sein, ist eine schmeichelhafte Position. Manche Unumstrittenen, die da den Gipfel erklommen haben, auf ihm ausruhen, Kunstkennern und -liebhabern und – nicht zu vergessen – Kunsthändlern »sichere Werte« liefern, meiden die unruhigen Niederungen der Politik, umgehen die Schlachten und schlachten oft genug nur noch sich selbst aus, um ihr »Niveau« nicht zu verlieren. Meistermann hat zu viele, miteinander in Konflikt geratende Eigenschaften, als daß er Ruhe halten könnte: Maler, Zeitgenosse, Intellektueller, Gesellschaftspolitiker, Rheinländer und

dazu noch eine Eigenschaft, die, verbunden mit den bereits genannten, mehr Unruhe verschafft als Außenstehende ahnen: Katholik – was bedeutet: politisch und ästhetisch irgendwo – anders läßt es sich nicht ausdrücken – zwischen Carl Amery und Franz Josef Strauß, zwischen Kennedy und Camilo Torres, aktualisiert: zwischen Alexander Haig und Ernesto Cardenal – zwischen Kardinal Höffner und Küng – wo, wo, wo gehört einer da hin, einer, dem weder das Religiöse noch das Theologische und auch das Metaphysische nicht gleichgültig ist? Hat das Eigenschaftswort »katholisch« noch irgendeine Verbindlichkeit, oder ist es ein unverbindliches Anhängsel an einen Lebenslauf? Und Rheinländer – kein Kölner; kann hart sein, diese Sorte, und kalt und doch Geschmack haben, Gespür auch, neigt zum Unernst; ich muß mich weigern, die Spezies Kölner genauer und die Spezies Rheinländer auch nur andeutungsweise zu definieren: zwischen Josef Haubrich und Joseph von Görres oder – etwas weiter ausgeholt – zwischen Karl Marx und Friedrich Engels – und Scheel und Adenauer dazu, Heinrich Heine als Dreingabe. Unernst ist Meistermann nicht und doch Rheinländer, so unverkennbar wie undefinierbar, im Klang der Stimme, im Auftreten, im Gesicht, wenn um die Mundwinkel und die Augen – bei langgezogenem Gesicht – jener unbestimmbare und doch sichtbare Ausdruck entsteht, mit dem man hierzulande kirchliche und weltliche Macht an ihre Vergänglichkeit erinnert, die Personen, die sie repräsentieren, an ihre Sterblichkeit. Ein Schalk, der nie in Gefahr gerät, Hofnarr zu werden. Nur – Maler mögen manchmal nah ans Genie herankommen, aber dazu gehört ein Schuß Humorlosigkeit und Borniertheit: auch in der Tatsache, daß sich einer auf sein Werk beschränkt, kann eine Einengung liegen. Der vielfältige Meistermann wird gelegentlich zum vielfachen: immer und überall dabei, da steht manchmal der eine Meistermann dem anderen im Weg, der Maler dem Katholiken, der Katholik dem Intellektuellen, der Verbandspolitiker dem Maler, und die lobenswerte Unruhe mischt sich mit Andeutungen von Ruhelosigkeit: ein engagierter Mensch und kein engagierter Maler, anspruchsvoll und selbstbewußt im Auftritt und in der Gestik: es war schon mehr als eine Geste und doch auch eine solche, daß der junge Meistermann – immerhin halb so alt wie er heute ist – in die zerstörte Kölner Synagoge einzog.

Es möge doch keiner glauben, es gäbe uneitle Künstler oder Autoren, Verletzung von Eitelkeit kann wirken wie der Stich in den harmlosen Mohn, der das Opium hervorlockt. Kollege ist er, Freund, Weintrinker und -kenner (letzteres lernt man wohl in weinbergbegüterten Pfarrhäusern), Kirchenmaler und doch kein kirchlicher Maler. Man denke sich Meistermann weg aus der Nachkriegsarchitektur, diesem (architektonischen) Aufbruch (der leider kein Ausbruch wurde) – dieser Kirchenbauboom, der, wie alle Booms, seine Verführungen hatte; das war, was immer es außerdem gewesen sein mag, auch ein gewaltiger Markt, der sich nur selten über sich selbst erhob – verkürzt gesagt: der theologische Aufbruch, der sich auch in der Architektur und Malerei ausdrückte, wurde kein kirchlicher Aufbruch; da klitterte die pfäffische Schläue, klebte und kroch die verfluchte »Vorsicht« (Vorsicht wovor?): der Phönix erhob sich nicht, und gar mancher, der begeistert mit »aufgebrochen« war, wurde mit »Pfaffentum« angesteckt, bediente nur noch den kirchlichen Markt: die Erstarrung setzte ein, wird immer sichtbarer. Ich denke, man kann Meistermann, dem *Maler* Meistermann nicht außerhalb dieser innerkirchlich-deutschen Entwicklung gerecht werden, gegen die er sich sträubt.

Er gehört dazu, gehört hinein, und wenn einer sich mit Kardinälen (mindestens mit einem) duzt, hochmütig genug, das nicht allzu ernst zu nehmen, und doch auch von Aufträgen abhängig – (zum Glück kennt die Literatur solche verfluchten Formen der Abhängigkeit nicht, es wäre nicht auszudenken, was aus ihr geworden wäre!), und wenn er dazu noch die eigene Kirchlichkeit ernst nimmt, da er nun einmal, wie Meistermann, die Metaphysik in Herz und Nieren und um die Ohren hat – da bleiben Schmerzen nicht aus, Schmerzlichkeiten, die man mühsam davor bewahren muß, zum bloßen Ärger zu erstarren – und da tauchte sie ja dann auch auf: die Schnüffelkirche, das miese Flüsterpotential, die übelste Sorte von Schleichern und Schluckern, deren (unbewußtes) Ziel es ist, Schmerzen in bloßen Ärger zu verwandeln, Hochmut zu demütigen, ihn auf die Ebene ihrer schmierigen Niedertracht herabzuziehen. Ach Gott, es hieße, ein nützliches (und schmackhaftes) Tier zu beleidigen, wenn man sie Schnecken nennen würde; diese Sorte gibt es wohl in allen »gesellschaftlich relevanten Gruppen«, ob sie sich göttlich inspiriert geben oder nicht. Da hatte dieser Meistermann in der Kapelle der Kölner Trümmermadonna und in der Kirche in Buschbell Ikonographie noch einmal *ansehnlich* gemacht, kühn sich in großen, fast riesigen Formaten (Regina Martyrum und anderswo) in diesen Aufbruch nicht nur hineingemalt, hatte ihn mit-initiiert und gab sich privat kirchenrechtliche Blößen und fand, da ihm nun einmal die Metaphysik in den Ohren, um sie herum hing, fand nicht sofort die Frechheit, diesen Schnüfflerschleim von seinen Schuhen zu wischen, denn er war nun einmal *auch* Kirchenmaler, und Auftrag war für ihn mehr als der bloße Zuschlag: er wollte ja *ausdrücken*, ja, er hatte den anmaßenden Ehrgeiz, das Wunder zu vollbringen, das darin bestand, die *Malerei* mit Theologie, Religiosität und Frömmigkeit *überein* zu bringen. Er wollte *malen* – und wo sonst als in Kirchen hätte er sich ausdrücken können? Es war schon eine miese Bande, und es muß schwer gewesen sein, nicht selber mies zu werden, da aber kam der *Maler* Meistermann mit den Fastentüchern, es kam der »rote Friedhof«, der auch »Friedhof für Rot« heißen könnte: begrabene Hoffnung, auf Auferstehung hoffend. Meistermann blieb nie stehen, er ging weiter, suchte, scheiterte, unvermeidlicherweise: die Kunst geht nicht ohne Handwerk, sowenig wie mit ihm allein, und wer der beiden, des Handwerks und der Kunst, völlig und permanent sicher ist oder zu sein glaubt, wer nicht mehr scheitern kann, gerät leicht in jenes in seinem Anspruch durchaus ehrenwerte Gelände des virtuosen Kunsthandwerks, das in seinem Anspruch dann ehrenwerter ist und Ehrenwertes zustande bringt: ohne Handwerk geht die Kunst nicht und mit ihm allein ebenso sicher nicht. Da gibt es Schmerzen, Brüche, Um- und Abwege (E. W. Nay hat einmal gesagt: »Ich mißtraue dem Genie in mir«). Und es muß da einer (ich spreche natürlich auch pro domo) aus jenem Zustand der Trostlosigkeit heraus, den man euphemistisch *Krise* nennt, und es weiß doch jeder Künstler oder Autor, was man einmal gemacht *hat*, gibt keinen Trost – was man gerade *macht*, im Augenblick, kann möglicherweise trösten. Veteranentum, Orden auf der Brust, Narben – all das hebt die Trostlosigkeit nicht auf, diese langen Strecken der Öde, wo einem das ganze Handwerkszeug zum Hals heraushängt, eine Öde, von der Kunstliebhaber nichts ahnen und die sie (verflucht noch mal) auch nicht bezahlen können; da muß einer den ästhetischen Einstieg wiederfinden und darf doch nichts weniger sein als ein Ästhet! Nichts ehrt Picasso so sehr wie die Tatsache, daß er bis zuletzt dieses Dilemma erlebt und gelebt hat, Schwächen nicht nur gehabt, auch gezeigt hat – und doch sind seine Schwächen kein Trost für die eigenen Schwächen.

In diesem Sinne war Meistermann kein Gipfelbewohner; das finstere Los, ein Meister, ein Obermeister und immer nur der Meister zu sein, ist ihm erspart geblieben, vielleicht gegen seinen Willen; Spitzenpolitiker, Spitzenmätressen, Spitzenkünstler, jenes Minimum an Scharlatanerie, das ihnen allen gemeinsam ist (manche haben natürlich ein bißchen mehr als das Minimum!), macht sie zu Verwandten, und das Herabblicken vom Gipfel enthält wohl immer auch eine Beimischung von Neid, denn *Spitze verpflichtet* zu sehr, und manch einer möchte wohl gerne wieder da unten sein, auf dem Ateliertisch Kaffee bereiten und Fastentücher malen oder »Friedhöfe für Rot«, Friedhöfe für Grün. Ach, da auf dem Gipfel, wo möglicherweise schon der Flügelschlag der Engel zu spüren ist, wo Nektar gereicht wird, mag sich manch einer nach Brot und Erbsensuppe sehnen. Er ist ja (noch?) kein Engel, und wenn er auch nicht nur nach Höherem, sogar zum Allerhöchsten strebt, so bleibt er doch ein irdisches Wesen, aus jener Handvoll Staub gemacht, zu der wir alle (zunächst) wieder werden. Diese Spitzen-Kulte haben eine höchst irdische Beimischung, die sie hinter Weihrauch verbergen: es verbergen sich hinter ihnen Werte, Marktwerte, Wertsteigerung und Gewinn, der Marktwert wird dann zum alleinigen Wert, der Erfolg zum Wertmesser. Oh, Handvoll Staub, du entwickelst mörderische Fertigkeiten!

Fertig ist Meistermann nicht, und ich denke mir, Besseres kann man einem Siebzigjährigen nicht bescheinigen, und wenn er einmal gesagt hat: »Ich bin für fertige Bilder«, so muß ich ihm zustimmen. Es kann sich einer nicht auf die »Unfertigkeit« berufen, oder gar verlassen, aber für den Beschauer ist kein Bild fertig, der Betrachter kann mit einem Bild nicht »fertig werden«: was verbirgt sich hinter den Fastentüchern? Sind sie möglicherweise eine abstrakte Form für »Du sollst Dir kein Bildnis machen« – auch nicht von der heiligen Katharina? »Nicht das Sichtbare wiedergeben, sondern sichtbar machen.« (Werner Haftmann) Mit Katharina ist ja eine Unsichtbare sichtbar gemacht und hinter den Fastentüchern verborgen, was nicht sichtbar zu machen ist. Was macht das Brandt-Porträt sichtbar? Immer mehr. Immer mehr wird sichtbar, daß Anlaß zu diesem Porträt nicht nur, sondern auch der Ehrgeiz war, einen prominenten Zeitgenossen zu malen; dieses eindeutig »entartete« Porträt macht vielleicht nicht nur, im Sinne der Haftmannschen Definition, den Porträtierten »sichtbar«. Eine ganze Epoche, eine der wichtigsten in unserer Geschichte, wird geprüft in der Person, die sie trug, tragen mußte, ein beängstigendes Porträt. Der malende Zeitgenosse Meistermann ist da mit einem Ehrgeiz und einer Ausdauer am Werk gewesen, die etwas »sichtbar« macht, was wir vielleicht erst später begreifen werden. Dieses ganz und gar »entartete« Porträt wird uns mehr beschäftigen als mancher nicht entartete Prachtschinken von Porträt zeitgenössischer Politiker. Da malt nicht der eine »Star« den anderen, ein Zeitgenosse malt einen Zeitgenossen und die Zeit. Allüren haben sie beide, Starallüren waren es nie. Meistermanns Allüren sind die Gesten eines selbstbewußten Citoyen, der dem gesellschaftlichen Wert der Kunst Geltung zu schaffen gewußt hat, weder wehleidig noch unpolitisch, Maler zuerst, aber eben nicht nur, auch Intellektueller, homo politicus und – ich spreche es aus: religiös, sogar kirchlich, mir zu sehr, aber das ist mehr als eine »Generationsfrage«, da sind die sechs Jahre, die uns trennen, mehr als ein Jahrhundert.

Einführung zu Lew Kopelews Vortrag bei Inter Nationes

Meine Damen und Herren, liebe Freunde. Zum eigentlichen Thema des Abends habe ich sehr wenig beizutragen, weil ich das nie erforscht habe, auch nie habe erforschen können, nur ein wenig Erfahrung einbringen kann. Nach vielen Besuchen in der Sowjetunion, Gesprächen mit Autoren, Diskussionen in Zeitschriftenredaktionen, war ich jedesmal überrascht und auch beschämt, tief beschämt, über die Kenntnis der deutschen Literatur, die ich dort vorfand und die ich nicht teilen konnte. So gebildet, so informiert über die deutsche Literatur, wie diejenigen waren, die meine Gesprächspartner darstellten, bin ich nie gewesen. Ich möchte auch heute die Gelegenheit wahrnehmen und an einen verstorbenen Vermittler deutscher Literatur erinnern, an Lew Ginsburg, der deutsche Barocklyrik ins Russische übertragen hat. Eine ungeheuerliche Aufgabe. Was ich erfahren habe in zahlreichen Diskussionen, in verschiedenen Zeitschriftenredaktionen, auch privat, war ein erstaunliches Niveau, eine erstaunliche Sensibilität, die nur selten und immer dann, wenn es als Demonstration vorauszusehen war, politisch plakativ, primitiv wurde. Sehr selten, wie man es hier ja auch erleben kann. Ich hoffe, das hängt damit zusammen, daß die russischen und die sowjetischen Leser ihre eigene Literatur so gut kennen. Sie kennen sie wirklich und werden dadurch sensibel für ausländische Literatur und geraten nicht in Gefahr, sie politisch, plakativ, primitiv zu interpretieren. Sie sind fähig, fremde Literatur aufzunehmen, weil sie ihre eigene immer präsent haben, sind auch fähig umzudenken, und so hat ausländische Literatur in der Sowjetunion immer eine ganz andere Wirkung, als oberflächlich-politisch denkende Literaturfunktionäre sich erhoffen und oberflächlich-politisch denkende Funktionäre hier befürchten. Da wäre viel darüber zu reden, lange darüber zu diskutieren, ich kann das hier nur andeuten und eben nur meiner Erfahrung nach berichten. Ich bin mir nicht sicher, ob dieser Prozeß des Umdenkens, wie ich ihn nenne, ob die Kenntnis der gesamten eigenen Literatur die Voraussetzung dafür wäre, ob die bei uns vorliegt und ob wir über die Greuel der sowjetischen Geschichte, soweit sie uns aus der sowjetischen Literatur entgegentreten, ob wir darüber nicht allzu früh triumphieren oder sie gar dazu benutzen, die Greuel unserer Geschichte damit

abzudecken. Aber nur wenn wir sie nicht zudecken, können wir an der Trauer, der Reue, auch dem Zorn der sowjetischen Literatur teilnehmen. Ich nenne ein Beispiel: den ersten Band des *Archipel GULAG*, der hier bei uns im Lande wie kaum in einem anderen Land der Welt eine ungeheure Auflage und Publizität gehabt hat, und ich begrüße das. Ich habe selber dieses Buch empfohlen. Ich frage mich, welche Auflage es in der Sowjetunion gehabt hätte. Eine hypothetische Frage, da der Vergleich des sowjetischen Publikationswesens mit unserem, der Vergleich der Leselust und Lesersensibilität mit unserer hier nicht aufzustellen ist. Aber ich frage mich auch, ob eine Darstellung der Konzentrationslager, unserer Konzentrationslager, hierzulande auch nur annähernd die Chance hätte, eine Auflage wie der *Archipel GULAG* zu erleben, und ob dann nicht anstelle von Teilnahme auch Anteilnahme, wie sie uns als Zeitgenossen zukommt, ob wir dann nicht an dieser Trauer nur schmarotzen oder sie gar ausschlachten, da wir nicht fähig sind umzudenken. Ich frage mich, ich stelle das nicht fest, ich fürchte das nur; ich kann dies Problem nur andeuten, kann nicht ausführlich darüber meditieren.
Wenn wir demnächst mit Lew Kopelews Titel *Tröste meine Trauer* bekannt werden, schöner Titel, biblisch, wenn wir dann unsere Trauer entdecken und unseren Trost vermissen, seine Trauer ist die Trauer eines Sowjetbürgers, eines ehemaligen Kommunisten, eines Ukrainers und eines Juden, und vielleicht darf nur, wer wenigstens eine dieser Eigenschaften hat, seine Trauer übernehmen. Und doch gibt es auch bei ihm nicht nur Trauer und Reue, eines bereut er nicht, seine Tätigkeit als Propagandaoffizier im Zweiten Weltkrieg. Ich erlaube mir, aus einem Aufsatz von ihm zu zitieren, der demnächst veröffentlicht wird; in diesem Aufsatz erklärt er den organisatorischen und den ideologischen Aufbau der sowjetischen Kriegspropaganda, erklärt seinen eigenen Anteil daran und sagt gegen Ende des Aufsatzes: »Das, was ich damals gesagt und getan habe, brauche ich nicht zu bereuen. Es war für uns wirklich ein Verteidigungskrieg gegen böse Gewalt.« Und dann analysiert er die folgenden Desillusionierungen. Ich glaube, Kopelew vorzustellen, erübrigt sich, er stellt sich selber vor und auch dar: Sein Lebenslauf ergibt sich aus seinem Geburtsjahr, 1912; die weiteren Daten seines Lebens stülpt die Geschichte über ihn, in die er hineingeraten, hineingehängt worden ist. Im zweiten Band seiner Erinnerungen *Und schuf mir einen Götzen* schildert er das ausführlich und schildert auch, wie er, ein im

besten, im klassischen, humanistischen, abendländischen Sinn erzogener junger Mann, überzeugt Terrorakte gegen die ländliche Bevölkerung der Ukraine beging. Eine erschreckende konsequente Entwicklung, die wir wiederum nicht triumphierend ausschlachten sollten, die uns umdenkend daran erinnern sollte, zu welchem Terror wir in unserer Geschichte fähig waren, und wie wenig unsere klassische, abendländische humanistische Bildung uns davor bewahrt hatte. Wenn wir uns freuen, aufrichtig freuen, ihn, Lew Kopelew, heute bei uns zu haben, unter uns zu haben, ihn, der zu einer Zeit, als das am allerwenigsten opportun war, nämlich in Jahre 1945 die deutsche Kultur gegen dumme Propaganda und diese Kultur auch gegen sich selbst verteidigt hat, dann sollten wir nicht vergessen, daß er nicht nur den Archipel GULAG überlebt hat, auch daß er der deutschen Kriegsgefangenschaft entronnen ist, selbst wenn es ihm gelungen wäre, dem Kommissarbefehl zu entgehen, der ihn sofort zum Tode verurteilt hätte; auch der Status des »normalen« Kriegsgefangenen hätte ihm kaum eine Chance zum Überleben gelassen. Ich zitiere hier ein paar Zahlen aus der umfangreichen Arbeit des Historikers Christian Streit, der mit der notwendigen historiographischen Akribie auch die Mitschuld der deutschen Wehrmacht dokumentiert hat. Die Sterblichkeit russischer Kriegsgefangener in deutschen Lagern des Ersten Weltkriegs betrug 5,4 Prozent, im Zweiten Weltkrieg betrug sie fast 11 mal so viel, 57,8 Prozent. Da kann man schon fast von Vernichtungslagern sprechen. Und hinter dieser kargen Zahl verbirgt sich der Tod von mehr als 3 Millionen »normalen« sowjetischen Kriegsgefangenen. Die Sterblichkeit deutscher Kriegsgefangener betrug in sowjetischen Lagern etwa 37 Prozent. Vielleicht sollten uns diese Zahlen nachdenklich machen, nachdenklich, was eine mögliche gemeinsame Trauer unserer beiden Völker betreffen könnte, auch politisch nachdenkenswert. Wenn wir uns also freuen, Kopelew heute abend hier zu sehen, vergessen wir nicht, wem er entronnen ist. Ich danke Ihnen.

Eine heimatlose Katholikin

Über Vilma Sturm, »Barfuß auf Asphalt – Ein unordentlicher Lebenslauf«

Alle Familien, wenn man nur tief genug in sie hineingreift, sind gleich interessant, waren es jedenfalls, solange sie zahlreich waren, Auswahl genug boten: Da gab es in allen die Mucker und die Aufsässigen, die verschämten und unverschämten Jungfern, die Gescheiterten und die Tüchtigen, und in jeder Ofenecke saß wohl auch der oder die eine, die man heute »abgeschlafft« nennen würde. Wenn die Ein-Kinder-Ehe (Bevölkerungspolitiker mögen mich steinigen!) eine Dauereinrichtung bleibt, werden die Erinnerungen weit weniger farbig werden: Da wird man nur noch in sich auf sich selbst herumhacken.
Vilma Sturm kann noch – sozusagen als Exposition ihrer Vita – tief hineingreifen, eine reiche Typensammlung ausbreiten, andeutend, »woher sie kommt«; wo einer herkommt, der Stoff, aus dem einer gemacht ist, ist ja nicht belanglos. In jeder Familie wohl tauchte dann auch das uneheliche Kind einer Tochter auf, hinter dürftigen Fassaden versteckt, getarnt oder, in ach so rheinisch fröhlichem Understatement, zum bloßen »Malörchen« heruntergeschmunzelt, und oft genug verbarg sich hinter dem Herunterschmunzeln oder der dürftigen Fassade eine Tragödie klassischen Ausmaßes – in den meisten Fällen freilich von geringerer Tragweite, als es eine Mischehe gewesen wäre.
Vilma Sturms Kind Christiane wurde weder zur Tragödie noch neckisch-diminutiv ins Pseudokomische hinein abgedrängt – und da setzte eine Entwicklung ein oder kam zum Abschluß, über die noch zu sprechen sein wird. (Daß die katholische Kirche, nachdem sie jahrhundertelang den Fluch auf ihnen ruhen ließ, inzwischen geradezu Jagd auf uneheliche Kinder macht wie auf kostbare Beute – ist wiederum eine makabre Entwicklung.) In dem Umkreis, aus dem Vilma Sturm stammt, dem rheinischen, im erweiterten Sinn westdeutschen oder linksrheinischen Katholizismus, hat sich einiges geändert, und was sich geändert hat, wird am Lebenslauf und -bericht von Vilma Sturm sichtbar.
Merkwürdigerweise vergaß ich während der Lektüre zeitweise ganz, daß wir mit ihr befreundet sind; die persönliche Neugier wich der allgemeinen; da taucht ein Kind auf, ein junges Mäd-

chen, eine junge Frau, die wir eben nicht gekannt haben, spiel- und traumversessen, schwärmerisch, ziemlich »Backfisch« – zeitweise kopf- und orientierungslos, nicht unordentlich; der Untertitel »Ein unordentlicher Lebenslauf« bestätigt sich für mich nicht; wer hat schon ein »ordentliches Leben« geführt, und wieso kann man ein unordentliches Leben so »ordentlich« beschreiben?

Ordentliche Leben, die gibt's auf Grabsteinen und bei Grabreden. Nein, was hier sichtbar wird, ist eine tüchtige, zuverlässige »Person« (die Anführungszeichen deshalb, weil im Rheinischen das Wort Person einen ganz ganz leicht abfälligen Beiklang hat), die in ziemlich unordentliche Zeitläufte geraten ist: Weltkrieg I, Inflation, die wirre Weimarer Republik, die Nazis, Weltkrieg II; ein schwärmerisch-begeisterter Vater, die weniger schwärmerische, wohl etwas verwöhnte Mutter; Pleiten, Spannungen, Krisen, Eifersüchte, Schule, Umzüge, Hausbau, Studium, Berufswahl, Liebeswünsche und -affären, das Leben ist nun einmal »unordentlich«, und die Zeitläufte waren's in hochpotenzierter Form.

Wahrscheinlich gibt es gar kein »ordentliches Leben«, bestenfalls einen »ordentlichen Tod«. Nein, ich kann den Untertitel nicht bestätigen; diese Person hat immer angepackt, zugegriffen, war immer empfänglich fürs Menschliche, hat spät erst erkannt, wie das Menschliche – wenn's denn übers Caritative hinausgehen soll – vom Politischen abhängt, mit diesem auf eine verflucht-vertrackte Weise verwoben ist. Keine Arbeit gescheut hat diese Person und alles, was sie an- oder aufgriff, durchaus ordentlich erledigt, und doch schwärmerisch, immer noch und immer wieder ein bißchen »Backfisch«; etwas zu sehr auf Prominenz aus, mehr an Personen als an Sachen orientiert, und damit Enttäuschungen ausgeliefert (die Waggerl-Täuschung und wohl Enttäuschung etwa) – weitaus eher nach rechts als nach links neigend – Erhart Kästner, Ernst Jünger, Gerhard Nebel – und eben Waggerl (über den lange, lange gestritten werden müßte, ich weiß) und nicht so ganz unanfällig fürs Vaterländische.

Immer mehr vergaß ich die Vilma Sturm, die ich kenne, und entdeckte sie doch wieder in dieser »jungen Person«, entdeckte mehr das Typische als das Persönliche: die jugendbewegte, von der katholischen Literatur der Zeit beeinflußte, der eben – und das wäre das Typische – das Rechte eher mitgegeben war als das Linke – und immer, immer – ich vermeide die Anführungsstriche und damit die Ironie – nach Höherem strebend: persönlich und gedanklich, immer hoch hinaus – und rasch abgeworfen und abgeschmettert, zu sehr an Personen orientiert; so kenne ich diese Altersklasse der inzwischen nicht mehr so ganz jungen Damen, die bildungsreisend, geschmackvoll gekleidet, mit saftigen Pensionen ausgestattet, in sich ruhend durch die Welt reisen – und eben das, »in sich ruhend« ist Vilma Sturm nicht und mit einer saftigen Pension ausgestattet auch nicht. Sie ist nicht fertig, sondern unruhig, unsicher – was eben nicht gleichbedeutend mit »unordentlich« ist.

Wer kann sich in dieser Welt und Umwelt schon »ordentlich« fühlen? Was kann man jemandem Besseres wünschen, als nicht fertig zu sein und nicht fertig zu werden mit dieser Welt und mit – es muß kommen! – mit dieser Kirche. Diese Kirche, die römisch-katholische, diese leidbringende, leidvolle, immer von einem Vater dominierte Mutter immerhin der Hälfte der bundesdeutschen Bevölkerung – dieses Thema kann hier nicht andeutungsweise erschöpfend behandelt werden, und dies wäre doch notwendig, um der Entwicklung dieser Barfüßerin, die über den Asphalt schritt und schreitet, gerecht zu werden.

Mit der oberflächlichen Einteilung in Progressive und Konservative ist es ja nicht getan, da gibt's ja Millionen, die dazwischen liegen, stehen, gehen – aufgerieben werden, hin- und hergerissen – weder links noch rechts und schon gar nicht in der Mitte – ein Vorgang, der folgenreicher sein könnte als die Reformation und wie diese noch lange nicht abgeschlossen, und ich fürchte, man hat die politische Bedeutung dieser statistisch so ungeheuren Masse, die man deutsche Katholiken nennt, noch nicht erfaßt: Da geht's um etwas mehr als um Wählerstimmen.

Neulich hörte ich von einer älteren, rheinisch-katholischen Dame, die nach dem sensationellen SPD-Sieg bei der Wahl in Nordrhein-Westfalen gesagt hat: *»Ich bin ja so froh, dat se jewonnen haben, wählen kann ich se ja nit.«* Dieser milde, fast liebenswürdige Fall von Schizophrenie wäre durch schlimmere zu ergänzen; da gibt's ja durchaus »Progressive«, die gegen »Konservative«, die für die Pille sind, wiederum Konservative, die für »Progressive«, die gegen die Liturgiereform sind; das so geschaffene Schizo-Labyrinth ist komplett, und selbst sehr konservative Katholiken könnten sich fragen, ob's wirklich so klug von den deutschen katholischen Bischöfen war, den *Rheinischen Merkur* zu kaufen; ob's klug ist, die *Deutsche Tagespost* (wo bleibt da übrigens die

Marktwirtschaft?) unterstützen zu wollen, die unsägliche *Bildpost* zu dulden – und *Publik* schnöde fallenzulassen.

Die öffentliche Artikulation des deutschen Katholizismus (die gängige, nicht die gesamte) ist weit hinter das zurückgefallen, was Carl Muth mit dem *Hochland* vor 80(!) Jahren versuchte – und dazwischen eben steht die publizierende Katholikin Vilma Sturm, die immerhin bei den Anfängen des *Rheinischen Merkur* dabei war.

Diese Entwicklung vom schwärmerisch-katholischen jungen rheinischen Mädchen, das immer hoch ansetzte – und niedergeschmettert wurde – zu jener Vilma Sturm von heute, die immer noch nicht fertig ist und fertig wird mit dieser von einem Vater beherrschten Mutter Kirche, die so schnöde taktiert und traktiert wird – diese Entwicklung ist nicht nur die Entwicklung von Vilma Sturm, und das macht ihren Lebensbericht weit übers Persönliche hinaus wichtig und aufschlußreich – erklärt auch ihre zahlreichen Aktivitäten dazwischen. Es gibt längst die heimatlose Linke, die heimatlose Rechte – inzwischen vermehrt sich die Zahl der heimatlosen Katholiken – nein, die heimatlose Mitte sind sie nicht.

Nein, fertig ist sie nicht. Fertig geworden ist sie auch nicht mit dem Sterben ihrer Eltern; diese Schilderung gehört zu den eindrucksvollsten Kapiteln ihrer Autobiographie – ein Schluß, der ohne Einschränkung erschüttert und auf eine wenig erheiternde, kaum erbauliche Weise zurückführt an den Anfang des Buches, wo die komisch-gemischte, skurril durchsetzte Familienexposition noch Humor-Hoffnungen wecken könnte. Kein tröstliches Ende.

Wem gehört diese Erde?

Über Søren Hvalkof/Peter Aaby (Hg.), »Ist Gott Amerikaner?«

Keinen Zweifel möchte ich darüber lassen: ich bin dafür, daß die frohe Botschaft, die Erlösung, die Menschwerdung Gottes verkündet wird. Die komplizierte und komplexe Frage, wem sie und durch wen gebracht werden soll, beginnt inzwischen auch die klassischen Missionare nachdenklich zu machen. War Spanien christlich, als es sich aufmachte, einen ganzen Kontinent zu christianisieren? Vierhundert Jahre später weiß und sieht man, was da angerichtet wurde: dumpfe Demut, Apathie geschundener Analphabeten, die langsam zu erwachen und sich zu organisieren beginnen. Was bringen die Missionare außer dem Wort, das sie verkünden, *mit sich*, was haben sie *an sich*? Nein, nicht Bosheit, Böswilligkeit und nackten Unterwerfungsdrang, aber in den meisten Fällen wohl zu wenig Zweifel an der Gesellschaft, aus der sie kommen, die sie an sich tragen und mitbringen: ein untertäniges Knobelbecher-Deutschland im 19. Jahrhundert, ein von sich überzeugtes England, ein über jeden Zweifel erhabenes Frankreich – und natürlich die Überzeugung, daß sie das wahre Christentum gepachtet haben und hatten.

In dieser Sammlung von Aufsätzen beschäftigen sich zwölf Ethnologen und Anthropologen mit der Arbeit und der Auswirkung eines aus der schweigenden Mehrheit rekrutierten, fundamentalistisch grundierten Doppel-Instituts, dem »Summer Institut of Linguistics« und den »Wycliff Bible Translators« (SIL und WBT), die kaum gemeinsam auftreten und doch zusammengehören. Zu Hause, hauptsächlich in den Vereinigten Staaten, aber auch in England, Kanada, der Bundesrepublik sammelt das WBT Geld für Missionsarbeit, im Ausland arbeitet das SIL angeblich wissenschaftlich, linguistisch. In ausgiebiger praktischer (Feld-) Arbeit und die Ergebnisse dieser Arbeit analysierend, haben sich die zwölf Autoren mit den Methoden und Wirkungen des SIL/ WBT auseinandergesetzt, kritisch, was immer noch bedeutet: prüfend. Die Prüfung fällt nicht gut aus. In keinem der Beiträge wird dem SIL und seinen Mitarbeitern unterstellt, daß sie wissentlich und willentlich Zerstörung bewirken, keine böse Absicht also, fast nur guten Willen. Die Linguistik verschafft Einlaß in

Staaten, die antikirchlich-antiklerikal sind – wie etwa Mexiko es lange Zeit war; außerdem waren und sind die SIL-Leute willkommen, wissenschaftlich, weil sie die Sprache der Stämme erfassen, politisch, weil sie Gehorsam um jeden Preis predigen, praktisch, weil sie – offenbar mit enormen Geldmitteln ausgestattet – die Infrastrukturen verbessern oder gar schaffen: Fluglinien, Landebahnen, Radio- und Krankenstationen. Das sind ihre sichtbaren Mitbringsel, die unsichtbaren, nicht weniger wirkungsvollen: ihre unerschütterliche Vorstellung, daß ihr »way of life« der einzige richtige sei; ein Mittelwest-Mittelklasse-Amerika, boshaft reduziert auf »Lockenwickler und Pudding aus der Tüte«. Nun besteht eben Amerika aus etwas mehr als Lockenwicklern und Pudding aus der Tüte, und viele Amerikaner schaudern, wenn sie an dieses Mittelwest-Mittelklasse-Amerika denken, dem keiner absprechen möchte, daß es seinen »way of life« gehen darf; er mag sogar eine gewisse Liebenswürdigkeit haben. Die Frage ist, ob das für die Indiostämme der richtige Weg sein könnte, die frohe Botschaft auf eine Propagierung von Privatbesitz und Individualismus zu reduzieren, auf Tüchtigkeit und Erfolg im westlichen Sinne, lauter Begriffe, die der Indiokultur – wie alle die hier versammelten Arbeiten an verschiedenen Stämmen in verschiedenen Ländern (Brasilien, Kolumbien, Bolivien, Ecuador, Mexiko) beweisen – fremd sind.

Die Urfrage der Menschheit, eine Frage, die auf allen Kontinenten zu stellen wäre: *Wem gehört diese Erde?*, darf dann gar nicht mehr gestellt werden. Die Erde gehört dem, der zugreift, dem Pionier, und das bedeutet in diesen Jahrzehnten unseres Jahrhunderts, im Zeichen der Rohstoffgier und -abhängigkeit: den Öl- und anderen Gesellschaften. Es ist oft genug dargelegt worden, wie reich dieser Kontinent Südamerika an Öl, Erdgas, Edelhölzern, Kohle, Pelztieren, Heilkräutern, Halbedelsteinen, Erzen ist (siehe Eduardo Galeano: *Die offenen Adern Lateinamerikas*) – und doch leben auf diesem reichen Kontinent neunzig Prozent der Bevölkerung am Rand des Existenzminimums, viele darunter. »In den meisten Fällen«, schreibt Pereira – und er polemisiert noch am heftigsten gegen das SIL – »sind die Missionare selbst naiv und deshalb bereitwillige Werkzeuge; sie sind unfähig, die ideologischen Grundlagen und die politischen Interessen des Systems zu durchschauen, das sie manipuliert!«

Sie ziehen aus, die Länder zu *erfassen,* ihre Sprache, ihre Geographie, ihre Sitten – und gelegentlich auch ihre Geologie. Es ist schon merkwürdig, daß – wie eine Tabelle auf S. 103 nachweist, fast überall dort, wo das SIL auftaucht, man auf oder unter der Erde fündig wird. Nur selten werden sie handfest politisch: »Wenn die Abgesandten von Torres (dem bolivianischen Präsidenten, der dann von Banzer gestürzt wurde) kommen, müßt ihr sie töten, denn es sind böse Geister.« Alles, was auch nur geringfügig außerhalb des amerikanischen Denk- und Wirtschaftssystems liegt, ist dann natürlich »kommunistisch«, und »Der Kommunist Torres (macht) aus allen kinderlosen Frauen Seife und alte Männer und Frauen verbrennt (er)«. Wozu die zunächst verdienstvolle und unschuldige *Erfassung* eines Landes dienen kann, wird deutlich aus der Aussage eines ehemaligen Obersten der bolivianischen Armee (Pereira, S. 237): »Wir nahmen Kontakt mit den Missionaren des SIL auf, die uns Karten des Gebiets zur Verfügung stellten, in denen die Guerilla (des Teoponte) operierte. Wir waren über die Genauigkeit dieser Karten überrascht. Außerdem versorgten sie uns mit Daten, die die ethnische Zusammensetzung der Bevölkerung betrafen und die Lage der fruchtbaren Felder. Außerdem konnten sie uns mit großer Genauigkeit sagen, welche Bevölkerungsgruppen die Guerilla unterstützten.« Solche direkte Zusammenarbeit mit Armee und Behörden ist selten und doch bezeichnend, denn sie entspricht der Auffassung der SIL-Missionare, daß jede Auflehnung, jeder Wunsch nach Veränderung der verheerenden Verhältnisse des Teufels, also des Kommunismus ist. Aus einer Propagandabroschüre des SIL: »Gehorche deinen gesetzlichen Vorgesetzten, denn Gott hat ihnen die Befehlsgewalt übertragen. Es gibt keine Regierung auf Erden, die nicht mit Gottes Erlaubnis an die Macht gekommen ist« (Röm 13.1). Ob das auch auf sozialistische Staaten zutrifft? Dann wäre es wohl an der Zeit, daß das SIL seine Arbeit in Polen beginnt – zum Nutzen der Regierung und gegen die *Solidarität*. Die Sloganisierung einzelner Bibel-, Koran- oder Marxsprüche gehört wohl zu den Wesenszügen der Fundamentalisten in Ost, West, Mittelost und Mittelwest. Dabei *verändert* das SIL selbst die indianischen Gesellschaften erheblich, natürlich zum Guten, d. h. zur Marktwirtschaft hin. Wie aus allen Erfahrungsberichten und Analysen dieser Sammlung hervorgeht, gab es in keiner indianischen Gesellschaft private Eigentumsrechte. »Die Unterschiede in der Produktion zwischen den verschiedenen Haushalten werden durch Umverteilungsmechanismen wie Feste und Geschenke ausgeglichen« (Hvalkof/Aaby, S. 385). Das klingt schon fast nach »Wohlfahrtsstaat«. Aber gerade das: Geschenke – darf es nicht geben. Die ersten Kontakte werden zwar durch Geschenke hergestellt, die man auslegt oder überreicht, aber sehr kurz darauf wird den Indios klargemacht, daß auch Geschenke *Waren* sind, und daß Waren keine *Geschenke* sind: man muß sie kaufen, muß arbeiten, um sie kaufen zu können, und das bedeutet, wenn man nicht gerade zum Lehrer ausgebildet worden ist, Arbeit auf der untersten Stufe. Behalten darf man dann auch das *geschenkte* Tonbandgerät, von dem man nur abspielen kann: übersetzte amerikanische Hymnen; aufnehmen – so sind die Geräte eingerichtet – kann man nicht: es könnte ja »Kommunismus« durch den Äther daherkommen. Nicht alle Beiträge in diesem Band kommen zu ausschließlich negativen Ergebnissen (etwa Smith und andere), und es werden auch die herkömmlichen Missionen keineswegs verdammt oder denunziert; was sie praktisch geleistet haben, SIL und auch die alten Missionen, wird anerkannt. Mißtrauen und Skepsis allerdings sind angebracht, wenn der Gründer des SIL, Townsend, sagte: »Der Herr hat mit mir über Kolumbien gesprochen. Ich will bereit sein, wenn sich dort die günstigste Gelegenheit für mich bietet« (Stoll, S. 142). Wenn jemand direkt mit dem Herrn Kontakt hat – wie Moses –, dann gibt es keine Argumente mehr.

Was sich aus allen Arbeiten – Feldarbeit und Analyse – ergibt, formuliert Vickers auf S. 132: »Die wesentliche Frage ist die vom Eigentum an Grund und Boden. Wie bei den meisten Jäger-, Sammler- und Ackerbaugesellschaften fehlt in der traditionellen Siona-Sekuyakultur (Ecuador) der Begriff des individuellen Landbesitzes; die Menschen jagten und legten ihre Gärten an, wo immer sie wollten. Die Vorstellung, daß das Land frei ist, ändert sich heute schnell und drastisch.« Der Jesuitenmissionar Don Tomas Balduin stellte fest: »Heute entdecken die Missionare bei ihrer Arbeit in der indianischen Kultur evangelische Werte« (Hahn, S. 221); dann wäre zu fragen, was denn nun evangelisch, was christlich sei: die Reduzierung der frohen Botschaft auf eine krasse Vorstellung von Privatbesitz und Individualismus oder die indianischen Traditionen, und ob nicht jedweder Missionar zunächst einmal ablegen, zumindest bezweifeln muß, was er außer dem Wort *mit sich* bringt und *an sich* trägt.

Wenn man die geistige, gesellschaftliche und politische Wirkung des SIL bezweifeln darf, wie steht es mit dem, was man »wissenschaftliche Qualifikation« nennt? Da gibt es ab S. 311 eine niederschmetternde Untersuchung der Arbeiten des SIL in Peru von d'Ans, der feststellt, daß nach neunzehnjähriger Arbeit die in einer Bibliographie angekündigten Arbeiten zu 75% noch unveröffentlicht waren. D'Ans errechnet die Durchschnittsarbeitszeit für die wenigen veröffentlichten linguistischen Arbeiten auf vierzehn, für eine ethnographische Arbeit auf dreiundsechzig Jahre, und stellt fest, daß nach weiteren sechs, insgesamt fünfundzwanzig Jahren, von den angekündigten linguistischen Arbeiten 86% verschwunden sind, von den ethnographischen 98,5%.

Vielleicht wäre es angebracht, wenn die Missionare zunächst einmal das Land zu missionieren versuchten, aus dem sie kommen: die Bibel übersetzten in die Sprache der »Wilden« von Berlin, Zürich, New York, in die Sprache der »Stadtindianer« – und dann ausziehen, um bei den Indios die »evangelischen Werte« zu entdecken und herauszufinden, daß man nicht Kommunist sein muß – was immer das inzwischen bedeuten könnte –, wenn man *nicht* Antikommunismus als einzigen Wert auf der Brust trägt. Worin besteht denn das »reale« Christentum nach zweitausend Jahren, wenn man den »realen« Sozialismus nach etwas mehr als sechzig Jahren an seinen Versprechungen mißt? Auch, was denn »amerikanisch« sei, ist noch lange nicht definiert, gewiß nicht durch die Arbeit des SIL, und gewiß ist Amerika nicht *nur* fundamentalistisch. Das Problem ist ein Problem der südamerikanischen Staaten und Regierungen, in denen die Indios wenn nicht die Mehrheit, so doch eine erhebliche Minderheit bilden, die langsam, erst in Ansätzen, nach Befreiung strebt, in Ländern, die reich sind an Bodenschätzen, deren Bevölkerung aber – es wäre euphemistisch zu sagen »proletarisiert wird« – zu Abfall zu verkommen droht.

Die rhetorisch polemische Frage im Titel des Buches, ob Gott Amerikaner sei, beantwortet sich selbst. Nein, er ist auch nicht, wie manche russischen Fundamentalisten zu glauben scheinen, Russe, so wenig wie die Madonna eine Polin ist; es fällt schwer, ihn sich als Propagandisten der Marktwirtschaft vorzustellen. Er ist auch kein Indio. Ich kann den Enthusiasmus nicht teilen, den Smith in seinem Beitrag für die Götter der Indios aufbringt. Gott ist wohl nie der eine oder der andere, sondern der dritte, ohne nationale Merkmale, wie sie jeder Missionar *mit sich bringt* und *an sich* hat.

Auf traurige Weise friedlos

Das Wort Friede, so scheint mir, geht den Deutschen schwer über die Lippen; als Fremdwort Schalom sagt es sich offenbar leichter; in der Kirche natürlich darf das »Friede sei mit euch« noch ausgesprochen werden und auch die Respons »Und mit deinem Geiste« ist noch erlaubt; im Parlament wird auch häufig vom Frieden gesprochen, notwendigerweise, es gab ja vor etwas mehr als fünfunddreißig Jahren einen ziemlich erheblichen Krieg, der zwar de facto, aber noch nicht durch einen Friedensvertrag beendet ist, und es gibt da eine Grenze zwischen den beiden deutschen Staaten, die wenig friedlich ist; obwohl kein Krieg herrscht, hat sie etwas von einer Front. Vielleicht liegt es daran, daß das Wort Frieden außerhalb von Kirche und Parlament fast als kommunistisch verrufen ist. Und doch bin ich sicher, daß die Deutschen nicht nur friedfertig, auch friedensfähig sind, sie sind nur auf eine Weise, die noch zu analysieren wäre, friedlos. Was man einen *tiefen* Frieden nennen könnte, haben sie lange nicht erlebt, und die, die ihn noch erlebt hatten – etwa ums Jahr 1910 herum –, waren seiner überdrüssig. Es ist schon mehr als beunruhigend und mehr als ein peinlicher Ausrutscher, wenn ein niedersächsischer Minister den Frieden für die steigende Jugendkriminalität verantwortlich macht. Der Minister hat wohl nicht bedacht, daß im Krieg Kriminalität legalisiert ist: da werden die bravsten Bürger, im Zivilleben keines Diebstahls fähig, zu geschickten Dieben und Räubern, weil man das im Krieg in bourgeoisem Schmunzelstil als »Organisieren« bezeichnet; schweigen wir von Mord: so mancher brave Bürger hat im Krieg mörderische Qualitäten entwickelt. Pervitin – eine heute strikt rezeptierte Droge – wurde manchem Soldaten, ohne daß er es wußte, verabreicht, wohl als »Tapferkeitsanreger«, und Alkohol war der große Tröster vor Angriffen, oder wenn einer fror: Morphium und Opium wurden bei schweren Verletzungen reichlich verabreicht, und es dürfte bekannt geworden sein, wie viele amerikanische Soldaten im Vietnam-Krieg süchtig geworden sind. Übrigens lösen Kriege auch das Arbeitslosenproblem, das hat der Minister wohl vergessen. Es wäre ein Anlaß, über das Argument Arbeitsplätze, das uns noch oft begegnen wird, nachzudenken und möglicherweise »Arbeitsplatz« neu zu definieren angesichts einer drohenden Verkruppung. Die Mütter und Väter, die ihren Söhnen Zucht und

Ordnung wünschen, haben noch nicht begriffen oder wollen nicht begreifen, welche Verwahrlosung in Armeen herrschen kann, deren Zackigkeit Tarnung ist. Kein geringerer als Saint-Exupéry, der weithin Verehrte, hat gesagt, der Krieg sei kein Abenteuer, sondern eine Krankheit wie der Typhus. Der Frieden ist keine Krankheit. Ich versuche mir vorzustellen, unsere herkömmlichen Grußformeln würden abgeschafft, und die deutsche Version für Schalom (das den Deutschen so leicht über die Lippen geht) würde zum Pflichtgruß. Da würde Herr Wörner bei der nächsten Verteidigungsdebatte vor das Parlament treten und beginnen mit »Friede sei mit euch«, und es würde ihm im Chor entgegenschallen: »Und mit deinem Geiste.« Der Bundespräsident würde, wenn er endlich den »Ersatzdienstleistenden« (scheußliches Wort für deren friedliche Tätigkeit und Gesinnung) einen Besuch abstattet, diese mit »Friede sei mit euch« begrüßen, und auf den Kasernengängen und -höfen würde ein lautes Friedensrufen erschallen; der Kompaniefeldwebel morgens vor versammelter Mannschaft: »Friede sei mit euch, Leute.« – »Friede, Herr Leutnant.« – »Friede, Grenadier.« – »Friede, Herr Oberst.« – Oh, ihr Schalmeienklänge in sanfter Republik! – »Friede, Herr Breschnew!« – »Friede, Herr Bundeskanzler«, und es würde die Redaktionssitzung der *FAZ* mit einem »Friede sei mit Ihnen« (denn das im Euch verborgene Du wäre dann doch zuviel!) beginnen, und Herr Weinstein würde im Namen der versammelten Redakteure antworten: »Und mit Ihrem Geiste.« Doch genug des Spiels.

Warum macht das Wort Frieden den Deutschen solche Schwierigkeiten und solchen Kummer? Sind die Germans denn wirklich so kriegerisch oder gar kriegslüstern? Ich glaube nicht, und ich wiederhole: sie sind friedfertig, friedensfähig, aber auf eine traurige Weise friedlos. Diese Germans sind nicht gegen den Zustand Frieden, aber gegen das Wort allergisch; es hat eben doch einen »kommunistischen« Beiklang für sie, und es könnte sich bei einer Analyse herausstellen, daß auch der Versailler Vertrag zur Denunzierung des schönen Wortes beigetragen hat und Frieden gleich »Schandfrieden« gesetzt wird. Ich erinnere mich auch, als ich mich mit meinem Geburtsjahrgang 1917 beschäftigte, gelesen zu haben, daß Ludendorff oder Hindenburg – oder beide – am Ende des Kriegsjahres 1917 – als es nun weder an der »Front« noch an der Heimatfront auch nur andeutungsweise rosig aussah – vor dem Wort »Frieden« gewarnt haben. Ob diese Warnung noch nachwirkt? Ich kann's mir nicht vorstellen. Sollte der Friede immer noch der Dolch sein, mit dem da zugestoßen wird und wurde? »Friede den Hütten! Krieg den Palästen!« So viele Deutsche haben doch wohl den *Hessischen Landboten* nicht gelesen. Ja, es trifft zu, die Kommunisten unterwandern gern jegliche Art von Friedensbewegung, und das ist nicht einmal klug, wenn sie, was ich ihnen gern glauben will, den Frieden wirklich wollen. Sie sollten sich vielleicht besser fern- und draushalten, und doch macht mir dieser (mein eigener) Rat Kummer: auch Kommunisten haben natürlich ein Recht auf Frieden und ein Recht, ihrem Wunsch Ausdruck zu verleihen (wie sie natürlich auch ein Demonstrationsrecht haben). Es gab da einmal einen über jeden christdemokratischen Zweifel erhabenen Kardinal, den Grafen Galen, der nach dem Krieg in einer eindrucksvollen Predigt den römischen Spruch: »Wer den Frieden will, bereite den Krieg« auf den Kopf stellte und sagte: »Wer den Frieden will, bereite den Frieden.« Inzwischen gilt wieder voll und ganz der römische Spruch, den man abwandeln müßte: »Wenn du mich neunundvierzigmal vernichten kannst, dann will ich dich dreiundfünfzigmal vernichten können, denn ich will dir überlegen sein.« Angesichts der Rüstungskapazitäten ist ja das Wort Gleichgewicht so irreführend wie das Wort Ausgewogenheit. Nein, Überlegenheit ist die Parole. Die Absurdität dieser Denkweise ist so augenfällig, daß sie niemand mehr auffällt – wie der nackte Kaiser niemand aufgefallen ist, und Kindern glaubt man ja nicht. Sie haben den Mund zu halten, gerade weil sie unbefangen sind und nackt für nackt erkennen. Der nackte Wahnsinn, ringsum Absurditäten. Und da wundert sich noch einer, daß die Menschen verrückt nicht nur werden, auch verrückt spielen. Wo sich der nackte Wahnsinn so gefällig und geläufig artikuliert, da spielt die Jugend eben »Tornado«.

Es ist zum Verrücktwerden. Aber so manch einer möchte eben – immer noch nicht – verrückt werden, nicht einmal angesichts des Gelöbnisgetues. Da wird die Hauptstadt der Bundesrepublik Deutschland abgesperrt. Tausende Polizeibeamte durchsuchen Autos, damit 150 (in Worten: einhundertfünfzig) Soldaten öffentlich – und das zwischen Bonner Münster und Beethoven-Denkmal – einen Eid ablegen, wie ihn jeder Postbeamte ablegen muß, und sie müssen das mit Trimm und Trumm und Trallala. Wären die Vorspiele nicht so ernst wie die Folgen, könnte man das schlichtweg lächerlich finden, aber dieser absurde Spuk ist eben todernst! Und man komme uns doch nicht immer wieder mit dem Einwand, daß nur Chaoten und Kommunisten das alles absurd und überflüssig finden. Und wer, selbst wenn er wollte, könnte wohl die Bundeswehr »verstecken«? Es dürfte schwerfallen, eine Armee von 450000 Mann mit ihren Panzern, Lastwagen und sonstigem Gerät zu »verstecken«, und die Bundesluftwaffe hält ja ihre Übungsflüge auch nicht in unterirdischen Gewölben ab, sichtbar und sichtlich zersägt sie unseren schmalen bundesrepublikanischen Himmel.

Es ist keine Schande, es ist eine Ehre für die Bundesrepublik Deutschland, eine *internationale* Ehre, daß die Anzahl der Wehrdienstverweigerer nicht ab-, sondern zunimmt. Nicht einmal die Regierung Reagan erwägt ja noch die Wiedereinführung der allgemeinen Wehrpflicht. Mag sein, daß der Rechtsruck, die neue patriotische Welle ihr Freiwillige genug einbringt. Woher kommt denn die offensichtlich ungeheure *Langeweile,* dieses elende Zeittotschlagen (wo doch seine Zeit, die er hat, des Menschen kostbarstes Gut ist!) – woher diese echte Energie und das Engagement, mit der sich die Bundeswehr auf Katastropheneinsätze stürzt. Katastropheneinsätze sind doch nichts anderes als Ersatzdienst. Ist die Bundeswehr also nur glücklich, wenn sie Ersatzdienst leistet? Merkwürdiger Gedanke: man sollte ihn weiterdenken, und jeder, der das Wort Pazifist abfällig versteht, sollte sich überlegen, was er anrichtet. Ich hoffe doch, daß unser Verteidigungsminister ein Pazifist ist. Das Grundgesetz verpflichtet ihn dazu. Es hat einer ungeheuren und kostspieligen Propaganda bedurft, um die Bundeswehr halbwegs populär zu machen; bedenkt man, wie wenig bis gar kein Geld den Wehrdienstverweigerern zur Verfügung stand, gegen welche Denunzierung und Gegenpropaganda sie sich durchsetzen mußten, so sind sie eine Gegenarmee, die Respekt verdient – und auch einen Besuch des Bundespräsidenten und Anerkennung durch ihn. Immerhin machen sie von einem Recht Gebrauch, das im Grundgesetz verankert ist. Es sind keine guten Spiele, die da mit dem Anerkennungsverfahren gespielt werden. Dieses Recht ist ein qualitatives Recht, es sollte unabhängig von der Quantität derer, die von ihm Gebrauch machen, angewendet werden. Von diesem Recht kann in anderen Ländern, sozialistischen und nichtsozialistischen – wie etwa Italien und der Schweiz –, nur geträumt werden; wenigstens in diesem Punkt – und einigen anderen: siehe die schmeichelhafte Anzahl der Asylbewerber – ist die Bundesrepublik ein *Traumland* – man sollte nicht leichtfertig Träume zerstören.

Da bleibt dann noch das Stich- und Reizwort, das Tradition heißt; es wäre dann die Frage, an die Tradition welcher deutschen Armee die Bundeswehr denn anknüpfen könnte: da bieten sich drei an: die kaiserliche Armee, die Reichswehr und die deutsche Wehrmacht. Es gibt eine historische Persönlichkeit, die auf gewisse Weise für alle diese drei Armeen repräsentativ ist: Hindenburg. Ich weiß, er war weder in der Reichswehr noch in der Wehrmacht »aktiv«, aber Schutz- und Schirmherr wie Pate und Symbol war er auch diesen beiden Armeen – und er hat und hätte sich keineswegs »mißbraucht« gefühlt. Man sollte in allen Kasernen der Bundeswehr, in Kantinen und Unterrichtsräumen ein Foto des Ereignisses aufhängen, das man den »Tag von Potsdam« genannt hat, als Hindenburg einem befrackten Herrn mit zuckenden Händen, der Adolf Hitler hieß, Preußens Gloria übergab und damit die Tradition zweier deutscher Armeen in die Hände (immer hatte er diese zuckenden Hände!) des späteren Befehlshabers der dritten deutschen Armee, der Wehrmacht, übergab. Nein, da ist keine saubere Fahne zu übergeben, kein Trimm und Trumm und Trallala. Wenn's denn nötig sein sollte, eine Tradition zu haben, dann eine eigene bilden oder annehmen: Andernach, das war ein trockener, etwas mühseliger Anfang, da »flatterten« die Fahnen nicht, und viel getrommelt wurde da auch nicht; genau besehen war's ein mühseliger, fast etwas widerwilliger Anfang: so ungeheuer *begeistert* wie heute Herr Wörner ist, war Adenauer nicht, und dieser trockene, etwas mühselige Anfang läßt sich nicht in verstaubten, weithergeholten und auch *verkommenen* Traditionen »verankern«! Da werden Krämpfe unvermeidlich, und es ist ja auch Krampf, das Gelöbnisgetue. Die das spüren, sind nicht nur Kommunisten und solche, die dafür gehalten werden. Die Bundeswehr sollte sich zu schade dafür sein, Komparserie in einem historischen Film zu spielen, den sie auch noch selbst produzieren soll. Und die SPD sollte sich endlich von ihren Armee-Komplexen heilen – oder heilen lassen.

Der Diktator in mir

Am deutlichsten spüre ich den Diktator in mir, wenn ich der friedlichsten meiner Beschäftigungen nach-, wenn ich spazierengehe; wenn ich müde werde, möchte ich da eine Bank haben, wo ich gerade müde werde, und wünsche mir die Möglichkeit, eine herbeizubefehlen; nicht nur eine Bank hätte ich gern dort, wo ich müde werde, auch einen Tee oder einen Kaffee, sofort und an Ort und Stelle! Diese Ungeduld! Sie ist, glaube ich, eines der Hauptmerkmale des Diktators. Schon ein besetztes Telefon macht mich auf eine Weise ungeduldig, die mich fürchten läßt: hätte ich die Macht dazu, ich würde das dort laufende Gespräch sofort unterbrechen (lassen!). Freie Bahn dem Tüchtigen! Zum Glück gibt es Kontrollen, innere und äußere; als innere Kontrolle genügt Ironie nicht, sie ist zu süffig, vergleichsweise Limonensaft, da muß Satire her, vergleichsweise Salzsäure: sich eine Landschaft vorstellen, in der nur noch Bänke stehen, kein Gras mehr wächst, in der Diener mit Thermosflaschen hin und her eilen; ganze Schlangennester zerschnittener Telefonkabel, haufenweise zerhauene gordische Knoten.

Viel wichtiger die äußeren Kontrollen, die keine ästhetische Dimension mehr haben: sich selbst in Verzerrung setzen macht natürlich immer noch mehr Spaß, als sich im Auge des anderen verzerrt zu sehen: den lächerlichen Zappler, der als erster die Zeitung haben will, diesen Eigenbau-Staat, der Legislative, Exekutive und dritte Gewalt in einem ist und an kein Grundgesetz gebunden; Hitler und Chaplin *als* Hitler in einem – da hilft nur ein Lächeln – *von anderen,* und die Hoffnung, daß es den Diktator ansteckt. Lächelnde Diktatoren? Geduldige Diktatoren, die da nicht mit dem Schwert, die von Hand den gordischen Knoten lösen? Wahrscheinlich wären über sich selbst lächelnde geduldige Diktatoren keine mehr. Nichts fürchten Diktatoren mehr als Lächerlichkeit, wie können sie da sich selbst lächerlich finden? Hitler hatte seine fürchterliche Lächerlichkeit, Stalin war fürchterlich genug, grausam und grausig, so lächerlich wie Hitler sein konnte, war er selten. Was Hitler gelegentlich gern sein wollte: pompös, das konnte Stalin sein; Hitlers fürchterliche Lächerlichkeit war auch dann zu spüren, wenn er sich pompös gebärden wollte. Vielleicht ließe sich an den beiden, die ihre Epochen geprägt haben, auch der Unterschied der Systeme und Ideologien darstellen, falls man – ich zweifle daran – das synkretische Konglomerat Nazismus eine Ideologie nennen kann, ohne andere Ideologien zutiefst zu beleidigen. Habe ich einige Spurenelemente Stalin und etliche Spurenelemente Hitler in mir? Ich fürchte ja. Ich will nicht über die Maßen mit dem Diktator in mir kokettieren – auch das wäre ja eine Form der Diktatur. Der Wunsch nach der Bank und dem Tee – und nach dem sofort! –, der Wunsch, anderer Leute Telefongespräche zu unterbrechen, ist beides: pompös und lächerlich; natürlich würde ich auch gern gelegentlich dem einen oder anderen Literaturkritiker einiges *diktieren,* aber dann entdecke ich, daß ich Gnade vor Recht ergehen lasse, und bin damit erst recht Diktator; vor einem Diktator hat man kein Recht, man kann nur auf Gnade hoffen. Das ohne jede Einschränkung Lächerlichste an allen Staaten, ob rot, grün, schwarz oder gelb, sind für mich Paraden: pompös und lächerlich zugleich (außerdem auch noch kostspielig!) – aber dann stelle ich fest, daß ich manchmal vor mir selbst paradiere; ich marschiere vor mir selber auf, stelle die Parade dar und nehme sie gleichzeitig ab, eigengedrillt führe ich mir den eigenen Drill vor! Welch eine Leistung. Immerhin: kostspielig ist das nicht, nur äußerst bedenklich, bedenklich genug. Um solcherlei Faxen zu korrigieren, genügt eben Ironie nicht, sie geht zu leicht ein und aus, erhöht den Genuß der Parade. (Aha, sieh mal, ich kann mich ja selbst noch ironisch sehen!) Ironie spiegelt noch, glänzt, poliert und interpoliert: da muß Satire, Salzsäure muß her: alles was grünt und blüht in der Landschaft weggefressen, statt Bäumen wachsen da nur noch Bänke und statt Getreide Cafés: alle Telefonkabel, die über- und unterirdischen, zerschnitten, bis auf das eine, das der Herr Diktator gerade in diesem Augenblick nötig zu haben glaubt, um – Gott sei's geklagt! – von einem seiner Informanten irgendeinen Klatsch über einen anderen Diktator anzuhören: Was? Der raucht Zigarren, die teurer sind als meine? Wo gibt es Zigarren, die teurer sind als seine?

Vor ungefähr sieben Jahren fuhren wir – eine Delegation mehrerer PEN-Präsidenten – im Anschluß an einen internationalen PEN-Kongreß am Ochrid-See von Belgrad aus auf Einladung Titos zu einem seiner Schlösser hinaus. Es war ein schöner Mai-Nachmittag, und die Fahrt durch die Wojwodina wäre einer Beschreibung wert (die hier nicht hingehört). Um weder zu früh noch zu spät, sondern pünktlich zu kommen, fuhren wir zeitig los, machten Pausen, um uns zeitgerecht dem Ziel zu nähern. Tito empfing uns nicht nur jovial, sondern freundlich. Der Besuch zog sich hin, es wurde später sogar richtig gemütlich (Grill im Garten, Geplauder der bezauberndsten Art und sogar Nachtigallen im Gebüsch!). Es wurde spät, und zurück fuhren wir dann im »Geleitzug« und brauchten für die Rückfahrt kaum ein Drittel der Zeit, die wir für die Hinfahrt gebraucht hatten: die Straßen waren leergefegt, kein Huhn, kein Radfahrer, geschweige denn ein Auto, waren zu sehen, so flogen wir fast auf Belgrad zu, und einer meiner Freunde sagte mir später, jetzt erst wisse er, was ein totalitäres System sei: nicht Mensch, Huhn, Auto, Fahrrad auf den Straßen, und im Nu waren wir in Belgrad im Hotel – und wußten das zu schätzen! Tito war freundlich, menschlich, ansprechbar – ob er sich selbst in all seiner Pracht wenigstens ironisch oder gar satirisch sehen konnte, oder gar gesehen hat? Vielleicht war er zu kindlich, als daß man ihm Salzsäure hätte in die Hand geben können. (Vorsicht: kindlich, das bedeutet nicht unbedingt »überaus sanft und gütig«, es gibt grausame Kinder, die sehr kindlich sind!) Diese Rückfahrt über leergefegte Straßen war unheimlich, und doch genossen wir sie auch, ich jedenfalls genoß sie; wie harmonisch waren doch diese leergefegten Straßen! Von Diktatoren hält man das Unangenehme, das die Harmonie stören könnte, fern, sie sollen bei Laune sein und gehalten werden: schlechtgelaunte Diktatoren können äußerst unangenehm werden, wenn man ihnen Unangenehmes nicht erspart: die Welt kann so heiter sein, und die Spielzeuge der Macht (leergefegte Straßen etwa) sind doch so nützlich.

Habe ich, wenn ich einen Diktator in mir verberge (ich verberge übrigens auch eine Zigeunerin in mir), einen Staat in mir, vielleicht sogar einen demokratischen? Können Staaten lächeln? Staatsmänner sollten es können, nicht nur, wenn sie Kindern übers Haar streichen oder Hunde apportieren lassen. Nicht nur hoheitsvoll sollten sie lächeln, wenn sie da mit Schärpen und Schleifen auftreten, sie sollten manchmal sich selbst »bissiger Hund« sein, und – das allerwichtigste – sich vor dem Spiegel die Zunge herausstrecken. Ein lächelnder Staat, ein lächelnder *deutscher* Staat? Darf ich, wenn ich den Staat in mir mit den Augen anderer und so meine staatliche Lächerlichkeit entdecke, nicht *den* Staat, doch einzelne seiner Glieder, gelegentlich lächerlich finden? Zum Glück – andere empfinden das als schmerzlich – gelingt das Pompöse in unserem Staat ja nie so recht: weder die großen Zapfenstreiche noch die Gelöbnisfeiern, und doch finde ich das nicht lächerlich, nur hilflos, und diese Hilflosigkeit erweckt in mir Sympathie; es ist eine würdige, fast eine angemessene Hilflosigkeit. Zum Glück funktioniert der Staat in mir nicht: da bringt mir keiner eine Bank, keiner Tee, und wenn da ein Telefon besetzt ist, muß ich mich mit Fluchen begnügen – wie beim Autofahren, wenn die Straßen verstopft sind; da fegt mir keiner die Straße leer, und angesichts der Versuchung zum Diktator flüstere ich mir zwischen den Flüchen zu: Geschieht dir recht! Denn ich habe nicht nur einen Diktator und eine Zigeunerin in mir, auch einen Demokraten, der sich manchmal vor dem Diktator duckt, meistens aber aufbegehrt gegen Privilegien, die ich mir selbst zubilligen möchte; Privilegien, die andere mir zubilligen möchten, lehnt der Demokrat in mir diktatorisch ab: wenn schon Privilegien, dann nur vom Diktator selbst genehmigte!

Dieser (private) Diktator in mir, der zum Glück nur selten zum Zuge kommt, wäre möglicherweise noch mit den herkömmlichen Mitteln, wie sie Familien und Ehefrauen zur Verfügung stehen, zu bändigen; wäre er mit öffentlicher Macht ausgestattet, er würde rücksichtslos mit der Eigenheim-Architektur gewisser Erst-, Zweit- und Dritthäuser aufräumen, heftiger noch mit den Grabdenkmälern auf unseren Friedhöfen: das alles müßte nach seinem Geschmack geändert werden; ihn erinnern gewisse Siedlungen zu sehr an Friedhöfe und gewisse Friedhöfe zu sehr an Siedlungen; mag sein, daß es da noch etwas gibt, das man *demokratische Strenge* nennen könnte, die sich nicht am sozialen Netz vergreift, aber geschmacksbildend wirken könnte; da würde er mitwirken, auch eingreifen, den Pseudo-Individualismus der Kinkerlitzchen beschneiden, möglicherweise sogar Formen *diktieren*.

Dank des Autors

Rede anläßlich des zwanzigjährigen Jubiläums des Deutschen Taschenbuch Verlags am 25. 9. 1981

Lieber Heinz Friedrich, meine Damen und Herren,
als ich im Programm las: »Dank des Autors«, wurde mir ein wenig bang, weil ich mir überlegen mußte, wem hat ein Autor zu danken. Sich selbst – stellte ich dabei fest – am allerwenigsten, denn die Arbeit hat, mir jedenfalls, in den meisten Fällen Spaß gemacht, Freude auch, und ich sitze gern am Schreibtisch und arbeite. Also verdanke ich mir selbst fast nichts. Ein bißchen Fleiß, den haben wir alle nötig, natürlich, das ist eine Voraussetzung. Ich habe dann überlegt, wem müßte ich wirklich danken, und da komme ich zunächst auf die Dame, mit der ich fast 40 Jahre verheiratet bin. 40 Jahre, das ist nicht zu glauben, aber es ist tatsächlich so. Sie hört das nicht gern, schon gar nicht öffentlich, also machen wir Schluß damit. Und auch denen, die zu ihr gehören, und zu mir gehören, habe ich zu danken: meinen Söhnen, meinen Schwiegertöchtern, neuerdings meinen Enkelkindern, was einen Autor nicht nur trägt, sondern ihn auch erträgt.
Ich nehme an, so ein Autor ist meistens eine ziemlich unerträgliche Erscheinung; der sitzt da und brütet, und dann ist er auf seinen Ruf bedacht und seinen Ruhm, und natürlich ist das alles natürlich, aber doch ärgerlich, und ich fürchte, so um ihn herum zu leben, ist nicht immer so furchtbar fröhlich. Vielleicht sind Bankdirektoren auch nicht immer so angenehm, ich weiß es nicht. Gut. Also auch denen, die zu ihr und durch sie, die oben erwähnte Dame, zu mir gekommen sind, danke ich, und all denen, mit denen ich zusammenarbeite. Einige sitzen hier, ich sehe Renate, ich sehe den Viktor, auch René, meinen Sohn. Man nennt das in anderen Kulturbereichen die Mitwirkenden. Eine sehr herablassende Bezeichnung, finde ich, die wirken nicht nur mit, ohne sie wär's gar nicht möglich. Also danke ich zunächst diesem Hintergrund, über den sehr viel zu sagen wäre.
Das zweite, was zu erwähnen ist: meine Herkunft; der kann ich nicht danken. Ich will sie nur erwähnen und damit respektieren. Oder kann man seiner Herkunft danken, Siegfried? Ich weiß nicht. Und da habe ich dann nachgedacht, wo komme ich her? Geographisch sehr einfach. Nur zwei meiner Vorfahren sind öst-

lich des Rheins geboren, und zwar nicht sehr weit östlich, in Essen, das liegt ja fast am Rhein, und keiner nördlich der Linie Köln/Aachen. Damit ist ja ein geographischer Bezirk, den man Niederrhein bei uns nennt, den ich Niederlande nenne, abgesteckt. Ich zähle das zu den Niederlanden, kulturgeschichtlich, gefühlsgeschichtlich usw., und wahrscheinlich kennen die meisten von Ihnen wenige Orte aus diesem merkwürdigen Dreieck. Ich nenne Ihnen drei, fangen alle drei mit K an: Kleve, wo Siegfried herkommt und auch Beuys, die haben sogar auch gewisse Ähnlichkeiten, ich nenne Ihnen Kevelaer, das Sie wahrscheinlich durch Heinrich Heine kennen, und Kalkar, wo dieses Ding steht, das man so euphemistisch Brüter nennt. Das klingt so nach Glucke und Lebenschaffen und freudig, aber wir alle glauben ja, hoffen ja, daß da nichts gebrütet wird. Und es ist eine Schande, wie der wunderbare Niederrhein durch diese wahrscheinliche Ruine zerstört sein wird. Ich höre von Nachbarn in der Eifel, wo wir jetzt wohnen, daß die immer noch Bunker, so winzige Bunkerchen im Garten haben. Zwei- bis Drei-Mann-Bunker oder so etwas, die werden die nicht los. Schon damals konnte man also mit Beton ein solches Unheil anrichten. Jetzt schauen Sie sich dieses Kalkar an. Also Kevelaer, Kleve, Kalkar.
Dann kommt als wichtiges Dankobjekt die Gruppe 47. Wir brauchen uns darüber nicht zu streiten, nicht über die mythologischen Dimensionen, die sie inzwischen angenommen hat, die auch gar nicht mehr korrigierbar sind. Wie schnell Mythen entstehen und unkorrigiert bleiben müssen – fini – reden wir nicht drüber. Aber ich glaube, ohne sie, lieber Heinz, säßen wir hier nicht einander gegenüber. Man kann ja einer historischen Erscheinung, wie es diese Gruppe ist, gerecht zu werden versuchen, indem man sie sich wegdenkt. Ich versuch' das mal. Alles was da so an Verzweigungen und Verwicklungen und auch Kommunikation und auch Komplizenschaft – natürlich, aber bitte – entstanden ist, denk dir das mal weg. Ich glaube nicht, daß wir hier säßen ohne die Gruppe 47. Und da müssen wir natürlich Hans Werner Richter danken, ich weiß nicht, ob er hier ist, der diese Idee gehabt hat, die deutschen Nachkriegsautoren aus ihrer totalen Desperatheit und Disparatheit zusammenzuführen. Ich hoffe, daß jemand sich diese Arbeit einmal machen wird, die Gruppe 47 wegzudenken. Hochinteressante Sache, so einfach mal alle Kanäle verstopfen, wo natürlich für den Freistaat Bayern die Gruppe 47 eine solche Bedeutung bekommen hat, wie sie in dieser Feier sichtbar wird –

das ist enorm. So ein stattlicher, ehrenwerter und erfolgreicher und erfreulicher Verlag, der solche Feiern ausrichten kann: da fragen wir uns, was wäre Bayern ohne den dtv – also die Gruppe 47.

Dann möchte ich vor allem den Büchermachern danken, zu denen auch die Verleger natürlich gehören. Es gehört ein bestimmter Mut dazu, ein Buch zu schreiben. Dann kommt die weitere Mutstufe, das zur Publikation anzubieten. Auch ein Mut. Dann kommt die Stufe des Muts, sich mit diesem Ding da auszuliefern oder ausliefern zu lassen. Es ist ein ganz anderer Mut, der dazu gehört, Bücher zu drucken und zu publizieren. Er fällt selten zusammen, und da, wo er in der Geschichte zusammengefallen ist, wo also Autoren Verleger wurden, war das meistens gar keine sehr glückliche Geschichte; ziemlich peinlich ist das dann ausgegangen. Aber Büchermacher sind natürlich nicht nur Verleger und Autoren, die man dann gelegentlich in der Öffentlichkeit sieht, sondern in den fast unzähligen Zwischenstufen, die ein Buch durchschreitet, bevor es da ist, sitzen die Büchermacher. Ich meine nicht nur die Lektoren, die man gelegentlich kennenlernt, ich meine auch die Setzer, die Drucker, die Buchhändler, die Packer, die Fakturisten, falls es die überhaupt noch gibt – wahrscheinlich geht das alles per Computer –, ich weiß es nicht. Ehe so ein Buch vom Schreibtisch dieses Typs da wirklich nach vorne gekommen ist, sind eine ganze Menge wiederum Mitwirkender, von denen man sehr wenig weiß. Es sollte auch einmal jemand richtig die Entstehungs- oder Herstellungsgeschichte eines Buches erforschen.

Zu denen, denen ein Autor unbedingt danken muß, gehören natürlich auch die Kritiker. Was wäre er ohne sie? Was sie ohne ihn wären, will ich gar nicht erst zum Ausdruck bringen. Aber ja, wir gehören doch zusammen, nicht wahr? Es sind ja auch Autoren, aber sicher! Nein, das Lachen ist da ganz falsch motiviert. Ich meine das sehr ernst. Natürlich, ohne Ironie gibt's da überhaupt nichts, gibt's auch keine Ehen, glaube ich. Das wäre schlecht.

Da fällt mir etwas ein. Ich weiß nicht, ob die anwesenden Kollegen hier mit mir einverstanden sind, wenn ich das sage; ich empfinde es so. Die überregionalen Großabschüsse sind gar nicht immer das Schlimmste. Natürlich werden da Wunden geschlagen, aber die heilen ja auch, und da gibt's Narben. Und Narben jukken, das weiß jeder, der irgendwo eine Narbe am Körper hat. Viel mieser, schlimmer, sind die, die riechen, daß einer fällig ist. Ich weiß nicht, ob Sie das kennen, Manès Sperber, Siegfried, du wahrscheinlich ja, andere Autoren sehe ich nicht im Moment. Das sind die Tendenzschnüffler, die wissen, aha, der ist verwundbar, die riechen so ein bißchen Blut und dann drauf. Diese ganze Meute, die man ja via Ausschnittdienst dann eines Tages auf den Tisch bekommt, das ist eigentlich das Schlimmere. Ich will jetzt nicht den Vergleich Großwild ins Spiel bringen, Vergleiche hinken immer, aber hinken ist ja auch eine Annäherungsmöglichkeit, aber da fallen mir eine Menge Bilder ein, Bilder von Großwildjägern, die auch Karnickelvolltreffer ausführen usw. usw. Also, die gehören dazu. Die Irrtümer der Autoren sind vorausgesetzt, die Irrtümer der Kritiker sind sehr selten. Ich möchte nur auf diese Nebenwirkung eines Großabschusses hinweisen. Leute, die wirklich – ja, die riechen was, und dann, nun dann hängen sie sich an. Das nennt man, glaube ich, Trittbrettfahrer.

Von der Wirkungsgeschichte von Büchern wissen wir fast nichts. Das macht die Sache ziemlich unheimlich; denn es weiß ja kein Autor, was er anrichtet. Sehr selten äußert sich ein Leser. Dieses Schweigen einer in diesem Fall sehr großen Menge. Es kann ein Autor also nur über die Wirkungsgeschichte des Lesens sprechen, wenn er die Wirkung an sich selber, die er als Leser empfangen hat, zu analysieren versucht, was nie total gelingt. Sogar bei einem Autor nicht, der mit dieser seltsamen Mischung von Bewußtheit und Unbewußtheit doch vieles registriert. Äußerungen darüber, wer wen wann beeinflußt hat, sind meistens ungerecht. In dem Augenblick, in dem ich einen Namen nenne, stimmt's schon fast nicht mehr. Neulich habe ich in alten Klamotten gestöbert – alten Zeitschriften, wie meine Eltern sie 1907 bis 1933 abonniert hatten, katholische illustrierte Wochenschriften, die gar nicht schlecht waren – und entdecke eine Autorin, die ich verschlungen habe, die ich vergessen hatte, die Enrica von Handel-Mazzetti zum Beispiel. Was weiß ich, welchen Einfluß die in Wirklichkeit auf mich gehabt hat? Auch als Autor fällt man auf berühmte Namen rein. Nicht? Wir sind ja genau den gleichen Irrtümern ausgeliefert wie die Leser. Es gäbe da manches Buch, ich muß das einmal genau recherchieren, das wahrscheinlich eine Auflage von kaum 1000 gehabt hat, das mich ungeheuer beeinflußt hat. Das ist ein ganz unerforschtes Kapitel.

Danken muß man in diesem Zusammenhang denen, die den Menschen das Lesen beigebracht haben oder beibringen ließen. Es ist nie zu ihrem Wohl gewesen. Das ist eine wichtige Feststellung.

Lesen – wirklich lesen – also in ein Buch, in einen Text reingehen, macht rebellisch. Und die Diktatoren unserer Zeit, es gab ja zwei verschiedene Sorten, nicht? Die eine war nicht so lesefreudig, die andere, die haben ja viel gegen den Analphabetismus getan – eine großartige Sache, die man nicht unterschätzen darf –, aber damit auch ihre eigenen Gegner gebildet. Das wäre ein weites Feld, das rauszukriegen und über die Wirkungsgeschichte des Lesens nachzudenken.

Noch ein paar Worte zum Rheinland: Diese geographische Ecke, die ich beschrieben habe, aus deren Erde ich gemacht bin, wo ich herkomme, ist literarisch sehr wenig bekannt geworden. Ich glaube, daß man einen Dichter übersehen hat, der für mich viel rheinischer ist als jüdisch, nämlich den Heinrich Heine, den man immer so, eigentlich wie ich finde, ungerechterweise nur jüdisch definiert; im Grunde ist er ein Rheinländer. Er ist ein sehr rheinischer Typ. Ich kenne die Heine-Forschung nicht, aber es wäre interessant, das mal rauszukriegen, und da ist so eine Mischung möglich, die zwischen Frevel und Frivolität liegt. Ich hab' mir das angeguckt in entsprechenden Lexika mit der merkwürdigen Hoffnung, daß Frevel und Frivolität verwandt seien. Was nicht zutrifft. Sie sind vollkommen verschiedener Herkunft. Der Frevel ist ein reiner Germane, und die Frivolität eine reine Romanin. Rein – und da im Rheinland kommen natürlich die beiden zusammen. Und diese Mischung aus Frevel und Frivolität, die ich in mir spüre, die übrigens auch ein anderer Rheinländer, der Jacques Offenbach, natürlich hat, der sehr rheinisch ist. Wir neigen dazu, wenn einer jüdischer Herkunft ist, zu sagen, das ist jüdisch; es ist ja nicht wahr, das ist rheinisch an den beiden. Dieser Offenbach – wir wollen ja nicht über Offenbach anfangen – Beethoven war natürlich auch ein Rheinländer. Nein, ich mache jetzt Schluß.

Nur noch etwas zu unserem Status, ich sage bewußt nicht zu unserem Stand, denn ich glaube, wir Schriftsteller empfinden nicht ständisch: Unser Status ist – fiskalisch sind wir Unternehmer, also wie die Verleger, irre Geschichte – berufsstatistisch sind wir freie Schriftsteller. Das »frei« – wir wollen nicht so lange drüber reden, die Grenzen erkennen wir sehr häufig. Aber ich möchte sagen, eine Zeitlang galt der Spruch »Adel verpflichtet«. Ich will auch nicht kontrollieren, wie weit der Adel dieser Verpflichtung wirklich nachgekommen ist, wäre hochinteressant übrigens. Deshalb war er ja privilegiert. Ich möchte nur im Zusammenhang mit uns freien Schriftstellern sagen: Freiheit verpflichtet. Sie verpflichtet auch dazu, die Selbstgefälligkeit, die Selbstzufriedenheit, die Selbstherrlichkeit allzu flotter Demokraten zu erkennen. Das haben die Demokraten und Republikaner gar nicht gerne. Es ist nicht nur die Freiheit gegenüber dem Fürstenthron; die ist selbstverständlich. Aber auch die Selbstgefälligkeit, Selbstherrlichkeit und Selbstzufriedenheit der Demokratien muß geprüft werden, auch ihr gegenüber müssen Frevel und Frivolität, beide, erlaubt sein, und was ich bei anderer Gelegenheit gesagt habe, daß man die Grenzen seiner Freiheit sehr schnell erkennt, man muß sie nämlich überschreiten. Man kann eine Grenze nicht erkennen, wenn man sie nicht überschreitet. Dann kommt der Zöllner, im schlimmsten Fall kommt der Grenzschutz und schießt. Bums. Man kann nicht innerhalb der Grenzen der Freiheit bleiben, das gibt's gar nicht, dann ist sie keine mehr. Also immer drüber, und das müssen die Demokraten und Republikaner und die politischen Parteien auch endlich – nicht respektieren, wir wollen von denen gar nicht so respektiert werden –, aber erkennen, daß man Freiheit ja nur erfahren kann, wenn man immer weitergeht. Gut.

Zum allerletzten Schluß noch eine frevelhafte Bemerkung, lieber Heinz, lieber Herr Piper, Sie sind die einzigen Verleger, die ich hier sehe. Hier sind mehr, ich weiß, Herr Neven ist wahrscheinlich auch da. Frevelhaft und frivol insofern, als ich eine Sparte des Buchhandels loben möchte, die man schamhaft »Modernes Antiquariat«, besser »Ramsch« nennt. Das ist natürlich wirklich für ernsthafte Verleger eine Zumutung. Ich denke darüber nach, was wäre ich als Autor, als Leser, man fängt ja als Leser an, geworden, ohne den Ramsch, den es in meiner Jugend gab, der bis zu einem gewissen Grade die Funktion hatte, die heute das Taschenbuch hat, nämlich Klassiker und Nichtbillig-Bücher in die Hände und in die Tasche zu bekommen. Ich bitte um Verzeihung für diese frevelhafte Bemerkung. Wir wissen ja gar nichts über die Leute, die die verramschten oder die ins moderne Antiquariat geschobenen Bücher lesen, auch die sind Leser. Ich sage das gegen unsere gemeinsamen Interessen, aber es muß gesagt werden, und ich bin es schuldig meiner Vita als Autor, die gleichzeitig eine Vita als Leser ist. Ich bitte um Verzeihung, es mußte gesagt werden. Dankeschön.

Sacharows Aktentasche oder die Ästhetik der Wörtlichkeit

Plädoyer für die Vorverlegung der Vernunft in die Politik

Andrej Sacharow, da wird manch einer, auch in westlichen Gefilden, glauben, daß es sich um einen Spinner handelt, einen dieser zwar liebenswürdigen, aber doch verrückten Don Quijotes, die gegen die berühmten Windmühlenflügel kämpfen; ein netter Mensch, den man verehrt und bewundert und doch – nun ja, ein bißchen verrückt wird er schon sein, wenn er da weiter und weiter kämpft, und wenn man ihn gelegentlich im Fernsehen sieht, da wirkt er fast wie ein Mönch. Es wird zu leicht vergessen, daß Sacharow seiner Ausbildung und Bildung nach von einer der Wissenschaften bestimmt ist, die man zu den *exakten* zählt, von der Physik, die man wohl als einen Zwilling jener anderen, ebenfalls exakten Wissenschaft bezeichnen kann, die man Mathematik nennt. Es ist diese Exaktheit, die ihn veranlaßt hat, als einer der ersten ein Manifest über die Konzeption einer Welt-Ökologie zu verfassen. Und es ist ebenfalls diese Exaktheit, die ihn zum Verfechter der Menschenrechte gemacht hat.

Er *wirkt verträumt,* gelegentlich fast abwesend – und doch ist er *wach,* ständig anwesend, liebenswürdig und – das ist nur scheinbar ein Paradox – ein sanftmütiger Kämpfer, dessen Härte die Unerbittlichkeit ist. Ich bin versucht, ihn ein Wunder zu nennen, und es mag sein, daß es das scheinbar Unerklärliche an ihm ist, das die Sowjet-Machthaber ärgerlich, bösartig macht; sie verstehen ihn nicht, verstehen nicht, daß einer, der in seinem Ruhm und Ruf als genialer Naturwissenschaftler baden und ausruhen, der lorbeerbekränzt seine Verdienste genießen könnte, daß einer selbstlos für etwas kämpft, das zwar in fast allen Verfassungen der Welt festgeschrieben, aber nur in wenigen Staaten voll verwirklicht ist: die *Menschenrechte.* Sollte nicht auch das Recht, so dehnbar und vielfältig interpretierbar es sich darstellt, zur exakten Wissenschaft werden können? Als Naturwissenschaftler hat Sacharow die Exaktheit der Menschenrechte entdeckt und nimmt die Verfassung der Sowjetunion beim Wort: unerbittlich, unermüdlich – und damit, nur damit flößt er einem übermächtigen, einem qualitativ und quantitativ mit allen Mitteln ausgestatteten

Machtapparat Angst ein? Auch das fast ein Wunder – wovor zittern sie? Vor dem Träumer oder vor dem exakten Wissenschaftler? Es ist schwer, fast unmöglich, einem voll etablierten, mit allen Insignien und materiellen Mitteln der Macht ausgestatteten Funktionär (und das ist ein internationales Problem!) klarzumachen, daß einer *für andere* mehr will, nicht für sich selbst.

Da, glaube ich, liegen die Probleme, die es zwischen denen, die man Intellektuelle nennt, und denen, die man die Mächtigen nennt, immer wieder gibt, die sich immer wieder verschärfen. Sie verstehen nicht, sie begreifen nicht, daß hinter dem scheinbar Traumhaften die Vernunft steckt, hinter der scheinbar utopischen Forderung die Exaktheit, die man auch Ästhetik der Wörtlichkeit und des Rechts nennen könnte.

Es ist leicht gesagt, klingt ein wenig nach billigem Triumph, wenn man feststellt, was zutrifft: daß die Sowjetmacht sich unsterblich *blamiert* hat, als sie Andrej Sacharow angesichts der näher rükkenden Olympiade nach Gorkij verbannte. Ein »Aha« reicht nicht aus, um sich klar darüber zu werden, daß da ein Mensch, ein einziger und einzigartiger, der den Ehrentitel Mensch tatsächlich verdient (man sollte einmal die zählen, die diesen Ehrentitel wirklich verdienen), *einer* also wird der gesamten Sowjetmacht so gefährlich, daß er versteckt, bewacht, daß er ohne jede auch nur formelle Begründung einfach in eine entfernte Stadt verbannt wird. Da hat nicht etwa eine Gerichtsverhandlung stattgefunden, da ist nicht etwa ein Urteil gefällt worden, wie es in so vielen Fällen in der Sowjetunion mit Menschenrechtlern geschieht; keinerlei formelle Begründung also – nur einfach *Unrecht*, verpackt in miese Schikanen, grobe Belästigungen, weil es da einen gibt, den sie sich zwar schnappen, den sie aber nicht »fassen« können: sanftmütig, hartnäckig, unerbittlich, exakt – ein genialer Naturwissenschaftler, der die Menschenrechte als exakte Wissenschaft entdeckt hat. Einer, der sein Laboratorium immer mit sich trägt, ein Laboratorium, das man nicht beschlagnahmen kann: Denkvermögen, Vernunft, auch Herz sind die Instrumente in diesem Laboratorium – und ein weiteres Instrument, das auch anderswo so häufig denunziert, diffamiert, verhöhnt wird: Bewegtheit, eine nahe Verwandte der Emotion, die in unseren Breiten so lange vernachlässigt, beiseite geschoben, bei jeder Gelegenheit denunziert worden ist, so sehr verachtet, daß sie sich nun zu rächen beginnt: in Zürich, Berlin und London, dort ohne die notwendige korrigierende Komponente Vernunft.

Ja, Andrej Sacharow ist ein bewegter Mensch, moviert und motiviert und, nicht zu vergessen, er kommt von den exakten Wissenschaften zu den exakten Menschenrechten. Man hat ihn jahrelang belästigt, schikaniert, malträtiert, und doch war er in gewisser Weise *unantastbar* – es gab da etwas, das »sie« vor dem letzten zurückschrecken ließ. Nun aber ist diese Unantastbarkeit gebrochen: diese – ich wiederhole – nicht einmal formell begründete Verbannung. Damit ist für den Menschen Sacharow, der verletzt und verletzlich ist, eine neue Dimension der Verletztheit erreicht, in der man um ihn bangen muß. Zudringlich und handgreiflich sind »sie« geworden.

Und nun haben sie ihn auch noch jener »Werkstatt«, seiner kleinen, unentbehrlichen, beraubt, in der er die Ergebnisse seiner inneren Laboratoriumsarbeit notiert hat und die er immer mit sich führte: seiner Aktentasche. Ein plumper Trick: Ins Behandlungszimmer des Zahnarztes durfte er sie nicht mit hineinnehmen, seine Frau, die die unersetzliche Tasche sonst bewachte, war nicht bei ihm, und als er aus dem Behandlungszimmer herauskam, hatte einer der Schergen zugegriffen und ihn aller Unterlagen, der privaten und der wissenschaftlichen, beraubt: Nein, da ist nicht geprügelt und schon gar nicht gefoltert worden, und doch hat man zugepackt, handgreiflich ist man geworden auf eine tückische Weise, die nicht einmal nachweisbar ist, denn: Gibt es nicht Diebe überall auf der Welt? Will man den Sanftmütigen reizen, ihn, der immer bei sich blieb, außer sich bringen? Sein Laboratorium in Unordnung bringen, indem man ihm die Ergebnisse dieses Laboratoriums raubt?

Soll diese gesammelte Vernunft durcheinandergebracht werden? Schon Sacharows erstes Manifest war ein Hilferuf der Vernunft und der Erkenntnis, der Hilferuf eines Naturwissenschaftlers, den Einsichten, Forschungsergebnisse und Erfolge weder eitel noch zynisch gemacht haben und der sich nicht von den leicht popularisierbaren Effekten der Wissenschaft, etwa der Weltraumfahrt, in Euphorie versetzen ließ; der in den Künsten und der Literatur Verbündete erkannte und die Abschaffung jeglicher Zensur für eine unerläßliche Bedingung der Vernunft erklärte. Sind die »Diebe«, die da Aktentaschen mitgehen lassen, eine neue Erscheinungsform der Zensur?

Es mag schon sein, daß manches Manifest »unvernünftig« erscheint, als »zu früh« mit Kopfschütteln abgetan wird. Ein »zu früh« richtet aber kaum Schaden an, wenn die Politiker immer und immer wieder zu spät zur Vernunft kommen. Vereinfacht interpretiert, erwartet Sacharow eine Vorverlegung der Vernunft in die Politik, schon mit seinem ersten, dem ökologischen Manifest, das den Einsichten des Naturwissenschaftlers entsprach. Es war nur folgerichtig, daß er auf das kam, was man die Ökologie der Menschenrechte nennen könnte, ein *irdisches* Problem, das man auf Mond und Mars und im Satellitenkarussell in der Euphorie des *Überirdischen* allzuleicht vergißt. Während die Wissenschaftler und Technologen immer weiter ins Weltall vordringen, dort möglicherweise in der Unfaßbarkeit der Organisation des Kosmos etwas von der Unfaßbarkeit der Schöpfung ahnen, spüren sie so nicht auch gleichzeitig die Trauer der Erdverlassenheit, sehnen sich ins Irdische zurück, wo diese merkwürdigen Wesen, die man Menschen nennt, nicht einmal eine Andeutung dessen spüren, was im Weltall als Fortschritt in Spitzenleistung um diese verlassene Erde kreist, auf der die Menschen um ihre Rechte bangen müssen? Ist der exakte Wissenschaftler Sacharow, in der Einsamkeit und vielleicht auch der Angst des physikalisch-mathematischen Laboratoriums, unbeeindruckt von seinen Erfolgen, auf die Erde und ihre Bewohner zurückgekommen, um auf dieser Erde für die aus Erde Gemachten zur Stimme zu werden? Die vernünftigsten und utopischsten der Sacharowschen Forderungen waren außer den politischen die für die Geohygiene, die Bekämpfung des Hungers, die Rüstungsbeschränkung, die Forderung nach Informationsfreiheit und die Abschaffung der Zensur – und daraus ergab sich die Forderung nach *exakter* Einhaltung der Menschenrechte.

Er ist nicht nur sanftmütig, intelligent, energisch, auch zartfühlend, und seine Gedanken zur Geburtenregelung etwa, die er in seinem Manifest aus dem Jahre 1968 äußerte, waren von einer delikaten Humanität, die alle überraschen mußte, die sich mit Vorurteilen gegenüber einer »materialistisch geschulten Intelligenz« hatten füttern lassen. Er nannte das Problem »heikel«, erklärte Sterilisation für schlechthin »barbarisch«, hielt standardisierte dogmatische Lösungen »für alle Zeiten für alle Völker« für falsch, erkannte die Vielschichtigkeit des Problems, und das verkürzte Geschrei derer, die blindlings für oder gegen die »Pille« sind, verblaßt dagegen zu einem demagogischen Gestammel, hinter dem man den wahren Materialismus erkennt: Angst um die Börsenkurse der Pillenhersteller oder Angst um den Nachwuchs an billigen Arbeitskräften.

Seit diesem, dem frühesten mir bekannten der Sacharowschen Manifeste, ist mir klargeworden, daß Sanftmut und Kraft so wenig Gegensätze sind wie Zartgefühl und Entschiedenheit, so wenig, wie naturwissenschaftliches Genie und Humanität Gegensätze sein müssen. Wie gefährlich ist solch ein Mensch, zartfühlend und hartnäckig zugleich, unerbittlich und sanftmütig, wie gefährlich ist er, daß man ihn nicht nur entwurzeln, aus Moskau entfernen muß, ihm nun auch seine Aktentasche rauben muß? Was enthält sie? »Sprengstoff« möglicherweise, Dynamit gewiß nicht, die enthält wohl den Sprengstoff, den Gedanken gelegentlich haben, Gedanken, die aus einem exakt arbeitenden »Laboratorium« stammen. Und »gefährlich« ist wohl an diesen Gedanken, daß sie zwar in der Physik und Mathematik Disziplin gelernt und angewandt und doch die Grenze dieser Disziplin überschritten haben. Es wäre zu wünschen, daß mehr Naturwissenschaftler wie Sacharow »interdisziplinär« zu laborieren begännen und ihre Verbündeten in anderen Disziplinen nicht verachteten, denn es gibt auch – und Sacharow appellierte in seinem ersten Manifest an Kunst und Literatur –, es gibt nicht nur die Disziplin »Phantasie«, es gibt auch disziplinierte Phantasie. Und ohne sie wird kein Problem dieser Erde zu lösen sein.

Hoffentlich kein Heldenlied

Wenn ich versuche zu schildern, wie wir – wenn nicht gerade Weihnachten – so doch die letzten Monate des Jahres 1945 erlebten, so fürchte ich, das alles könnte als etwas erscheinen, was es *nicht* war: überaus heroisch. Dieser vielbeschworene »Aufbauwille«, eine den Nachgeborenen so oft vorgehaltene Eigenschaft, oder gar die »Aufbauleistung«, eine fürchterliche Hypothek auf den Schultern eben dieser Nachgeborenen, die Politiker so gern – und so hochverzinst – in Rechnung bringen, das war nichts weiter als der Wunsch, das nackte Überleben zu Leben zu machen; der eine mit etwas mehr, der andere mit etwas weniger Glück. Ich bin sicher, diese ständig mit der ungeheuren Leistung ihrer Väter und Großväter konfrontierten Nachgeborenen würden nach einer vergleichbaren Katastrophe unter vergleichbaren Umständen ebensoviel »leisten«. Manchmal haben mich ausländische Freunde aus neutralen Ländern mit halber Bewunderung gefragt: »Wie habt ihr das alles ausgehalten?« Und ich habe immer geantwortet: »Wie ihr es ausgehalten hättet.« Das muß vorausgesetzt sein, wenn ich zu erzählen versuche, was streckenweise wie ein Märchen klingen muß. Ungern begebe ich mich also aufs Glatteis dieser Art von Erinnerungen. Ich bin immer – auch mir gegenüber – mißtrauisch gewesen gegenüber diesen l'art pour l'art-Pirouetten des »Ja, so war es«. – War's wirklich so?

Mit dem Glatteis bin ich gleich beim Thema: Glatteis bedeckte in diesem Winter 45/46 fast ständig den Raum, der später die Küche werden sollte. Da waren schon ein paar Pirouetten fällig, wenn die Suppe gekocht werden mußte.

Wir begannen in einem Trümmerhaus in der Schillerstraße in Köln-Bayenthal – schlichtweg als Hausbesetzer, wurden später zu Instandbesetzern. (Zugegeben: diese Art von Besetzung war seinerzeit legal; auch unsere eigene Wohnung war legal besetzt worden – und futsch.) Interessant wäre nur, einmal festzustellen, wie viele Einwohner Kölns damals als Hausbesetzer begannen. Es gab da einen Stichtag, nach dem, was nicht bewohnt, für Besetzung frei war.

Weiterhin zugegeben: wir bekamen die Instandbesetzung bezahlt. Stundenlohn (erhöhter Hilfsarbeiterlohn) eine *damalige* Mark, nach der wahren, der realistischen Währung gerechnet, das Siebtel einer Zigarette. Grob gerechnet, mag die Erhaltung des

Hauses den späteren Eigentümer, die Bundesrepublik Deutschland, etwa 50000 Mark gekostet haben, – *heute* ist das Haus das Zehnfache in *heutiger* harter Mark wert. Welcher Computer könnte da ausrechnen, welche Gewinnmaximierung da stattgefunden hat, wenn man eine Mark, die eine siebtel Zigarette wert war, auf eine Mark umrechnet, für die es sieben Zigaretten gibt? Wie macht man aus etwa 7500 Zigaretten deren 3500000? Schweigen wir von derartigen Milchmädchenrechnungen in Brot, Milch, Tee. Oh, ihr Milchmädchen, ihr klugen, man sollte euch mal mit nach Ottawa nehmen. So jedenfalls wurden mit schlechter Mark Werte geschaffen, die Währungsreformen überdauern und in guter Mark permanent ihren Wert steigern.

Zugegeben: wir bekamen auch Lebensmittelmarken, sogar Schwerarbeiterzulagen, obwohl wir so schwer nun auch nicht arbeiteten; auch sie trugen zur Gewinnmaximierung bei. Ach, Milchmädchen, du liebes, wer hat dir beigebracht, daß eine Mark eine Mark eine Mark ist?

Zum Baumaterial trug der Besitzer des Hauses in Worten und Ziffern *nichts* bei. Wir mußten es uns besorgen, was bedeutet: stehlen. Wollten wir nicht ein Dach über dem Kopf? Sollten wir uns das Dach beschaffen. Weiterhin zugegeben: unser Eigentumsbegriff war durch das Erlebnis des Krieges und der Bombardierungen nicht gerade verfeinert worden. Und Gewissensbisse hatten wir keine, es war kein Nährboden für sie vorhanden, und zu dem berühmt gewordenen »Fringsen« bedurften wir nicht des kardinalen Segens. Das mochte harmlos gebliebene Gemüter ermutigen, aber ich frage mich frivolerweise manchmal, ob Frings wohl die Holzlager der Firma Wehrhahn zum »Fringsen« freigegeben hätte. Holz war übrigens in den Trümmern reichlich vorhanden, und *außerdem* sei noch zugegeben: Die Schreinerwerkstatt meines Bruders, der als Chef und Unternehmer fungierte, war fast ganz intakt geblieben.

Ja, Glatteis also bedeckte den Boden der Küche. Es war ein harter Winter, und wir schliefen, meistens zu Fünfen, darunter mein fünfundsiebzigjähriger Vater, der des Landlebens überdrüssig war, gelegentlich auch zu Sieben im späteren Schlafzimmer auf Pritschen, die aus geklauten Türen und Balken zurechtgezimmert waren. Mit dem morgendlichen Waschen kann's nicht viel gewesen sein: Das Wasser mußten wir aus einem ziemlich weit entfernten Hydranten (ich glaube, auf dem Bayenthalgürtel) holen; das Glatteis in der Küche entstand aus Schnee und gelegentlichem

Regen, und doch spielte Wasser bei unserer ersten Arbeit, die einer Kafka-Geschichte würdig wäre, eine große Rolle: Der Heizungskeller war überschwemmt, und wir schöpften ihn mit Blechbüchsen leer, kippten das schwärzliche Wasser in den Abfluß der nahe gelegenen Waschküche im Keller, bis wir – nach Wochen erst – feststellten, daß das Wasser aus der Waschküche aufgrund schwer zu eruierender installatorischer Fehlkonstruktionen in den Heizungskeller zurücklief; daß hier eine Fehlkonstruktion vorlag, die vor dem Krieg durch eine elektrische Pumpe, die das Wasser direkt in den Kanal pumpte, reguliert worden war. Woher eine elektrische Pumpe nehmen und wer, wenn sie aufzutreiben gewesen wäre, würde sie installieren? So überließen wir das schwärzliche Wasser sich selbst und den Ratten.
Nächstwichtige Arbeit: das Dach dicht zu machen. Womit? Da bot sich der Asphalt der Trottoirs an: Er wurde geschmolzen in einem alten Waschkessel; Brennmaterial gab's reichlich in den Trümmern ringsum, das Geschmolzene wurde aufs provisorisch vernagelte Dach verteilt; woher die Nägel? Dorther, wo alles herkam: aus den Trümmern, alle Bretter wurden sorgfältig entnagelt, die Nägel gerade geklopft: Instandbesetzer sind einfallsreich. Wir scheuten auch nicht davor zurück, den Asphalt des Trottoirs auf dem Bayenthalgürtel in unsere Materialbeschaffung einzubeziehen und stellten dabei fest, daß Kardinal Frings unser unmittelbarer Nachbar war; als wir den Asphalt vor der bischöflichen Wohnung zweckentfremden wollten, wurden wir von einem priesterlichen Adlatus milde auf andere Quellen verwiesen. Deren gab es genug, und so gab's keinen Ärger mit erzbischöflichen Instanzen.
Nein, Helden waren wir nicht, nicht einmal negative. Müde waren wir, fast apathisch, krank auch, geschwächt. Erst zwei Jahre später, etwa 1947, kamen wir halbwegs »zu Kräften«; unser Arbeitstempo war äußerst gering, wer von »Aufbauwillen« oder gar »Aufbauleistung« gesprochen hätte, wäre des Spotts gewiß gewesen; wir wollten ein Dach über dem Kopf, mehr nicht. Auch Fenster hätten wir gern gehabt, aber Glas gab's einfach nicht, und so wurden die Löcher einfach zugenagelt.
Ernährung? Natürlich gab's da was auf Marken, die Zuteilungsperioden liefen weiter. Schlangestehen um Magermilch – das Schöpfen mit der Kelle ging so flink –, das muß man können, daß die Kelle nie ganz voll wurde: ein Liter ist eben kein Liter, ist kein Liter; nur eine Rose ist eine Rose, eine Rose ist sie! Und 62,5

Gramm Margarine sind keine 62,5 Gramm Margarine; merkwürdigerweise wurde da immer ein Messerstich weggenommen – und außerdem war das Papier ziemlich dick und wurde mitgewogen – und merkwürdigerweise wurde nie ein Messerstich hinzugefügt, was ja doch, wenn das Wiegen nun mal so ungenau war, logisch gewesen wäre. Oh, ihr Messerstiche Margarine und Butter und du, dickes Papier – wart ihr vielleicht die wahre »Aufbauleistung«?

Tage, Wochen, Monate verschwimmen in meiner Erinnerung, nur eines Datums bin ich sicher: am Nikolaustag 1945 kam mein Schwager Eduard aus einem britischen Gefangenenreservat zu uns nach Köln; nach Prag konnte er nicht zurück, das Schicksal seiner Familie war (und blieb lange) ungewiß. Auf dem Kölner Hauptbahnhof hatte man ihm, bevor er aufs Einwohnermeldeamt ging, um uns ausfindig zu machen, seinen einzigen Besitz, einen prall gefüllten Seesack gestohlen. Oh, freundliche Begrüßung eines Heimkehrers! Er blieb bei uns, bekam seinen Pritschenplatz und wurde zum brauchbaren Instandbesetzer. Immerhin hatte er seine Marinepräzisionstaschenuhr gerettet, die später dem Schwarzmarkt geopfert werden mußte. Annemarie war als Lehrerin hauptsächlich damit beschäftigt, an ihre 60 – 70 Schülerinnen Suppe zu verteilen und unter diesen Trümmerkindern halbwegs Disziplin zu halten. Edi und ich, wir lauerten wie hungrige Wölfe auf die Suppenreste und ihre eigene Portion, die sie im Kochgeschirr mitbrachte, wenn sie mittags total erschöpft nach Hause kam; es gab süße Suppen und fettige, die fettigen waren uns lieber. Nein, Helden des Wiederaufbaus waren wir nicht, und jeder, jeder Nachgeborene würde nach einer vergleichbaren Katastrophe unter vergleichbaren Umständen das gleiche »leisten« – ich wiederhole es und füge hinzu: *wir*, wir wären nach einer wahrscheinlich unvergleichbaren Katastrophe nicht mehr fähig, auch nur irgend etwas zu »leisten«.

Zu Weihnachten hin – oder war's später? – hatten wir überraschend Glück: wir fuhren noch einmal aufs Land, wo wir in einem bergischen Dörfchen ein Evakuierten-Zimmer bewohnten. Das Zimmer war in merkwürdiger Unordnung und strömte einen merkwürdigen Geruch aus: offenbar hatte dort eine Schwarzschlachtung stattgefunden, weil keiner damit gerechnet hatte, daß wir so bald noch einmal zurückkommen würden. Als »Schweigegeld« bekamen wir einen Batzen Fleisch, unerwartete und sensationelle Bereicherung unseres Speisezettels, der gewöhnlich aus der abstrakten Zitierung von Rezepten bestand: oh, wenn Edi detailliert die Herstellung böhmisch-österreichischer Backwaren und Mehlspeisen beschrieb: etwa Vanillekipferl und Powidl-Knödel, während wir unsere ärmlichen Suppen löffelten.

Ich weiß nicht, ob's auch nur *einen* der damaligen Bewohner Kölns gegeben hat, der *nicht* gestohlen hat, stehlen mußte, und wäre es auch nur »herrenloses Gut« gewesen. Gibt es ihn – man sollte ihn als Denkmal der Reinheit auf dem Roncalliplatz verewigen. Was haben die Überlebenden dieser Jahre da alles verdrängt? *Das, nur das,* ist interessant und wissenswert für die Nachgeborenen. Was nützen die Aufzählungen der »heldenhaften« Situationen und Details, die Anekdoten von der eigenen Schläue, wenn man sich nicht klar darüber wird, daß der Eigentumsbegriff, der heute zu den heiligsten der Nation gehört, praktisch aufgelöst war. Da fanden seltsame »Lastenausgleiche« statt, die nicht registriert wurden. Ganz zu schweigen von den vielen, die das Glück hatten, an der Beute aus aufgelösten Versorgungs- und Wehrmachtslagern zu partizipieren: Autos und Lebensmittel, Gummireifen, Textilien, wieviel »heroisch« aufgebaute Vermögen sind daraus entstanden?

Ich habe wohl zuviel fiction über diese Jahre geschrieben, um meinen non-fiction Versuchen noch zu trauen. Ich weiß nicht, ob die Erzählungen und Romane nicht wahrer sind als das, was ich hier erzähle.

Ich fürchte eben, es ist doch ein Heldenlied geworden, nicht von positiven, nicht von negativen, doch von äußerst müden Helden, die da in einer zerstörten Stadt sich ein Dach über den Kopf zimmerten, Mauern flickten, Trümmer ausschlachteten, Haus- und Instandbesetzer von der (damals) legalen Sorte. Auf ihre Weise auch Beutemacher: unter anderem fanden wir im Keller des Nachbarhauses ein stockfleckiges, halbvermodertes Exemplar der *Galgenlieder* von Morgenstern, und für lange Zeit waren der Schluchtenhund und das Siebenschwein und alle ihre zahlreichen Verwandten unsere Tischgenossen.

Weihnachten 1945: Ich habe keine genauere Erinnerung daran. Christbaum? Kerzen? Ich weiß es einfach nicht mehr. Da war noch etwas, das vielleicht »festgehalten« werden könnte: der Staub und die Stille. Und es erscheint mir am besten, ich zitiere, was ich vor sechzehn Jahren darüber geschrieben habe und heute besser nicht ausdrücken kann:

»Staub, Puder der Zerstörung drang durch alle Ritzen, setzte sich in Bücher, Manuskripte, auf Windeln, aufs Brot und in die Suppe; er war vermählt mit der Luft, sie waren ein Leib und eine Seele; jahrelang die tödliche Qual gegen alle Vernunft, gegen alle Hoffnung als Sisyphus und Herakles diese Unermeßlichkeit des Staubs zu bekämpfen, wie ihn eine zerstörte Stadt von den Ausmaßen Kölns hervorbrachte; er klebte auf Wimpern und Brauen, zwischen den Zähnen, auf Gaumen, allen Schleimhäuten, in Wunden – jahrelang dieser Kampf gegen die Atomisierung unermeßlicher Mengen von Mörtel und Stein.

Das andere war die Stille. Sie war so unermeßlich wie der Staub, nur die Tatsache, daß sie nicht total war, machte sie glaubwürdig und erträglich; irgendwo in diesen unermeßlichen stillen Nächten bröckelten lose Steine ab oder stürzte ein Giebel ein; die Zerstörung vollzog sich nach den Gesetzen umgekehrter Statik mit der Dynamik im Kern getroffener Strukturen; offenbar kann man auch den statischen Kern eines Gebäudes spalten. Oft konnte einer es am hellen Tage beobachten, wie ein Giebel sich langsam, fast feierlich senkte, Mörtelfugen sich lösten, sich weiteten wie ein Netz – und es prasselte Steine. Die Zerstörung einer großen Stadt ist kein abgeschlossener Vorgang wie eine Operation, sie schreitet fort wie eine Paralyse, es bröckelt allenthalben, bricht dann zusammen. Der freiwillige, weder durch Sprengung noch durch sonstige akute Gewalt bewirkte Einsturz einer Giebelmauer ist ein unvergeßlicher Anblick; in irgendeiner nicht voraussehbaren, schon gar nicht berechenbaren Sekunde gibt dieses im Kern getroffene, schön geordnete, in Zuversicht und Lust zusammengefügte Gebilde nach; es zählt, fast hörbar tickend, knisternd, vom Datum seiner Entstehung auf Null und Nichts zurück – auch beim Abschuß von Raketen wird auf Null und Nichts zurückgezählt – und gibt sich auf.«

Ja, Staub und Stille gehörten dazu, und es machte Spaß, ein ruiniertes Haus bewohnbar zu machen; die Heldenväter, die da so oft anklagend und auch angebend an ihre Aufbau-Brust schlagen, vergessen zu leicht, wieviel Spaß das machte, wieviel Phantasie bei der Besorgung der Materialien angeregt wurde, und jede, jede Mahlzeit war ein »Sieg«. Nicht zu vergessen: die Engländer waren eine angenehme, fast unauffällige Besatzungsmacht.

Ich weiß nicht mehr, ob vor oder nach Weihnachten, es geschah eine Art Wunder: ich bekam – immerhin mehr als ein halbes Jahr nach Kriegsende – noch einige, wieviel weiß ich nicht mehr, Obergefreitengehälter zugeschickt! Irgendein korrekter Zahlmeister muß da sowohl die »Kriegskasse« wie die Adressen der Soldempfänger mit nach Hause genommen und seine (nach internationalem Kriegsrecht) illegale Beute gerecht verteilt haben. Diese unerwartete Einnahme – die einzige außer dem Instandbesetzerwochenlohn von etwa 45 Mark und Annemaries Lehrerinnengehalt – wird wohl, wie so mancher Schein, auf dem Schwarzmarkt gelandet sein – Brot, Zigaretten, ein paar Lot Kaffee vielleicht – doch genug davon.

Wir hatten überlebt und begannen zu leben.

Manuskript der Ansprache zur Friedensdemonstration vom 10. 10. 1981 in Bonn

Wenn Bundeskanzler Schmidt sagt – und ich bin bereit, ihm das zu glauben –, daß er und Herr Genscher die Verhandlungsbereitschaft der US-Regierung forciert haben, dann hat vielleicht doch die Friedensbewegung – besonders der evangelische Kirchentag in Hamburg – haben die vielen Initiativen – vielleicht doch bei diesem Drängen eine Rolle gespielt, und es könnte ja sein, daß auch diese Kundgebung und die vielen, die ihr folgen werden, einmal eine Rolle – eine politische Rolle spielen –, insofern ist die Kundgebung keineswegs gegen die Bundesregierung gerichtet; noch ist keine der neuen Raketen hier stationiert, noch keine Neutronenbombe akzeptiert. Der politische Einfluß dieser Kundgebung – und den wollen wir ja – hängt auch von ihrem Verlauf ab – und ich bitte jetzt schon jeden, der einen Stein oder Schlimmeres in der Tasche oder in seinem Campingbeutel hat, ihn fallen zu lassen und der Straßenreinigung der Stadt Bonn zu überlassen, die ohnehin genug Arbeit durch uns hat.

Eine weitere Voraussetzung: wir wollen uns nicht vormachen, daß wir allein für den Frieden sind: den wollen die Politiker, denen wir uns hier zeigen – demonstrieren heißt ja zeigen, auch herzeigen, es steckt in dem Wort Monstranz – auch; sie wollen den Frieden. Wir demonstrieren also nicht gegen einen geplanten Krieg, sondern gegen die strategischen Bereitstellungen für einen möglichen Krieg, und wenn das Wort Null-Option schon aus höchstem Mund fällt, dann dürfen wir wohl noch für diese Null-Option demonstrieren.

Es ist das Recht, möglicherweise sogar die Pflicht, der amerikanischen Regierung, energisch – gelegentlich brutal – ihre Interessen zu vertreten. Die Frage ist nur, ob diese Interessen mit denen Europas, speziell Deutschlands – und ich sage Deutschland, nicht Bundesrepublik und DDR – übereinstimmen. Wir bestreiten die Übereinstimmung der Interessen im Falle der geplanten Aufrüstung. Das nennt man einen Interessenkonflikt – nichts weiter, eine völlig normale Erscheinung in der internationalen Politik – wir möchten nur von unserer Regierung wissen, *wo* dieser Konflikt beginnt, wo die Grenze zwischen ihren Entscheidungsmöglichkeiten und den möglichen Entscheidungen der US-Regierung verläuft – nichts weiter. Die geographische Lage Deutschlands –

ein Blick auf die Europakarte genügt – macht deutlich, daß wir Grund haben, besorgt zu sein – es könnte bei einem möglichen Krieg so kommen, daß wir nicht auf dem Schlachtfeld – und das altmodische Wort Schlachtfeld könnte auf eine fürchterliche Weise wörtlich werden –, sondern *als* Schlachtfeld wiedervereinigt werden.

Wir wollen nicht die Opfer vergessen, die die Vereinigten Staaten in Kriegen gebracht haben, die nach 1945 stattgefunden haben – ganz gleich, ob wir die Ziele dieser Kriege billigen oder nicht – eins unterscheidet uns von den Bürgern des nordamerikanischen Kontinents: Europa hat den Krieg erlebt, erlitten, erfahren auf seiner Erde, ja Erde – zwischen Moskau und Cardiff, zwischen Catania und Narvik – es war ein konventioneller Krieg – und ich glaube, es hat uns allen gelangt, ganz gleich, auf welcher Seite wir gestanden haben, welchen Irrtümern wir erlegen waren. 55 Millionen Tote in einem konventionellen Krieg! – und von wegen »Schutz der Heimat«, was immer man darunter verstand: die Zahl der getöteten Zivilisten kam der der Soldaten fast gleich – in diesem konventionellen Krieg.

Zum lächerlichen Vorwurf des Anti-Amerikanismus: auch in den USA ist die Rüstungspolitik der Regierung Reagan umstritten. Im Augenblick herrschen im Kongreß und im Senat und in den Ausschüssen Verwirrung, wenn nicht Verworrenheit – ein Hin und Her von Zahlen, Streit um Waffensysteme und ihren Sinn, und auch ein wenig Angst und Besorgnis wegen der gigantischen, der astronomischen Geldsummen, deren Nullen man kaum noch zählen kann; auch in den USA also umstritten wie die Wirtschaftspolitik, die ja einen Zusammenhang hat mit der Rüstungspolitik – und ganz gewiß wird uns jeder Amerikaner so viel Recht zusprechen wie den Bürgern der US-Staaten Utah und Nevada, die sich mit Erfolg gegen eine wahnsinnige Verbunkerung ihrer Landschaft gewehrt haben (einen Plan der Regierung Carter).

Nicht umstritten ist die amerikanische Rüstungspolitik im Augenblick von der Opposition im deutschen Bundestag; man kann ja über manches streiten – aber diese blinde, fast schon manische Gier, mit der da nach jeder Waffe, nach jedem System gegriffen wird, das auf dem Markt auftaucht – das ist schon krankhaft, ein Fall für die Psychoanalyse – und da erhebt sich nicht eine Stimme in dieser großen Union, da regt sich kein Flügelchen – *das* ist höchst beunruhigend, beängstigend ist es – in den Koalitionsparteien flattern ja wenigstens noch die Flügel, aber bei der Union:

Nichts, nichts, nichts – nicht eine Stimme – und es handelt sich ja bei dem, was uns vorgesehen ist, nicht um Hamburger oder Hähnchen. Wenn die Bevölkerung der Bundesrepublik aufgeklärt wäre, über die Waffenverseuchung, die schon vorhanden ist, über die Waffenpest, die uns bevorstünde – das könnte die Wahlerfolge dieser geradezu nicht krieg-, aber waffensüchtigen Partei erheblich schmälern. Seien wir also froh, daß die CDU/CSU nicht im amerikanischen Senat und im Kongreß sitzt, und auch nicht einige politische Redakteure einiger unserer Zeitungen, die amerikanischer sein möchten als die Amerikaner, die überklugen Besserwisser, die manchmal noch peinlicher sind als diese. Man schämt sich angesichts dieser Anbiederung und Untertänigkeit der Union ja geradezu, ein Deutscher zu sein. Zum Glück sitzen dort Amerikaner, deren Staat einer Revolution, einem Aufstand seine Entstehung verdankt – und gerade Amerikaner werden uns besser verstehen als diese deutschen Radfahrer, die möglicherweise als politische Hilfe im Augenblick willkommen sind – im Grunde aber, wie es Musterschülern oft geschieht –, verachtet werden. Amerika ist ein Land der Vielfalt, von Amerika haben wir gelernt, daß große Demonstrationen in Demokratien Erfolg haben können – wir verhalten uns nicht und sind nicht antiamerikanisch.
Unsere Bundesregierung kann es anders haben, sie kann ein gelähmtes, apathisches Wählervolk haben, das die Vergangenheit vergessen hat, an die Zukunft nicht denkt, nur von einem Frühstück zum nächsten – willenlos, gehorsam, geduckt dieser Waffenpest entgegensieht – sie kann ein bequemes Wählervolk haben – ich glaube, ein unbequemes sollte ihr lieber sein. Alle Parteien sollen sich klar darüber werden, was sich hier zeigt und weiterhin auch anderswo zeigen wird, ist keine Gruppierung von moralistischen Spinnern – und sie sollten wissen, daß wir unser Denken und Tun nicht abhängig machen vom Lob oder Tadel der Presse und anderer Organe in den sozialistischen Ländern. Mir ist das Lob in diesen Organen so gleichgültig wie der Tadel, den ich oft genug empfangen habe – machen wir uns unabhängig von solch unwürdigen Reflexen. Natürlich fände ich es gut, ich fände es großartig, wenn die Sowjetunion ihre Raketen abziehen würde; sie sind bedrohlich, daran zweifeln wir nicht – und es wäre gut, wenn dieses Argument – die Raketen – beseitigt würde, bevor die Verhandlungen beginnen. Der Overkill bleibt beiden Seiten auch ohne die Raketen – hier und dort –,

und das sage ich ganz bewußt auch den kommunistischen Demonstranten hier. –
Zum Schluß noch einmal: wir wollen uns nicht vormachen, daß wir allein für den Frieden sind. Und ein letztes Wort zu den Steinen oder gar Schlimmerem, die da möglicherweise in den Taschen oder Campingbeuteln stecken: lassen Sie diese Friedenskundgebung friedlich enden – der Innenminister des Landes NRW hat die Polizeibeamten, gegen die wir nicht demonstrieren – unmartialisch ausgerüstet; sie sind hier auch zu unserem Schutz, sie sind nicht unsere Gegner, schon gar nicht unsere Feinde – ein allerletztes Wort an die agents provocateurs, die möglicherweise auch hier anwesend sind. Politiker haben uns aufgefordert, für den friedlichen Verlauf dieser Kundgebung zu sorgen. Das ist reichlich naiv: wir haben keine Geheimdienste, wir haben keine Exekutivgewalt – wir können nur ganz naiv bitten: lassen Sie uns in Frieden – und das tue ich hiermit: hätten wir die Möglichkeit, *Ihnen* den Verdienstausfall, der Ihnen entsteht, zu ersetzen, wir täten es.

Gegen die atomare Bedrohung gemeinsam vorgehen

Rede auf der Friedensdemonstration am 10. 10. 1981, Bonn, Hofgartenwiese

Es sind ein paar seltsame Dinge in diesem Land geschehen. Das erste war, daß man einen Fernsehfilm, der den Krieg von der sowjetischen Seite zeigen sollte, schon durch Leserbriefe abgeschossen hat, bevor einer ihn hat sehen können. Den Krieg, wie die Sowjetunion ihn erlebt hat, möchte offenbar keiner mehr sehen.

Das zweite Seltsame war, daß diese Demonstration, diese Kundgebung, diese Veranstaltung, auf der wir uns zeigen – demonstrieren heißt ja, sich zeigen –, denunziert wurde, bevor sie stattfand, und daß offenbar Politiker und Bundestagsabgeordnete schon wußten, wer hier was sprechen würde, bevor überhaupt gesprochen worden ist. Ein sehr merkwürdiges Ereignis.

Dann wurden wir einer Bundestagsdebatte gewürdigt, und wir können dies nachträglich als Ehre empfinden.

Immerhin hat diese Bundestagsdebatte etwas gezeigt, was uns überrascht: Alle Bundestagsabgeordneten sind Pazifisten – *Alle*! Und ich hoffe, daß die Wähler der CDU/CSU auch gemerkt haben, daß sie Pazifisten gewählt haben.

Angst? Wir verbreiten keine Angst! Wir drücken auch gar nicht Angst aus. Die Politiker sollten doch wissen, wenn sie in die Arsenale ihrer Armeen sehen und in die Planungen, in die geplanten Systeme, die da alle sich überschlagen, daß sie die Angst verbreiten.

Die Politik der Regierung Reagan ist auch in den USA nicht unumstritten. Wir wollen uns klar darüber sein, daß im Augenblick sogar im amerikanischen Kongreß und im amerikanischen Senat ein Hin und Her stattfindet, daß Waffensysteme vorgeschlagen, verworfen werden, daß Summen genannt werden für die Rüstung, deren End-Nullen man gar nicht mehr zählen kann.

Wir sind nicht anti-amerikanisch, wenn wir uns gegen eine bestimmte Politik einer bestimmten, *einer* bestimmten amerikanischen Regierung wehren. Regierungen sind ja nicht ewig! Und es ist gar nicht klug, sich auf die Politik einer Regierung, die zunächst für drei oder vier Jahre noch im Amt ist, einzustellen.

Unumstritten ist die amerikanische Politik in der Fraktion der CDU/CSU in unserem Bundestag. Dort ist sie weniger umstritten als in Amerika selbst. Die Blindheit, mit der man dort in dieser Fraktion nach jeder Waffe greift, noch bevor sie auf dem Markt ist, eine Waffengier, fast ein Waffenjubel, der sollte doch die Wähler dieser Partei nachdenklicher machen, wenn sie sich klar darüber werden, daß hier Waffenverseuchung mit Waffenpest bekämpft wird. Die Vereinigten Staaten von Amerika verdanken ihre Existenz einer Revolution, einem Aufstand. Das wollen wir nicht vergessen.

Und deshalb wollen wir dankbar sein, daß nicht unsere Opposition im amerikanischen Senat sitzt und nicht die politischen Redakteure einiger Zeitungen, sondern daß dort Amerikaner sitzen – mir immer noch lieber als über-amerikanische Deutsche.

Wir kennen die amerikanische Kultur; ich spreche hier als Autor, und ich kann auch im Namen meiner Kollegen sprechen: wir sind auch durch die amerikanische Literatur befreit worden. Wir wollen das nicht vergessen! Von Saroyan bis Salinger und von Hemingway bis Steinbeck – da wären Dutzende Namen zu nennen. Es ist absurd, eine Idiotie, uns Anti-Amerikanismus vorzuwerfen. Und ich bin sicher, daß viele meiner amerikanischen Kollegen denken wie wir. Ich hatte auch gestern den Eindruck, daß ein bißchen Angst im Bundestag herrschte – nicht Angst, nicht physische Angst vor uns hier, sondern die Angst davor, daß diese Hollanditis, diese wunderbare Krankheit, diese großartige Erscheinungsform der Gesundheit, daß die übergreifen könnte auch auf die CDU- und CSU-Wähler. Das ist meine Hoffnung! Es könnte auch schiefgehen mit diesem Wahloptimismus, den diese Parteien momentan ausstrahlen.

Wir wollen uns auch nicht vormachen, daß allein wir den Frieden wollen! Auch das wäre eine Täuschung.

Ich will noch ein Ereignis erwähnen, daß mich fürchterlich erschreckt hat. Es ist die Räumung der Startbahn West. Natürlich – wir wissen das – da ist sozusagen Recht vollzogen worden. Nein, ich meine das gar nicht so ironisch, wie Sie das möglicherweise verstehen. Es ist ja eine Sache, Recht zu haben und Recht zu bekommen; und auf dem Recht zu bestehen, das ist eine andere Sache. Ich weiß nicht, wie viele Menschen in der Welt Opfer, sagen wir etwa, des Vorfahrtsrechts im Straßenverkehr werden. Ich weiß nicht, wie viele Menschen Opfer dieses Vorfahrtsrechtes werden, von dem der Autofahrer dann ja Gebrauch macht. Und

ich glaube, wir sollten den Begriff des Vorfahrtsrechtes auch auf diese Art von Aktionen übertragen.
Es ist gestern ein Wort gefallen im Bundestag von Herrn Bundeskanzler Schmidt, über das ich als Autor sehr lange reden möchte, aber nicht lange reden will – es ist das Wort »zwielichtige Gestalten«. Dies ist eine ganz, ganz gefährliche Formulierung. Denn wir haben ja erlebt, daß äußerst zwielichtige Gestalten in die höchsten Regierungsämter gekommen sind. Und ich bin fast geneigt, mich selbst zu einer zwielichtigen Gestalt zu erklären. Ein merkwürdiges Wort! Man weiß ja nie so recht, ob einer zwielichtig ist, bis irgendeiner herausfindet, daß er zwielichtig ist. Und im Augenblick ist ja eine äußerst zwielichtige Gestalt der amerikanischen Geschichte bei der Beerdigung von Sadat auch anwesend.
Es ist kalt geworden, Sie haben alle lange gewartet. Ich möchte Ihnen, im Namen auch der Vorredner, danken für Ihre Geduld, Ihnen allen danken für die Ermutigung, die Sie darstellen! Die Politiker haben ja die Wahl, uns zu apathischen Zynikern zu machen. Das ist sehr leicht geschehen. Sie können es haben, sie können eine gelähmte Bevölkerung auf der ganzen Welt haben, die gelähmt ist von diesen Waffenpesten und Waffenzahlen. Wir wollen uns nicht lähmen lassen!
Ich bedanke mich bei Ihnen allen für die Ausdauer und für Ihre Anwesenheit. Ich glaube, daß wir einen sehr wichtigen Nachmittag erlebt haben. Nur eines muß ich sagen – ich käme mir wie ein Verräter an vielen und an mir selber vor, wenn ich nicht einen Menschen erwähnen würde, mit dem ich sehr befreundet bin, der friedfertigste, der friedliebendste Mensch, den ich kenne. Er ist für mich eine Art Gandhi, leider ohne den Rückhalt in seinem Land. Ich meine Andrej Sacharow, der schon erwähnt worden ist, der sehr weit entfernt von hier, sehr, sehr weit entfernt, nicht verurteilt, nur verbannt, nur aus dem Verkehr gezogen ist, eine Erscheinung des Friedens – ich kenne ihn persönlich – ein Mensch, der Frieden ausstrahlt und leider an der Ausstrahlung dieses seines Friedens verhindert wird. Erlauben Sie mir, mich an die unter Ihnen zu wenden, die sich selbst als Kommunisten definieren. Ich nenne niemanden kommunistisch, der sich nicht selbst so definiert. Vielleicht denken Sie einmal daran, daß Ihre Glaubwürdigkeit, Ihr *Hiersein*, Ihre Hilfe bei den Friedensdemonstrationen bedeutend größer wäre und uns helfen würde, wenn Sie einmal – Sacharow nur als Beispiel – an diese Menschen denken würden und wenn Sie einmal daran denken würden, daß in der

ČSSR seit 1968 ein kultureller Friedhof wächst und wächst, und ich nenne meinen Kollegen Václav Havel als Beispiel dafür. Wir können das nicht vergessen, den Frieden, der von diesen Menschen ausstrahlt.
Da wäre noch viel zu sagen – ich hätte noch viel zu sagen. Ich habe ein ganzes Manuskript vorbereitet, ich verzichte darauf – ich glaube, es ist genug. Erlauben Sie mir zum Schluß nur eine Bitte von mir und von allen Veranstaltern, von allen Rednern: Dies ist eine Friedensdemonstration; sorgen Sie dafür, daß sie friedlich zu Ende geht.
Es ist ein bißchen naiv, wenn Politiker uns auffordern, dafür zu sorgen, daß eine solche riesige Veranstaltung friedlich zu Ende geht. Wir haben keinen Geheimdienst zur Verfügung, wir haben keine Exekutivgewalt, wir sind darauf beschränkt, Sie alle zu bitten. Und sollte jemand ohne böse Absichten ganz prophylaktisch einen Stein in der Tasche haben, im Campingbeutel – ich bitte Sie: lassen Sie ihn fallen – überlassen Sie ihn dem Fuhrpark der Stadt Bonn! Denken Sie daran, daß Bonn eine friedliche Stadt ist, eine friedliche Bevölkerung – daß auch hier niemand Krieg will und daß die Fensterscheiben und Schaufenster so unschuldig sind wie die Bevölkerung der Stadt Bonn!
Ein allerletztes Wort an eine Menschengruppe, die möglicherweise – ich will nicht sagen wahrscheinlich – auch hier unter uns ist, an die agents provocateurs. Ich weiß es nicht, ob sie hier sind. Ich vermute, es gibt Gruppen, es gibt Geheimdienste in aller Welt, die interessiert daran wären, diese Geschichte hier platzen zu lassen. Also wende ich mich prophylaktisch an die möglichen agents provocateurs.
Eine naive Sache, solche Leute zu bitten – ich blamiere mich gerne in so einer Form der Naivität –, wenn sie vorhanden sind: wir alle hier oben und die Organisatoren erklären uns bereit, wenn sie diskret zu uns kommen, ihnen den Verdienstausfall zu ersetzen.
Ich danken Ihnen für Ihre Geduld – Sie haben alle in der Kälte ausgehalten. Ich danke Ihnen für die Ermutigung, die diese riesige, großartige Veranstaltung bedeutet.

Was heißt hier konservativ?

Umfrage der Wochenzeitschrift »Die Zeit«

Wenn konservativ sein – so sagt mir jedenfalls das Lexikon – bewahren und erhalten bedeutet, dann hätten die, die sich als konservativ definieren, gegen den Schwächeanfall der Regierung Brandt, der da als Radikalenerlaß in unsere Geschichte eingegangen ist – sie hätten sich gegen ihn wehren müssen, ihn nicht gierig übernehmen dürfen. Das wäre konservative Opposition im Sinne der Erhaltung und Bewahrung des Grundgesetzes gewesen. Ich weiß, das sind Träume, aber das Grundgesetz lädt nun einmal zum Träumen ein. Es gibt im Grundgesetz ja auch den Artikel 14, der den explosiven Satz »Eigentum verpflichtet« enthält. Wozu verpflichtet Eigentum? Zu mehr und immer mehr Eigentum. Die Konservativen sollten sich dieses Artikels 14 einmal annehmen, ihn definieren, umgrenzen, festzustellen versuchen, was sich da in und hinter dem »verpflichtet« verbirgt. Das könnte viel Spannung aus der Hausbesetzerszene herausnehmen. Manche (nicht alle, ja, ich weiß) Hausbesetzer befinden sich in einer Situation, die dem Mundraub vergleichbar ist, und außerdem sind manche (nicht alle, ja, ich weiß) auch als Konservatoren tätig: Instandbesetzung bedeutet *auch* die Erhaltung einer Wohnkultur, die im Ramschdenken der nackten Spekulation verlorenzugehen droht. Es will halt nicht jeder in einen Wohnkomfort hineingezwungen werden, der ihm nicht nur nicht paßt, der auch unbezahlbar zu werden droht. Schließlich hätten *auch* Konservative nicht gegen die Verurteilung, sondern gegen das Urteil, das Peter Paul Zahl getroffen hat, protestieren können. Und mußten es solche, die sich als konservativ definieren, sein, die Innenminister Baum denunzierten, weil er es tatsächlich wagte, mit Horst Mahler auch nur zu *sprechen* (mit wem anders als mit ehemaligen Terroristen, wenn er den Terrorismus bekämpfen will?).

Konservativ – das bedeutet, das Grundgesetz von 1949 zu erhalten und zu bewahren. Das bedeutet: Wehrdienstverweigerer *nicht* zu denunzieren; es hätte auch bedeuten können, gegen die Tatsache zu protestieren, daß *Bild* mit der enormen Öffentlichkeit, die es nun einmal hat, Menschen *Mörder* nannte, denen noch kein Mord nachgewiesen war. Das wäre eine Sache für *konservative* Staatsanwälte gewesen, nicht für die berühmt-berüchtigten »Einzelkämpfer«. So wie es im Augenblick aussieht, droht »konservativ« gleichbedeutend mit »reaktionär« zu werden. Wenn ich sage: das müßte nicht so bleiben, beginne ich wieder zu träumen, aber das Grundgesetz lädt nun einmal zum Träumen ein.

Lew Kopelew in deutscher Hand

Zur Verleihung des Friedenspreises des Deutschen Buchhandels an Lew Kopelew

Moskau muß öder geworden sein ohne ihn, nicht nur für seine Freunde, mit denen er sich oft genug stritt, auch für seine Feinde, die es jetzt von ihm »gesäubert« haben; ist es nicht auch für sie, diese Säuberer, langweiliger geworden; und auch für die, die ihn nicht kannten und die er nicht kannte, Passanten, die ihn anstarrten: diesen bärtigen Recken mit Stock, diesen Russen, der russischer aussah, als sie es gewohnt waren, als sei er aus einer schwebenden Chagallwolke auf die Füße, auf die Erde gestellt worden, und auch an alte Darstellungen des heiligen Christophorus erinnerte.

Was trug, was trägt er auf seinen Schultern? Nicht nur, was so mancher in seiner Altersklasse ein »wechselvolles Leben« nennen könnte. Wo auf dieser geplagten Erde hat einer zwischen 1912 und 1981 nicht ein wechselvolles Leben geführt? Gab's da welche, an denen das alles – was da ist durch Geschichte des betreffenden Landes bestimmt – so einfach vorüberging? Mag sein, daß es da irgendwelche gibt, die von der Geschichte unbehelligt blieben, teilnahmslos blieben, Widersprüche weder annehmen noch austragen mußten. Ich kann's mir nicht vorstellen, und doch mag es sie geben. Eckensteher der Geschichte.

Lew Kopelew gehört nicht zu ihnen. Von seinem fünften Lebensjahr an war seine Geschichte eng verbunden mit der Geschichte der Sowjetunion – und auf diese vierundsechzig Jahre Geschichte sind ganze Bibliotheken von historischen Analysen und Berichten aufgetürmt, möglicherweise von der Höhe eines mittleren Wolkenkratzers. Lew Kopelew war bei dieser Geschichte vom ersten Jahr an dabei, und er hat zu diesem Turm von Büchern einige Dezimeter beigetragen: es ist seine bisher dreibändige Geschichte verschiedener Prozesse; Prozesse der Sowjetbehörden gegen ihn, Prozesse, der er – in Büchern – gegen sich und die Behörden führt, Entwicklungsprozesse, wechselvolle: einer führt von einem humanistisch erzogenen, aus gutbürgerlichem Haus stammenden, gebildeten idealistischen Jüngling zum jungen Mann, der an schikanösen, wenn nicht gar terroristischen Haussuchungen bei ukrainischen Bauern während der Hungersnot

teilnimmt. Überzeugt und konsequent. Er plädiert nicht auf Befehlsnotstand in *Und schuf mir einen Götzen,* wo er diese Entwicklung schildert. Es ist bezeichnend für ihn, daß er sich nicht aus seiner Geschichte herausmogelt, frei und freimütig seine Fehler und Irrtümer zugibt ohne die komplizierte Heuchelei, die sich hinter öffentlicher oder gar verordneter öffentlicher Reue verbergen kann. »Wenn ich heute«, schreibt er, »davon erzähle, *was* ich *wie* in Erinnerung habe, bin ich überzeugt, daß eine neue historische und moralische Erfahrung nicht zurückdatiert werden darf. Nichts und niemand will ich rechtfertigen, aber ich will auch nicht beschuldigen ohne die Möglichkeit des Widerspruchs.«
Der junge begeisterte, idealistische Kopelew wird nicht nur Mitarbeiter des Systems, auch Mittäter – nicht nur gegen die ukrainischen Bauern, auch etwa gegen Fedja Terentjew, der ein alter erprobter Revolutionär und außerdem ein »Mann aus dem Volke« war. »Wir stürzten Fedja und wurden deswegen vom Parteikomitee des Werkes gelobt.« Ich kann hier nicht die ganze Geschichte dieses äußerst sympathischen Fedja berichten; mir scheint, daß er einige Ähnlichkeit mit Kopelew gehabt haben muß, eine Eigenschaft hatten sie gewiß gemeinsam: Spontaneität, jene Eigenschaft, die Lew Kopelew selbst später zum Verhängnis wurde, gekoppelt mit einer Eigenschaft, die – nur auf den ersten Blick – wenig damit zu tun hat: intellektuelle Konsequenz.
Es waren diese *beiden* Eigenschaften, die zu der Anklage gegen Kopelew führten, die da lautete: »Deutsche und ihre Habe gerettet und Mitleid mit den Deutschen gepredigt zu haben«, und wenn wir uns klarmachen wollen, was dieser Anklagepunkt bedeutet, müssen wir wenigstens für ein paar Augenblicke uns daran erinnern, was es bedeutete, 1945 ein Deutscher zu sein. Manche Nachgeborenen wissen es, einige ahnen es; den meisten, die es weder ahnen noch wissen, ist es schwer zu vermitteln, was es 1945 bedeutete, ein Deutscher zu sein: verachtet, besiegt – und doch befreit. Und in diesem historischen Augenblick, der einige Jahre – und mancherorts noch heute – währt, wagt es der Major Kopelew, deutschen Kriegsgefangenen von ihrer eigenen Kultur zu erzählen, sie zu lehren, was Deutschland außer Hitler war: Dürer und Gutenberg, Cranach und Holbein, Hölderlin, Heine und Luther – Kant und Leibniz und Hegel.
Dies wird ihm später als zusätzlicher Anklagepunkt, den der »Glorifizierung der bürgerlichen deutschen Kultur«, vorgehalten, wobei man vergißt – was wir nicht vergessen sollten –, daß er

auch Brecht, Weill, Weinert, Anna Seghers und Thälmann einschloß. Und er verteidigt die deutsche Kultur und damit Deutschland und die Deutschen in einem Augenblick, wo er wissen mußte, was ihm geblüht hätte, wäre er in seiner dreifachen Eigenschaft als Untermensch: Russe, Jude, Polit-Propagandaoffizier in deutsche Hände gefallen.

Die rechtsradikale Zeitung, die da fast in jeder Nummer sein Buch *Aufbewahren für alle Zeit!* ihren Lesern empfiehlt, weiß wohl nicht, was sie bei ihren Lesern anrichtet, die das Buch einzig wegen des Ostpreußenkapitels kaufen und es doch möglicherweise ganz lesen: wenn einer da wegen »Mitleid mit dem Feind« verurteilt wird, so ist das beim ehemaligen Feind nicht als Aufforderung zum Selbstmitleid zu verstehen, und diese – schwer erträgliche – Zeitung möge sich doch gelegentlich daran erinnern, was es bedeutete, in »deutsche Hand« zu fallen: für russische Städte und Dörfer, für Soldaten, für Juden, Nichtjuden – und so mag sie sich, wenn sie Kopelews Buch empfiehlt, getrost ins eigene Fleisch schneiden, falls sie noch welches hat – und nicht nur aus Verknöcherungen besteht. Der da über Ostpreußen klagt und anklagt, tut dies als Sozialist, Internationalist, sowjetischer Patriot, der sein Land lange in »deutscher Hand« sah; mögen die Leser dieser Zeitung also sein Buch lesen.

Nun, über schmerzliche Kreuz- und Umwege, ist Lew Kopelew in »deutscher Hand«; kein Gefangener, nicht bedroht – gegen seinen Willen; und doch ist ein deutsches Land wohl das einzige außer Rußland, in dem er leben kann und möchte. Er ist fremd hier und doch kein Fremder; seine Kenntnisse von deutscher Kultur und Geschichte könnten manchen gebildeten Deutschen beschämen; der ungebrochene Enthusiasmus, mit dem er nun anschaut, aufnimmt, erkennt und wiedererkennt, was er bisher nur aus Büchern und Abbildungen kannte – könnte manchen Deutschen veranlassen, ebenfalls Deutschland zu entdecken. Er entdeckt es, gemeinsam mit Raissa Orlowa, nicht nur begeistert, auch kopfschüttelnd, verwirrt durch abstrakte Querelen, die oft genug in Bösartigkeit ausarten. Wer will ihn nicht alles »vereinnahmen«? Ist Einnehmen im Sinne von Kassieren der Deutschen einzig wahre Beschäftigung geworden? Kopfschüttelnd, manchmal traurig, blickt er um sich, lernt zwischen Einnehmern und den anderen zu unterscheiden. Einnehmer verschiedener Art gab's ja auch da, wo er herkommt und wieder hinmöchte; in seiner Moskauer Wohnung – mit der immer offenen Tür – waren gewiß nicht immer nur Freunde und Wohlmeinende und gewiß nicht immer nur Einnehmer aus einer Himmelsrichtung. In wahrhaft tiefer Trauer über die Ausbürgerung, hinausgesetzt in ein Land, das er kennt und doch neu entdecken muß, ein Land, das sich in oft genug mißverstandener »Welthaltigkeit« zu verlieren droht. Ist es noch das Deutschland, das er den verwirrten deutschen Kriegsgefangenen nahezubringen versuchte? Was ist es außerhalb seiner Museen, Dome, geschichtlichen Besichtigungs- und Erinnerungsstätten, außerhalb der Enklaven der Freundschaft – ist es nur einnehmend im oben angedeuteten Sinn? Es ist mehr, und er wird uns helfen, dieses Mehr zu entdecken. Sollten wir uns nicht seine Augen leihen, die so freundlich wie düster dreinblicken können, immer bereit, Überraschung als angenehme Überraschung zu empfinden. Vielleicht sollten wir uns auch gelegentlich seine Sprache leihen, ein Deutsch, das sich eignen könnte, dem leblos gewordenen, auf eine fatal-geschwätzige Weise »emotionslos« gewordenen Gerede ein neues Leben einzuhauchen? Könnten wir von diesem Juden, Russen, Polit-Propagandisten, diesem dreifach-ehemaligen Untermenschen ein wenig von dem lernen, was wir verloren haben und was man uns – im wahrsten Sinne des Wortes – »ausgeredet« hat? Mein Gott, hat dieser Mensch etwa gar ein Herz? Ist er etwa weder Kommunist – was immer das inzwischen bedeuten könnte – noch Antikommunist – was immer das inzwischen bedeuten könnte? In welche unserer zahlreichen politischen und ideologischen Buchhaltungen kann er als Aktivum eingetragen werden? Vor welchen Karren können wir ihn spannen? Dieses – im Sinne des Wortes – Unikum, ohne das Moskau für Freund und Feind ärmer geworden ist? Er wird niemals, adrett gekleidet, ein adrettes Köfferchen auspackend, mit adretten Gebärden den (linken oder rechten) Literaturcomputer spielen. Nein.

Ich gebe es zu: ich schreibe über einen Freund, und es war Freundschaft auf den ersten Blick, als wir uns in Moskau vor fast zwanzig Jahren zum ersten Mal begegneten; es war eine Freundschaft, die mehr hielt als sie versprach; eben weit mehr als bloße Sympathie, es war auch das Erkennen einer Verwandtschaft, die mehr ist als biologische Verwandtschaft. Merkwürdig genug: er, ein »Östler« durch und durch nach Herkunft und Werdegang, ich ein »Westler« durch und durch (nur zwei meiner Vorfahren sind östlich des Rheins geboren). Da gab's gewisse äußere Ähnlichkeiten: Gleichgültigkeit gegenüber Kleidung, beide nie so richtig

»angeschirrt« (wie Annemarie es nannte), schon gar nicht adrett, beide nie so recht diszipliniert und auch nicht so recht disziplinierbar; doch da war weitaus mehr, das uns verband, und ich weiß bis heute nicht so recht, worin es besteht; es hat einer wohl doch Brüder, die nicht durch die Biologie als solche bestimmt sind und die auch nicht unter das Schlagwort Brüderlichkeit fallen.

Es ist auch nicht der vage Begriff des Intellektuellen, gekoppelt mit dem ebenso vagen Begriff Humanismus, schon gar nicht totale Übereinstimmung, Meinungsgleichheit und ebensowenig schulterklopfendes Brüderchen-Getue. Verbundenheit? Worin? Zu all dem, was Freundschaft letztlich undefinierbar macht, kam etwas hinzu: ich entdeckte in ihm ein Deutschland (nein, kein Deutschlandbild!), das ich nicht kannte, eben jenes Deutschland, das emigriert war, als ich fünfzehn war; seine Literatur, seine Geschichte, und in Kopelews Wohnung – er sang sie selber vor! – hörte ich zum ersten Mal in vollem Wortlaut die Lieder der deutschen Arbeiterbewegung, die ich nur vage, fetzenweise, aus Demonstrationen der KPD vor 1933 im Ohr hatte. Ich hörte auch ein Deutsch, das bei uns in der Bundesrepublik längst verklungen ist und bei ihm hoffentlich nie verklingen wird. Daß ich's bis dahin nie gehört hatte, mag daran liegen, daß die deutschen Autoren, die die Emigration überlebt hatten, nie so recht in die Bundesrepublik heimkehrten, die Bundesrepublik sie auch keineswegs dazu einlud, offenbar war sie in keiner Weise einladend – im Gegensatz zur DDR (die heute ihre Autoren auslädt!). Da wäre ein großes Kapitel Literaturgeschichte nachzuholen, wäre lange über die große und tragische Ausnahme Alfred Döblin zu meditieren, der doch sogar Katholik war und erst mit dreißigjähriger Verspätung und lange nach seinem Tod zögernd angenommen wird. Thomas Mann jedenfalls zog es vor, in der Schweiz zu bleiben – und das könnte die zahlreichen CDU-Politiker, die ihn so intensiv verehren, vielleicht doch ein bißchen nachdenklich machen; daß dieser Autor, der deutschesten einer, offenbar auch die Bundesrepublik nicht sehr einladend fand.

Thomas Mann war ausgebürgert, einbürgern ließ er sich nicht mehr. Kopelew ist ausgebürgert – und ich glaube, er würde sich auch heute noch wieder einbürgern lassen. An Kopelew mögen wir erfahren, was unseren ausgebürgerten Emigranten widerfahren ist: wegzugehen, weil Gefahr für Leib und Leben bestand, ein Land verlassen müssen, in dem einer mehr ist als Staatsbürger;

ausgestoßen aus einer Kultur, einem Volk, einer Tradition; erzwungene Emigration ist ja kein Auswandern, das Wandern im Wort Auswandern ist ein Euphemismus, eine täuschende romantische Komponente, und im Wort Ausland steckt Elend. Mehr als eine halbe Million Deutscher haben nach 1933 Deutschland verlassen müssen, und wir kennen nur das Schicksal einiger weniger Prominenter.

Diese Ausgestoßenen haben ein Deutschland mitgenommen, das *nicht* restauriert wurde, und es ist etwas von diesem Deutschland, das Lew Kopelew als ausgebürgerter Jude und Russe uns zurück-, vielleicht sogar nahebringt. Er kommt als Überlebender, auch als Entkommener, entkommen dem sicheren Tod als dreifacher Untermensch, entkommen den stalinistischen Lagern, und ich denke, wir sollten ihn auch unseren zahlreichen politischen und ideologischen Buchhaltungen entkommen lassen. Lew Kopelew hat ein Tabu gebrochen, als er über den Einmarsch der Roten Armee in Ostpreußen schrieb, ein Tabu, das immer noch wie ein Bann über den sowjetischen Publikationen über den Zweiten Weltkrieg liegt. Es waren die Trauer und der Zorn eines international denkenden Sozialisten, die ihn für die Krankheit »Mitleid mit dem Feind« anfällig machten, und nur, wer ebenfalls für diese Krankheit anfällig war oder ist, dürfte – wenn auch möglicherweise aus anderen Motiven als Kopelew – über das Ostpreußenkapitel erleichtert sein. Für ihn fing, als er diese Todsünde beging, »Deutsche und ihre Habe gerettet und Mitleid mit dem Feind gepredigt zu haben« und außerdem noch zur »Glorifizierung der bürgerlichen deutschen Kultur beigetragen zu haben« – da fing für ihn ein Denkprozeß an, der ihn bis an sein Lebensende beschäftigen wird, und wer nicht diesen Denkprozeß von der anderen Seite her zu vollziehen beginnt, macht sich der »doppelten Buchführung« schuldig, wenn er sich Kopelew aufs Konto schreibt.

Dieser unfreiwillige Emigrant, der auch mit DDR-Autoren, auch solchen, die dort noch leben, befreundet ist – er ist auch auf eine bemerkenswerte Weise gesamtdeutsch (ich mag das Wort nicht, deutsch genügt mir, ich benutze es hier als halbamtlichen Terminus). Er hat ja auch die beiden Literaturen nie getrennt gesehen, nie geteilt, und wenn er die deutsche Kultur verteidigte, verteidigte er auch die DDR-Autoren und kommunistische Autoren der alten Garde. Noch kürzlich, schon ausgebürgert, schrieb er in einem Aufsatz über die sowjetische Propaganda im Zweiten

Weltkrieg: »Was ich damals gesagt und getan habe, brauche ich nicht zu bereuen. Es war für uns wirklich ein Verteidigungskrieg gegen böse Gewalt. Daß nachher, als er in große Siege mündete, unsere eigene Regierung diese mit unzähligen Opfern erkämpften Siege für ihre unmenschliche Gewalt- und Eroberungspolitik mißbrauchen würde, haben wir nicht geahnt und nicht gewollt.« Ein Satz, den lebende und überlebende Soldaten sich merken sollten. Wer weiß schon, worauf er sich, wenn der Krieg beginnt, einläßt. Im übrigen hat keines der Flugblätter, die er verfaßte und über die deutsche Wehrmacht abwerfen oder verstreuen ließ, unmenschliche Züge; sarkastische: ja, unmenschliche oder gar gehässige: nie.

Kein Zweifel, dieser Mensch, der zu Hause so lange schweigen mußte, nicht publizieren durfte, er gehört mit seinen Gebärden, seiner Sprache, seinen offenen Augen auf den Markt, doch auf den Markt des Sokrates, wo Hermes nur am Rande geduldet werden darf; er gehört auf den Markt und darf doch nicht »vermarktet« werden. Seine Offenheit in dieser Welt, in der sich alle immer mehr in ihre Ego-Kapseln verschließen, gefährdet ihn und macht ihn verletzlich, erhöht die Verletzlichkeit bei jemand, der so gesprächsfähig und gesprächsbereit ist. Er muß und wird lernen, sich selbst vor der Vermarktung zu bewahren. Da wird's Schmerzen geben, gab's schon welche, die ihm auch Freunde nicht ersparen können. Den besten Schutz birgt er in sich selbst, weil er immer er selbst bleibt, hier nicht anders spricht, als er in Moskau gesprochen hat und gesprochen hätte. Ihm sollte man wie Sacharow die Gattungsbezeichnung Mensch als Titel verleihen, und man könnte ihn getrost einen Menschen des Friedens nennen, wenn er auch bei Kriegsausbruch, 1941, fast dreißig Jahre alt, in idealistischer Torheit falsche Hoffnungen hegte. »Ich war so dumm«, sagte er in einem Gespräch, das ich mit ihm in Moskau führte, »daß ich mich freute. Das ist der heilige Krieg, da wird jetzt das deutsche Proletariat uns entgegenkommen, und nun wird Hitler gestürzt.«

Ganz so leichtgläubig, so optimistisch, ist er nicht mehr, und doch schmeckt ihm noch immer das Leben, und sein Leichtsinn ist ungebrochen; was Demokratie ist, sein könnte, werden könnte – das hat er gewußt, geahnt; erfahren noch nicht so recht: die bloße Umkehrung der Märkte verschiedener Art, ihre unterschiedliche Schnödigkeit, ihre ähnlichen, wenn auch längst nicht gleichen Mechanismen, und auch ihre unterschiedliche Ermüd-

barkeit zu erkennen, das wird ihm, in Dialektik geübt, wie er ist, nicht schwerfallen und doch schmerzlich sein. Er selbst wird unermüdlich sein, wenn es seine Freunde in der Sowjetunion betrifft, hartnäckig, unbeirrbar wird er auf sie verweisen, sie immer wieder in Erinnerung rufen: das gehört zu den angeborenen Pflichten eines russischen Intellektuellen.
Als ich erfuhr, daß ihm der Friedenspreis des Deutschen Buchhandels verliehen worden war, fiel mir sofort sein Vorgänger Ernesto Cardenal ein: dieser zarte kleine Priester hispanischer »Bauart«; daneben der russisch-jüdische Recke, und ich stellte mir vor, wie ein Gespräch zwischen ihnen verlaufen würde, wenn sie zunächst einmal ruhig die zahllosen Zumutungen aufzählen würden, die jeden von ihnen zu dem gemacht haben, was er ist; wenn der eine sich in den anderen versetzen würde, und sie gemeinsam überlegen würden, was aus dem einen dort und aus dem anderen da geworden ist oder geworden wäre. Ich wage über das Ergebnis eines solchen Gesprächs nicht zu spekulieren, wenn da wirklich der eine sich in den anderen versetzen würde.

Quellennachweise und Anmerkungen

Öffentlich vorgetragene Bitte an Akusto-Aggressoren. Die Zeit v. 20. 1. 1978

Shalom. Ein Essay. Deutsches Allgemeines Sonntagsblatt v. 5. 3. 1978 u. 12. 3. 1978. Zugleich Vorwort zu Hilla u. Max Jacoby, »Shalom«, Hamburg 1978

Die »Einfachheit« der »kleinen« Leute und ihre mögliche Größe. In: Soziale Ordnung (Königswinter) v. 2. 6. 1978

Prager Frühling – deutscher Herbst. Rede zur »L 76«-Veranstaltung vom 21. 8. 1978 in der Kölner Musikhochschule. Erstdruck in: Ingeborg Drewitz (Hg.), »Hoffnungsgeschichten« (u. d. T.: *Hoffnung und Illusion und Utopie*), Gütersloh 1979

Lesen macht rebellisch. Vorwort zu »Mein Lesebuch«, Frankfurt (September) 1978

Einblick in den Fahrten- oder Flugschreiber. Geleitwort zu Otto Bareiss/ Frauke Ohloff, »Ingeborg Bachmann – Eine Bibliographie«, München u. Zürich 1978

Von Staatsbürgern, Geheimdienstchefs und Schriftstellern. In: Jacinta Vera/Heinz G. Schmidt (Hg.), »Wir haben keine Zeit zu verlieren. Lateinamerikanische Autoren im Exil«, Wuppertal 1978

Darf es etwas weniger sein? Die Neue (Berlin-W.) v. 22. 9. 1978 (u. d. T.: *Bertolt Brecht beim Fernseh-Metzger – Was heißt hier »Ausgewogenheit«?*)

Schöne Aussichten für Zwanzigjährige. Der Spiegel v. 25. 9. 1978

Ein Autor, der weit herkommt. Zur Literatur-Nobelpreisverleihung 1978 an Isaac Bashevis Singer. In: Frankfurter Rundschau v. 9. 12. 1978 (u. d. T.: *Ein Autor, der nicht langweilt*)

Gruß an Solschenizyn. Zum 60. Geburtstag von Alexander Solschenizyn. In: Frankfurter Allgemeine Zeitung v. 9. 12. 1978

Eine Last auf meiner Seele. In: Dieter Hoffmann (Hg.), »Literatur als Gepäck« (Mainzer Reihe 47), Anthologie der Akademie der Wissenschaften und der Literatur, Mainz 1979

Was menschenmöglich ist … Vorwort zu Heinz Liepman, »Das Vaterland« (Bibliothek der verbrannten Bücher), Hamburg 1979

Notwendiger Blickwechsel. Vorwort zu Daniela Mrazková/Vladimir Remeš (Hg.), »Von Moskau nach Berlin – Der Krieg im Osten 1941–1945«, Oldenburg 1979

Europas Seelen. Vorwort zu Walter Schubart, »Europa und die Seele des Ostens«, Pfullingen 1951/2. Auflage 1979

Eine Selbstverständlichkeit unter vielen. Hommage à Kurt Hackenberg. In: »Begegnungen mit Kurt Hackenberg«, Köln 1979

In Erinnerung an Bogatyrjew. Die Zeit v. 9. 2. 1979 (u. d. T.: *Wehret den Rowdys*)

Das Gelände ist noch lange nicht entmint. Frankfurter Allgemeine Zeitung v. 17. 2. 1979, Beilage

Tacitus, »Germania«. Die Zeit v. 2. 3. 1979

Wo habt ihr bloß gelebt? Deutschlandfunk, 15. 3. 1979. Erstdruck in: Klaus Sauer (Hg.), »Christa Wolf. Materialienbuch«, Darmstadt u. Neuwied (April) 1979

Absage an den Götzendienst. Deutschlandfunk, 20. 5. 1979. Erstdruck in *Vermintes Gelände. Essayistische Schriften 1977–1981*, Köln 1982

Nett ist rosa. Ansprache auf dem K&W-Fest zur Vorstellung von *Fürsorgliche Belagerung* am 15. 8. 1979. Erstdruck in: Kölner Stadt-Anzeiger v. 17. 8. 1979 (u. d. T.: *Hübsche, rosa Würste*)

Lesende Staatsbürger sind nicht die gehorsamsten. Rede zur Eröffnung der Zentralbibliothek in Köln am 21. 9. 1979. Erstdruck in: »Buch und Bibliothek«, Heft 2, 32. Jg., 1980

Privater Rundfunk – eine kulturelle Bedrohung. Norddeutscher Rundfunk (Hörfunk), 22. 9. 1979

Vorwort zu Jerzy Andrzejewski, »Asche und Diamant«. In: »Ashes and Diamonds«, Penguin Books, 1980 (in der Übersetzung von Leila Vennewitz). Deutsche Erstveröffentlichung in *Vermintes Gelände,* a. a. O.

Das Jahrhundert der Flüchtlinge. Vorwort zu Rupert Neudeck (Hg.), »Wie helfen wir Asien? oder ›Ein Schiff für Vietnam‹«, Reinbek (März) 1980

Weine nicht vor ihnen. Vorwort zu Jewgenia Ginsburg, »Gratwanderung«, München 1980

Geleitwort zu Peter Bruhn/Henry Glade, »Heinrich Böll in der Sowjetunion 1952–1979«, Berlin 1980

Mein Freund Boris Birger. Kunstmagazin »art« (Hamburg) Nr. 5, Mai 1980

Nicht einmal reaktionär oder konservativ. L 80, Heft 15, Oktober 1980

Hochhuth in der Geschichte. Literaturmagazin 13, Reinbek (November) 1980

Vorwort in eigener und anderer Sache. In: Heinrich Böll/Frank Grützbach (Hg.), »Ein Artikel und seine Folgen – Immer noch und immer wieder: Springer«, © Lamuv Verlag, Bornheim-Merten, Februar 1981 (Das Buch konnte wegen Einspruch von Matthias Walden bzw. Springer Verlag nicht erscheinen)

Georg Meistermann, Maler und Zeitgenosse. In: Georg Meistermann, »Werke und Dokumente«, Archiv für Bildende Kunst am Germanischen Nationalmuseum, Nürnberg, Band 3, Klagenfurt 1981

Einführung zu Lew Kopelews Vortrag bei Inter Nationes in Bonn am 26. 3. 1981. Erstdruck in *Vermintes Gelände,* a. a. O.

Eine heimatlose Katholikin. Die Zeit v. 15. 5. 1981

Wem gehört diese Erde? Die Zeit v. 26. 6. 1981 (u. d. T.: *Wessen Erde?*)

Auf traurige Weise friedlos. In: Freimut Duve/Heinrich Böll/Klaus Staeck (Hg.), »Zuviel Pazifismus?«, Reinbek (Juli) 1981

Der Diktator in mir. L 80, Heft 19, August 1981

Dank des Autors. Rede anläßlich des zwanzigjährigen Jubiläums des Deutschen Taschenbuch Verlags am 25. 9. 1981 in München. Nachschrift der extemporierten Rede. Erstdruck in *Vermintes Gelände,* a. a. O.

Sacharows Aktentasche oder die Ästhetik der Wörtlichkeit. Plädoyer für die Vorverlegung der Vernunft in die Politik. Vorwort (u. d. T.: *Sacharows Aktentasche*) in: »Für Sacharow«, München (Oktober) 1981

Hoffentlich kein Heldenlied. In: Claus Hinrich Casdorff (Hg.), »Weihnachten 1945«, Königstein 1981

Manuskript der Ansprache zur Friedensdemonstration vom 10. 10. 1981 in Bonn. Die Rede wurde aus Zeitgründen nicht gehalten. Erstdruck (u. d. T.: *Ein unbequemes Volk*) in: »Bonn 10. 10. 81«, hrsg. v. Aktion Sühnezeichen u. a., Bornheim-Merten 1981

Gegen die atomare Bedrohung gemeinsam vorgehen. Rede auf der Friedensdemonstration am 10. 10. 1981, Bonn, Hofgartenwiese. Wurde dem Wortlaut nach vom Band abgeschrieben. Erstdruck (u. d. T.: *Dieser Tag ist eine große Ermutigung*) in: »Bonn 10. 10. 81«, a. a. O.

Was heißt hier konservativ? Umfrage der Wochenzeitschrift »Die Zeit« v. 16. 10. 1981

Lew Kopelew in deutscher Hand. Zur Verleihung des Friedenspreises des Deutschen Buchhandels an Lew Kopelew. In: Frankfurter Allgemeine Zeitung v. 17. 10. 1981, Beilage

Register

Heinrich Böll
Frauen vor Flußlandschaft

Roman

Bonn ist der Schauplatz des neuen Romans von Heinrich Böll – ein Ort höchster politischer Aktualität. Was Böll jedoch interessiert, ist nicht die Tagespolitik, sondern das Netz der Beziehungen und Geschichten hinter den Kulissen der offiziellen Selbstdarstellung. Die Frauen der Politiker, sonst nur gesellschaftliches Beiwerk auf dem Bonner Parkett, rücken in den Vordergrund des Geschehens. Sie sind das heimliche soziale Korrektiv in einer Welt der Ränke und Skandale, die die Männer fast ausnahmslos umtreibt.

Kiepenheuer&Witsch

Heinrich Böll

»Was läßt die Leser zu ihrem Böll greifen? Vielleicht das völlige Fehlen dessen, was sonst unser Leben ausmacht: die Herrschaft der Heuchelei.« (Gerhard Zwerenz)

dtv 200

dtv 1439

dtv 1536

dtv 1667

dtv 10169

dtv 10031